Geliebte Seele

Sandra Berger

© 2017 Sandra Berger

Umschlaggestaltung und Illustration:
Claudia Schröder, Sascha Schröder

Lektorat: Claudia Schröder, Sascha Schröder

Herstellung und Verlag:
BOD- Books on Demand, Norderstedt

ISBN: 978-3-7460-50311-7

Bibliografische Information der Deutschen Nationalbibliothek

Die Deutsche Nationalbibliothek verzeichnet diese
Publikation in der Deutschen Nationalbibliografie; detaillierte
bibliografische Daten sind im Internet über http://dnb.dnb.de
abrufbar.

Die folgende Geschichte ist rein fiktiv.
Alle handelnden Personen sind frei erfunden, bzw.
beruhen auf Vorlagen der Bibel, sowie eigener
Inspiration. Ähnlichkeiten zu lebenden oder bereits
verstorbenen Personen sind als reine Zufälle zu
betrachten und nicht beabsichtigt.

Die 1979 geborene Autorin Sandra Berger stammt aus der Schweiz, wo sie auch mit ihrer Familie lebt. Von Kindesbeinen an schrieb sie verschiedene Geschichten.

Mit „Transformation am Feuersee" veröffentlichte sie 2015 ihren Debütroman, welcher für den Phantastik Preis als „Bester Deutscher Debütroman 2015" nominiert war. Geliebte Seele ist ihr dritter Roman.

Weitere Informationen zur Autorin unter: www.sandra-berger.ch

Im Gedenken an meine

Eltern

Das ist unsere Geschichte. Es ist deine, es ist meine – ein Leben lang.

Kapitel 1

Sarah stand vor dem großen Spiegel in ihrem Zimmer und musterte sich. Sie zog die Stirn kraus. *Das was mich da ansieht, bin nicht ich. Nein, dieses 17-jährige Mädchen bin definitiv nicht ich.* Es war eine Silhouette, etwas, das ihr Inneres, ihre Art nicht widerspiegelte. Sie seufzte leise und betrachtete sich ein weiteres Mal. Alles an ihr war schwarz! Schwarze Haare, schwarzer Pullover, schwarze Hosen, schwarze Socken. Ich bin das Werk meiner Mutter! Sie war ein viel zu großer Farbenmensch, als dass sie jemals ganz in Schwarz aus dem Haus ginge. Ok, ein farbiges Top mit einer dunklen Hose und passenden Schuhen kombiniert war schon in Ordnung, doch so ganz in Schwarz gehüllt war nicht ihr Ding.

Zum Glück hatte Sarahs Mutter nicht darauf bestanden, dass sie dunkle Unterwäsche trug. Immerhin einen Farbtupfer – das Dessous war leuchtend blau – wollte sie sich nicht nehmen lassen. Die Tür öffnete sich und ihre Mutter warf einen Blick ins Zimmer. Als sie ihre Tochter vor dem Spiegel stehen sah, lächelte sie zufrieden.

»Na, das sieht doch ordentlich aus!«

Sarah schaute sie, ohne sich umzudrehen, durch den Spiegel an.

»Ich sehe wie ein Schornsteinfeger aus – Schwarz, schwarz, schwarz!«

»Man zieht nichts Farbiges auf eine Beerdigung an!«

Die Mutter warf einen Blick auf den violetten, eleganten Pullover, der auf Sarahs Bett lag.

»Das ist geschmacklos!«

Ihre Tochter drehte sich um und betrachtete das Kleidungsstück. Sie verstand nicht, warum das geschmacklos sein sollte. Nur weil »man« schwarz an einem Begräbnis trug, hieße das doch nicht, dass es Pflicht war. Wer weiß, möglicherweise hätte Herr Benner es sogar gemocht, wenn die Trauergäste in Farbe bei seiner Beisetzung erschienen. Aber wissen tat sie es nicht; dafür hatte sie ihren Nachbarn viel zu wenig gekannt.

»Kann nicht Dad an meiner Stelle mitkommen?«

Ihre Mutter hob argwöhnisch die Augenbrauen.

»Er ist bei der Arbeit, das weißt du doch!«

»Er hätte ja frei nehmen können«, maulte Sarah. Ihre Mutter schüttelte stirnrunzelnd den Kopf.

»Ein Kinderarzt kann nicht einfach mal so frei nehmen. Und nun komm jetzt, wir müssen los.«

»Er wird uns bestimmt nicht davonrennen«, antwortete Sarah sarkastisch. Ihre Mutter warf ihr einen strengen Blick zu.

»Ich möchte in der Kirche nicht die Letzte sein!«

Mit diesen Worten drehte sie sich um und ließ ihre Tochter wieder alleine. Sarah seufzte laut, während sie sich nochmals im Spiegel betrachtete. Sie sah wirklich aus wie ein Schornsteinfeger - Schwarz, schwarz, schwarz! Wenn sie daran dachte, dass sie gleich noch eine schwarze Jacke anzog, wurde ihr beinahe übel! Sie warf einen Blick auf ihren violetten Pullover. Ja, der hätte Herrn Benner bestimmt gefallen! Er besaß Dutzende von verschiedenfarbigen Blumen in seiner Wohnung. Das hatte er ihr jedenfalls bei einem ihrer eher seltenen Gespräche erzählt. Seine Frau neckte ihn früher, dass es wegen den Blumen für sie kaum mehr Platz gab. Sarah kaute geistesabwesend auf ihrer Unterlippe. Die beiden hatten sich sehr geliebt. Das spürte man sofort, auch wenn man sie nicht gut kannte. Sie gingen immer händchenhaltend die Straße entlang. Allerdings im Schneckentempo, da Herr Benner nicht mehr gut zu Fuß unterwegs war und einen Gehstock benötigte. Das machte ihnen jedoch nichts aus. Sie warfen sich dabei zärtliche Blick zu und kicherten miteinander. Manchmal schienen sie wie zwei frischverliebte Teenager. Sarah lächelte matt. Anscheinend kannte sie die beiden doch etwas besser, als ursprünglich gedacht.

Mit einem tiefen Atemzug nahm sie ihre schwarze Handtasche - schon wieder Schwarz - vom Schreibtisch und verließ das Zimmer. Ihre Gedanken schweiften ein weiteres Mal zu ihrer alten Nachbarin. Wie würde es ihr nach dem Tod ihres geschätzten Mannes gehen? Gewiss war sie am Boden zerstört. Der Verlust eines geliebten Menschen war hart. Zum Glück hatte Sarah noch beide Großeltern und sonst auch noch niemanden verloren. Ein Schmerz durchzuckte ihr Herz beim Gedanken an Bianca. Wäre sie jemals gezwungen, sie zu Grabe zu tragen, würde sie es niemals verkraften. NIEMALS!

Mit einem weiteren Seufzer ging sie zur Haustür, wo ihre Mutter ungeduldig wartete.

»Schaust du so grimmig, weil du Schwarz trägst?«, fragte sie mit hochgezogenen Augenbrauen.

»Ja und nein«, antwortete ihre Tochter missmutig, »vor allem, weil ich überhaupt erst mitkommen muss! Was soll ich denn da?«

»Das haben wir bereits ein Dutzendmal besprochen. Die Benners sind unsere Nachbarn und wir erweisen ihnen unser Mitgefühl, indem wir an der Trauerfeier teilnehmen. Und ich will nun mal, dass du dabei bist!« Die Mutter betrachtete sie eindringlich. »Das tut man als guter Nachbar.«

Wieder dieses »man«, dachte Sarah. Dabei ist dieses Wort nicht mal richtig einzuordnen! Wer ist denn schon »man«? Die Menschen in diesem Dorf? Die Lebewesen allgemein? Oder nur die Personen, die einem sagen wollen, was man zu tun hat?

Sie schüttelte den Kopf um sich von den Gedanken zu befreien. Ein vollgestopftes, wirres Gehirn konnte sie nicht gebrauchen. Sie musste sich schützen, damit sie diese Trauerfeier überstand. Denn sie waren dort, innerhalb der Kirche, und dort würde sie sich ihnen nicht entziehen können! Damals war sie erst sieben Jahre alt gewesen und hatte noch keine Ahnung von ihnen – nicht, dass sie jetzt mehr davon besaß. Seit dem Schockerlebnis hatte sie nie wieder einen Fuß in eine Kirche gesetzt – bis heute!

Melanie kam mit Bianca in den Armen aus der Küche, um sich zu verabschieden. Sarahs angespannte Miene entschwand augenblicklich. Mit einem liebevollen Blick hielt sie die Hände nach ihrer Tochter aus.

Kommentarlos drückte die Babysitterin ihr das elf Monate alte Kleinkind in die Arme. Vergnügt quietschte sie laut und zappelte mit ihren kleinen Patschhändchen.

»Das du mir sie nicht wie letztes Mal vollkotzt. Verstanden?«

Sarah grinste.

»Ich glaube, das hat ihr nicht besonders gefallen.«

Melanies Mundwinkel zuckten belustigt.

»Wo du recht hast, hast du recht«, antwortete sie gespielt ernst.

»Bis bald, Spätzchen.« Sarah küsste Bianca zärtlich auf die Stirn und reichte sie daraufhin ihrer Mutter.

»Bis bald mein Schatz.«

Liebevoll drückte sie ihre Enkelin an sich.

»Wir werden über den Daumen gepeilt in zwei Stunden zurück sein. Wenn du mich brauchst, kannst du mich auf dem Handy erreichen«, erklärte Sarahs Mutter, als sie Bianca wieder in die Obhut der Babysitterin gab. Melanie nickte. »Es wird bestimmt alles gut gehen.«

»Außer sie kotzt dich doch noch an«, grinste Sarah.

Melanie verzog den Mund.

»Ich hoffe nicht …«

»Lass uns jetzt gehen, sonst sind wir in der Tat noch die Letzten!« Die Mutter drückte ihrer Tochter die schwarze Jacke in die Hand, wobei diese seufzend die Augen rollte, und öffnete die Wohnungstür.

Das Treppenhaus war wie immer stickig. Der Hauseigentümer hatte vor einem halben Jahr die Fenster ersetzt. Die ließen sich nun dummerweise nicht mehr öffnen, wodurch es nun immer ungelüftet und leicht modrig roch. Den Sinn dieser supermodernen Fenster verstand Sarah allerdings nicht. Wer weiß, vielleicht hatte der Hausbesitzer einfach nur keine Ahnung von Fenstern?

Draußen blies ein kühler Herbstwind. Viele der Bäume hatten bereits ihre braun-rötliche Blätterpracht verloren, welche nun ungezügelt durch die Luft wirbelte.

»Kein guter Tag zum Sterben«, murmelte Sarah leise.

Ihre Mutter warf ihr einen mahnenden Blick zu.

»Ich hoffe nicht, dass du in der Kirche einen deiner Sprüche bringst! Die sind dort über die Maßen unpassend!«

»Mum«, begann ihre Tochter flehend, während sie um den Wagen lief und einstieg, »kann ich nicht draußen warten und Frau Benner nach dem Gottesdienst kondolieren?«

Die Mutter schnaubte verärgert, als sie den Sicherheitsgurt befestigte.

»Willst du mich um den Verstand bringen? Das haben wir die letzten Tage schon oft genug besprochen!«

»Bitte, ich …«, versuchte es Sarah ein weiteres Mal, doch sie wurde abrupt unterbrochen.

»Was hast du nur für eine Phobie gegen Kirchen?« Sie startete den Wagen und fuhr aus der Einfahrt. »Es sind schließlich die Häuser Gottes!«

»Ich mag die Orte einfach nicht. Das weißt du! Ach, jetzt komm schon Mum, es genügt doch, dass ich mitkomme!«

»Ich werde meine Meinung nicht ändern! Du kommst hinein! Das bist du mir schuldig nach all dem …!«, sie atmete geräuschvoll aus, »du weißt schon!«

Ihre Tochter warf ihr einen finsteren Blick zu.

»Wie sollte ich es vergessen, schließlich erinnerst du mich ständig daran!«, sagte sie gefrustet.

»Tja, hättest du damals auf mich gehört, dann …«

»Schon gut!«

Dieses Thema brachte ihr Inneres immer zum Brodeln.

»Ich habe verstanden!«

Ihre Mutter nickte zufrieden.

»Dann ist ja alles geklärt.«

Für Sarah war allerdings nichts geklärt! Je näher sie der Kirche kamen, desto mehr breitete sich die Angst in ihrem Körper aus. Ihr Puls erhöhte sich schlagartig, als sie an das Geschehnis von vor zehn Jahren dachte. Damals betrat sie mit ihren Eltern das erste Mal eine Kathedrale. Sie war voller Neugier, wie diese innen aussah. War der Altar tatsächlich so prunkvoll, wie ihr Vater erzählte? Und gab es diese Beichtstühle, in denen man dem Pfarrer all seine Sünden anvertraute, wirklich? Sie war so erfüllt von Wissensdurst, so ungeduldig, so aufgeregt. Doch die kindliche Neugierde wurde zu einer Tragödie, welche sie durch das gesamte Leben begleitete. Ihre Eltern hatten es bis heute nie verstanden, was in dem Gotteshaus eigentlich vorgefallen war. Sie hatten die plötzliche Panikattacke ihres Kindes nicht nachvollziehen können, und waren gezwungen, ein panisch um sich schlagendes und schreiendes Mädchen aus der Kathedrale zu bringen. Damals hatte es Sarah selbst nicht verstanden, und konnte es heute immer noch nicht wirklich. Sie wurde damals in der Kirche von einem Toten attackiert!

Als sie beim Lebensmittelgeschäft um die Ecke bogen, trat der Turm der Kirche in ihr Blickfeld. Sarahs Magen zog sich auf Anhieb zusammen. Eine leichte Übelkeit überkam sie, gefolgt von einer unangenehmen Nervosität. Am liebsten hätte sie die Türe aufgerissen und wäre so schnell wie möglich geflüchtet. Obwohl das Gotteshaus mit seinen weißen Mauern und dem rötlichbraunen Dach im Grunde genommen sehr freundlich aussah, wusste Sarah, dass die Gefahr im Innern lauerte! Eine Gefahr, welche ihr als Siebenjährige monatelange Albträume bescherte. Wie würde es diesmal sein?

Sie fuhren die Einfahrt zum Kirchengebäude hoch und parkten auf dem dafür vorgesehenen Platz.

»Zum Glück haben sie einen großen Parkplatz. Hast du die vielen Menschen vor dem Eingang gesehen? Ich habe schon befürchtet, keine Parkmöglichkeit mehr zu finden.«

Die Mutter stellte den Motor ab und zog den Schlüssel aus dem Zündschloss.

»Du bist ja kreideweiß. Ist dir nicht gut?«

Sie warf ihrer Tochter einen fragenden Blick zu. Sarah schüttelte den Kopf. In ihrem Gehirn wirbelten die Erinnerungen an das schreckliche Kirchenerlebnis wie ein Tornado herum. Sie hatte Angst! Ja, sie hatte eine verdammte Angst, gleich in dieses Gebäude zu gehen!

Stirnrunzelnd kniff ihre Mutter die Augen zusammen.

»Ist das ein neuer Trick, um nicht mitzukommen?«

»Nein«, erwiderte Sarah matt. »Mir ist wirklich schlecht.«

Ihr war von der Anspannung noch übler als zuvor.

»Wie auch immer«, meinte ihre Mutter trocken und machte eine theatralische Geste in die Luft. »Frau Tochter wird mich trotz allem begleiten.«

Mit diesen Worten öffnete sie die Wagentür und trat hinaus, wo ihr gleich eine Windböe das Haar zerzauste. »Dieser blöde Wind!«, hörte Sarah sie fluchen, als sie ebenfalls ausstieg. Ihre Beine fühlten sich an, als wären sie aus Blei, während ihre Knie gleichzeitig wie Espenholz zitterten.

Ich muss diese Beerdigung überstehen! Ich muss diese Beerdigung irgendwie überstehen!

Je näher sie der Kirche kam, umso mehr schwand ihr Glaube daran, es wirklich durchzustehen. Sie hatte einfach zu sehr Angst davor, wieder einen von ihnen zu sehen.

Oh Gott, was tue ich hier bloß!

Als Sarah neben ihrer Mutter den gepflasterten Weg entlangging, fühlte sie sich wie eine Verbrecherin, die vom Henker zum Galgen geführt wurde. Ihr Herz schlug mit jedem Schritt, dem sie dem Gotteshaus entgegenkam, schneller und heftiger. Ihre Hände waren vor Nervosität schweißnass.

Die große, hölzerne Flügeltüre war mittlerweile geöffnet und die Traube an Menschen, die zuvor noch vor der Kirche beisammenstanden, war zwischenzeitlich ins Innere getreten. Vereinzelt kamen Trauergäste zu Fuß vom Dorf her, oder fuhren an ihnen vorbei in Richtung Parkplatz.

»Nun sind wir doch noch zu spät!«, murmelte die Mutter missmutig. Dies interessierte ihre Tochter allerdings nicht. Je weiter hinten sie saßen, desto besser für sie. So nah wie möglich an der Tür, der Fluchtweg für den Notfall musste auf jeden Fall in ihrer Nähe sein.

Sarah sah zum Kirchenturm hinauf, der steil in die Höhe ragte. Er sah so idyllisch aus, so friedlich und einladend - genau wie die Kathedrale von damals. Es war kaum zu glauben, dass sie darin eine ihrer erschütterndsten Erfahrungen erlebt hatte. Warum hatte Gott ausgerechnet sie auserwählt? Wusste er damals bereits, was sie neun Jahre später für eine »verdammte Dummheit« - so wie es ihre Mutter bezeichnete – tat? War es irgendein Omen oder eine Warnung, welche sie übersehen hatte? Sie wusste es nicht. Sie wusste nur, dass sie in ihrem jungen Leben einen Fehler begangen hatte. Und dieser Fehler hieß Luke.

Sarah schluckte den sich bildenden Kloß in ihrem Hals hinunter, als sie vor der steinernen Treppe stand, welche sich in einer Rundung um die pompöse Flügeltür schmiegte. Nur ein paar Schritte trennten sie von dem, was ihr monatelang Albträume bereitet hatte.

Der Kloß begann erneut im Hals anzuwachsen. Dieses Mal gelang es ihr jedoch nicht, ihn einfach zu schlucken. Er schnürte ihr die Atemwege zu, so dass Sarah nur flach atmen konnte. Was würde sie tun, wenn es wieder passierte und sie von ihnen attackiert wurde? Sie konnte unmöglich mitten im Gottesdienst schreiend aus der Kirche rennen.

»Können wir …«, begann Sarah mit belegter Stimme. Sie räusperte sich. »Können wir einfach hinten sitzen?«

Ihr Unterton klang flehend. Ihre Mutter zog empört eine Augenbraue hoch.

»Hinten?«, wiederholte sie. »Natürlich nicht! Wir sind gute Nachbarn und setzen uns in die Mitte oder wenn möglich sogar weiter vorne!«

»Wir sind aber keine Familienangehörige«, erwiderte Sarah steif. »Die vorderen Reihen sind für die reserviert!«

»Soviel ich weiß, haben sie keine große Familie, jedoch eine Menge Freunde, zu denen wir auch zählen«, meinte ihre Mutter selbstsicher. »Ich kann mich erinnern wie Frau Benner von ihrer einzigen Tochter und der Enkelin sprach. Daher sollten zuvorderst auch nicht allzu viele Verwandte sein.« Sie strich sich das durch den Wind zerzauste Haar zurück. »Lass uns nun endlich reingehen!«

Ohne die Reaktion abzuwarten, legte sie ihrer Tochter die Hand auf den Rücken und schob sie zur hölzernen Flügeltür. Sarahs Herz flatterte vor Nervosität, Beklemmung und Ungewissheit. Sie fühlte sich wie ein gefangenes Tier, als sie unter dem Türbogen hindurch geschoben wurde, welcher wie die Pforte zur Hölle über sie hinweg ragte. Für sie war es nicht nur eine Tür aus Holz, in der wunderschöne biblische Bilder eingeschnitzt waren, sondern ein Durchgang zu einem Ort, der ihre Ängste hervorbrachte. Als Kind hatte sie sich geschworen, so einen Ort nie wieder zu betreten.

Sarahs Lippen begannen zu beben, als stünde sie nur leichtgekleidet seit längerer Zeit in der Eiseskälte. Doch ihr war alles andere als kalt. In ihr loderte ein regelrechtes Feuer. Die Angst spornte ihre Zellen zu Höchstleistungen an. Sie spürte, wie sie unter den Achseln und an den Händen schwitzte.

In der Kirche sah alles ganz normal aus. Ihre Schritte hallten auf dem steinernen Boden, als sie den Mittelgang entlanggingen. Würde es gleich passieren? Oder erst später? Sie wusste es nicht!

Von Furcht erfasst, spähte sie vorsichtig über die hölzernen Sitzbänke. Sie wusste, dass sie irgendwo lauerten, auch wenn sie sie nicht sah. Aber schon der Gedanke daran bereitete ihr eine mordsmäßige Angst.

Die Kirche hatte ein helles, langes Kirchenschiff mit voneinander getrennten Arkadenreihen. Die farbigen Glasmalereien zeigten Bilder aus der Bibel. Vor dem Chorraum stand ein prunkvoller Altar aus

Marmorgestein. Auf beiden Seiten hingen goldene Abbildungen von Heiligen. Zur rechten stand ein wunderschön verziertes, steinernes Taufbecken, zur Linken eine hölzerne Kanzel.

Mit zusammengekniffenem Mund versuchte Sarah, sich auf die Trauergäste zu konzentrieren. Die vier vordersten Reihen waren beidseitig lückenlos besetzt. Dahinter saßen die Menschen unregelmäßig verteilt. Sarah sah an dem Gesichtsausdruck ihrer Mutter, wohin sie sich setzen wollte. Das gefiel ihr ganz und gar nicht.

Es war noch immer friedlich - kein Anzeichen von ihnen. Nur ein leises Stimmengemurmel drang durch die große Kirche. Eine Beklommenheit stieg in ihr hoch. Der Wunsch, rückwärts hinauszugehen, steigerte sich immer mehr. Der beständige Druck von Mutters Hand an ihrem Rücken ließ ihn allerdings wie eine Seifenblase platzen. Unbeeindruckt schob sie ihre Tochter selbstsicher nach vorne. Immer weiter und weiter... Je mehr Sarah in das Herz dieses Gebäude tauchte, umso heftiger wurde ihr Angstgefühl.

»Lass uns hier sitzen«, bat sie leise und zeigte auf eine Bank, in der hinteren Hälfte, die kaum besetzt war. Doch ihre Mutter drückte sie wortlos weiter. Sarah versuchte vergeblich, den Kloß hinunterzuschlucken. In der fünften, linken Reihe gab es drei freie Plätze. Aber so weit nach vorne wollte sie nicht. Was, wenn es geschah und sie in Panik geriet? Dann war sie gezwungen, Hals über Kopf an dutzenden von Trauernden vorbei zu rennen.

Sarahs bleierne Beine wurden immer schwerer. Alles in ihr sträubte sich, weiter zu gehen. Wieso war sie nur so dumm gewesen, überhaupt einen Fuß in diese Kirche zu setzen? Hätte sie nicht irgendeine Krankheit vorschwindeln können? Als kleines Mädchen gelang ihr der Erkrankungs-Trick doch immer. Warum nicht jetzt auch noch als 17-Jährige?

»Setz dich«, hörte sie die herrische Stimme ihrer Mutter, als diese sie am Arm auf die Seite zog. Erschrocken zuckte Sarah zusammen und starrte sie mit weitaufgerissenen Augen an.

»Setz dich endlich!« Ihre Tochter blinzelte irritiert. So tief in ihren Gedanken versunken, hatte sie nicht mitgekriegt, dass sie bereits bei der fünften, linken Reihe angelangt waren.

»Na los!«, forderte sie ihre Mutter auf. »Auf was wartest du denn?« Wortlos setzte sie sich unbehaglich. Zwischen ihr und dem Mittelgang war noch ein Platz übrig. Hoffentlich kam niemand auf die Idee, sich neben sie zu setzen, denn es war ihr Fluchtweg, und den wollte sie sich klugerweise freihalten.

Das Herz schlug Sarah bis zum Hals. Mit zitternden Händen zog sie langsam den Reißverschluss ihrer Jacke nach unten. War es heiß oder eher kühl? Die Beklemmung in ihr löste eine gewaltige Hitze aus. Aber es war nur Sarahs Hitze, alle anderen behielten nämlich ihre Jacken an. Sarah schaute sich verstohlen um, auch wenn es die dümmste Idee war, die sie haben konnte. So würde sie ihre Aufmerksamkeit ganz sicher direkt auf sich ziehen. Taktisch geschickt war es, die Trauerfreier auf den Boden starrend durchzustehen und bei der ersten Möglichkeit aus der Kirche zu verschwinden. Das war der Plan, den sie sich zuhause zurechtgelegt hatte, um sechzig Minuten an diesem schrecklichen Ort zu überstehen. Allerdings war da etwas, was sie zwang, nach vorne zu sehen. Sie konnte nicht anders, sie musste einfach zur vordersten Reihe schauen!

Frau Benner saß auf der vorderen, rechten Bankseite. Mit ihren strahlend weißen Haaren, die sie immer zu einem Dutt hochsteckte, war sie nicht zu übersehen. Die Witwe hatte schon immer eine eigenartige Anziehung auf sie, doch heute war es irgendwie noch stärker als sonst. Sarah hatte regelrecht das Gefühl, als würde ihr Körper sie anschreien, ihre Nachbarin anzusehen.

»Starr sie nicht so an!«, ermahnte ihre Mutter, »das ist unhöflich!«

Sarah warf ihr einen Blick über die Seite zu und wollte gerade etwas erwidern, als sie eine Frau am anderen Ende der Reihe erblickte, die sie mit eisigen Augen anstarrte. Erschrocken schnappte sie nach Luft, wobei ihr Herz zu rasen begann, als würden Tausende von Wildpferden durch ihren Körper galoppieren.

Sie hatte sich allerdings getäuscht. Beim genaueren Betrachten bemerkte sie, dass es sich lediglich um einen Trauergast handelte. Angsterfüllt wandte sie sich hastig ab und sah zu ihrer Überraschung in die sanften Augen der alten Nachbarin. Hatte sie ihre vorhergehenden Blicke bemerkt oder war es ein Zufall, dass sie sich genau in diesem Augenblick zu ihr umdrehte? Frau Benner lächelte sanft, so wie sie es immer tat. Es war ein Lächeln, das zeigte, wie sehr sie mit sich selbst im Reinen war, und jedem, der sie anblickte, Ruhe und Gelassenheit schenkte. Das spürte sie zumindest immer, wenn ihre alte Nachbarin sie ansah. Die Witwe nickte ihr kurz zu. Als würde diese Geste in Sarahs Körper ein vorprogrammiertes Programm aktivieren, entfaltete sich genau in diesem Moment eine innere Entspannung.

Wie ist das nur möglich?

Sarah bemerkte, wie ihr hämmerndes Herz langsamer wurde und Ruhe die Beklommenheit ersetzte. Sie nickte zögerlich zurück. Sollte sie ihr ein Lächeln schenken? War das nicht eher geschmacklos einer Person gegenüber, die ihren Ehemann zu Grabe trug? War es aber nicht auch unhöflich, wenn sie es nicht tat? Schließlich hatte ihre Nachbarin auch gelächelt. Sarah musterte sie. Für eine Witwe sah sie erstaunlich gefasst aus. Dieses Gefühl von »im Reinen mit sich selber sein« umgab sie genauso wie an früheren Tagen. Ihre Augen waren weder gerötet noch feucht. Sie wirkten liebevoll wie eh und je. Sarah lächelte vorsichtig. Frau Benner nickte ein weiteres Mal, als ob sie auf ihr Lächeln gewartet hatte, und wandte sich wieder ihrem Sitznachbarn zu.

Eigenartig! Sarah war ganz ruhig!

Ihr Herz schlug im gewohnt ruhigen Rhythmus und sie fühlte sich absolut gelassen. Kein Schweißausbruch und keine Anzeichen von einer Panikattacke. Und das, obwohl sie in der fünften Reihe einer Kirche saß!

Unfassbar, was der Blick in die Augen dieser alten Person alles bewirken konnte!

Die Orgel begann ein langsames, schweres Lied zu spielen. Die Anwesenden hielten augenblicklich inne und lauschten den Klängen des wundervollen Instruments. Es war eine schöne Arie, gefüllt von tragenden, tiefen Tönen. Sarah beobachtete die Trauergäste auf der anderen Seite. Einige tupften sich bereits jetzt schon mit einem Taschentuch die nassen Augen ab, andere hingegen versuchten, die Fassung zu wahren, und schluckten ihren Kummer hinunter. Würde sie auch weinen? Vielleicht, wenn die schwermütige Musik gemischt mit der traurigen Stimmung der anderen sie überwältigte. Aber gewiss nicht wegen des Verlusts ihres alten Nachbars, dafür hatte sie ihn viel zu wenig gekannt.

Unvermittelt blieb ihr Blick an einer Person haften, die im gegenüberliegenden Seitenschiff stand. Die Frau trug einen gelbgrünen Regenmantel, wobei die Kapuze über den Kopf gestülpt war. Sarah kniff die Augen zusammen, um sie genauer zu betrachten. Ihr Magen zog sich dabei immer mehr zusammen und ein schlechtes Gefühl überkam sie. Die Augen der Frau wirkten so leblos. Sie schluckte. Diesmal war sie sich sicher, die Frau im Regenmantel war keine Trauernde! Es war eine von Ihnen!

Augenblicklich flatterten ihre Nerven wie eine Schar aufgescheuchter Vögel. Die innere Ruhe war binnen Sekunden wie weggeblasen. Die Anspannung, die sich in kürzester Zeit im gesamten Körper ausbreitete, drückte ihr erneut den Schweiß aus den Poren. Obwohl sie rasch und oberflächlich atmete, überkam sie trotz alldem das Gefühl, keinen Sauerstoff in ihre Lungen zu transportieren. In der Hoffnung, einen helfenden Ruhepol zu finden, sah Sarah hilfesuchend zu Frau Benner hinüber. Doch diese lauschte den Klängen der Orgel und schaute vor sich auf den Boden. Zitternd presste sie ihre Hände auf die Oberschenkel und vergrub die Fingernägel tief in ihrem Fleisch, bis es wehtat. Denn Schmerz zu spüren war ihre einzige Möglichkeit, sich im Griff zu behalten. Es musste ihr gelingen, die aufkeimende Panikattacke zu überwältigen. Sie war noch zurückhaltend - sie konnte sie fühlen - aber sie kam definitiv angerollt! Wenn es ihr nicht gelang, sie abzuwerfen, würde sie in den nächsten Minuten wie eine Irre schreiend aus der Kirche stürmen. Genau wie damals! Unvermittelt bemerkte sie aus ihren Augenwinkeln etwas Gelbliches. Hastig schaute Sarah hinüber und zuckte zusammen. Die Frau im Regenmantel stand im Mittelschiff, direkt vor der gegenüberliegenden Bank. Und Sarah war die Einzige, die sie sah.

Zornig stierte die Frau sie ununterbrochen an. Nur sie, niemanden sonst. In Sarah zog sich alles zusammen. Obwohl es schon Jahre her war, fühlte es sich an, als wäre dieses schreckliche Ereignis erst gestern geschehen!

Wieso hatten es diese Menschen - oder was davon übrig geblieben war - immer auf Sarah abgesehen? Und warum war sie die Einzige, welche die Frau bemerkte?

Ein Pfarrer war ein Bote Gottes, der ihm näher stand als jeder andere Anwesende. Warum konnte nicht einmal er sie sehen?

Die Panikattacke in ihr steigerte sich ins Unermessliche. Sie wollte sie bremsen, doch die Wucht, mit der sie sich in ihren Körper drang, war nicht aufzuhalten.

Schwarze Punkte tänzelten bereits vereinzelt vor Sarahs Augen und in ihrem Kopf begann sich alles zu drehen. »Ich muss hier raus!«

Sie wollte gerade aufstehen, als sich unerwartet ein Junge auf den noch freien Platz neben ihr setzte. Sarah keuchte auf. In Erwartung, die Frau im Regenmantel würde sie attackieren, drückte sie sich reflexartig gegen ihre Mutter. »Was soll das!«, zischte diese verhalten. »Setz dich angemessen hin! Wir sind auf einer Beerdigung!« Ohne auf den erschreckten Gesichtsausdruck ihrer Tochter einzugehen, drückte sie Sarah zurück auf ihren Platz und widmete ihre Aufmerksamkeit wieder der Orgelmusik zu. Starr vor Angst, stierte Sarah mit weit aufgerissenen Augen den fremden Jungen neben sich an. Er trug ein silbergraues, langes Hemd, bei dem die beiden obersten Knöpfe geöffnet waren, sowie eine schwarze Hose. Seinen Hals zierte eine derbe Silberkette mit einem silbernen Anhänger, der aussah, wie zwei ineinander verschlungene Flammen. Sein Haar war blond und reichte ihm bis ans Kinn.

Erneut stieg Panik in Sarah auf. Indem er sich neben sie gesetzte hatte, blockierte er ihren Fluchtweg.

Ungeachtet dessen saß er so in ihrem Blickfeld, dass sie die Frau im Regenmantel nicht mehr sah. War sie eigentlich noch da? Sarah versuchte, an ihm vorbei zu schauen, doch immer wenn sie einen kurzen Blick auf den Mittelgang erhaschen konnte, änderte er seine Sitzposition so, dass sie abermals nichts sah. Wie macht er das?, dachte Sarah. Er sieht doch zum Altar und scheint der Orgelmusik zu lauschen! Spielte er mit ihr? In einer Kirche, bei jemanden Fremden und dann noch während einer Trauerfeier? Nein, das war nicht möglich!

Einerseits ärgerte es Sarah, dass sie nichts sah, anderseits war sie ihm irgendwie dankbar - wenn sie die Frau nicht sehen konnte, sah die Frau sie auch nicht...

Als die Orgel verstummte, stand der Pfarrer auf, trat auf die Kanzel und begrüßte die Trauernden. Sarah hörte ihm allerdings nicht zu. Obwohl sie die Regenmantelfrau nicht mehr im Blickfeld hatte, herrschte in ihr immer noch diese große Angst. Sie musste versuchen, dieses Gefühl irgendwie in den Griff zu kriegen, um nicht doch noch eine Panikattacke zu bekommen.

Kaum hörbar keuchte sie vor sich hin und presste die Hände noch fester in ihre Oberschenkel.

»Sich ausschließlich auf das Ein- und Ausatmen zu konzentrieren, hilft«, flüsterte der unbekannte Junge. Unvermittelt schreckte Sarah hoch und schaute in seine wunderschönen, grauen Augen.

»Die Trauer überkommt einen oft unerwartet. Ich kenne das. Mir hilft es, die Augen zu schließen und sich ausschließlich auf den Atem zu konzentrieren.«

Sarah musterte ihn verwirrt. Dachte er, sie hätte eine Panikattacke wegen der Beerdigung?

Die schwarzen Punkte vor ihren Augen tänzelten weiterhin umher und schienen nicht die Absicht zu haben, zu verschwinden.

»Vielleicht hilft es auch dir«, sagte der Junge sanft. »Außer du möchtest natürlich schreiend aus der Kirche stürmen und alle Augen auf dich ziehen.« Ein Grinsen umspielte seine Mundwinkel, als er ihre perplexe Reaktion sah.

Wie konnte er davon wissen? Nichts ängstigte sie mehr, als keine Kontrolle mehr über sich zu haben und wie ein Fluchttier hinaus zu stürzen. Okay, nicht ganz! Das kam direkt nach diesen schrecklichen untoten Menschen, die hier umherirrten. Die grauen Augen des mysteriösen Jungen ruhten gelassen auf ihr.

»Versuch es«, forderte er sie im Flüsterton auf, wobei er sich leicht zu ihr hinüberlehnte. »Es wird bestimmt auch dir helfen.«

Als ob sie ihm unbewusst gehorchte, senkte sie den Kopf und schloss die Augen. Ihr Atem war immer noch viel zu oberflächlich und hastig. Das Gefühl, kaum Luft zu kriegen befahl ihren Lungen, noch schneller zu arbeiten, was leider das genaue Gegenteil auslöste.

Sarah versuchte, die Worte des Pfarrers, die überfüllte Kirche und den Jungen neben sich auszublenden. Sie wollte sich nur noch auf ihren Atem konzentrieren. Tief einatmen, tief ausatmen, tief einatmen, tief ausatmen.

Zu Beginn schlichen sich die Worte der Predigt zurück in ihr Ohr und Bewusstsein, doch mit der Zeit gelang es ihr, sich vollumfänglich mit der Atmung zu beschäftigen. Ausatmen, einatmen. Ausatmen, einatmen.

Mit jedem Atemzug trat Stück für Stück mehr Ruhe in ihr Inneres. Das rasende Herz beruhigte sich und die zitternden Hände auf den Oberschenkeln entspannten sich immer mehr. Es war ein angenehmes Gefühl so in die Gelassenheit zu kommen. Sarah hatte es nicht für möglich gehalten, doch der Trick des Jungen funktionierte.

Sarah wusste nicht, wie lange sie mit niedergeschlagenen Lidern dasaß. Sie öffnete ihre Augen erst wieder, als sich alles in ihr beruhigte und sie sich restlos entspannt fühlte. Langsam hob sie den Kopf. Der blonde Junge saß immer noch neben ihr und hörte dem Pfarrer zu, wie dieser ein Gedicht des Verstorbenen las. Er lächelte dabei liebevoll. Sarah musterte ihn aus den Augenwinkeln. Er sah irgendwie gut aus mit seinen markanten Gesichtszügen, den vollen Lippen und langen Augenwimpern. Am linken Ohrenläppchen bemerkte sie einen silbernen, runden Ohrring. Als ob er ihren Blick auf sich spürte, wandte der Junge seinen Kopf und schmunzelte.

»Geht's wieder?«

Ertappt errötete sie, hielt aber seinem Blick stand. Hatte er die ganze Zeit gewusst, dass sie ihn beobachtete? »Alles wieder ok?«

Sie nickte knapp. Erstaunlich! Ihre Panikattacke war durch seine Hilfe spurlos verschwunden - genau wie vorhin, als ihre Nachbarin sie angelächelt hatte. Hatten die beide einen Trick, oder einfach eine unglaublich beruhigende Aura, die alles um sie herum in Harmonie versetzte? Sarah runzelte die Stirn. Was auch immer es war, seine Anwesenheit half ihr, ihre Angst zu bändigen. Als ihre Gedanken kurz zur Frau im Regenmantel wanderten, beschleunigte sich Sarahs Puls wieder. Anstatt die Fingernägel in die Oberschenkel zu drücken, heftete sie ihren Blick an die grauen Augen des Jungen, die sie stumm musterten. Auf irgendeine Weise gab er ihr die Sicherheit, diese Trauerfeier, ohne schreienden Akt der Panik durchzustehen. Sie schüttelte innerlich den Kopf. Sie konnte einfach nicht glauben, was für eine Wirkung sein Dasein hatte.

Die Orgel spielte ein neues Lied. Der Junge wandte seinen Blick zur Decke, schloss die Augen und lauschte der Musik. Er schien im Klang des Instruments förmlich zu versinken. Aus Höflichkeit, und um ihn nicht wie eine nicht ganz dichte, leicht in Panik versetzbare Irre, anzustarren, begann Sarah ihre verkrampften Hände zu massieren. Ohne Frage, sie hätte nur zu gern ihren Sitznachbarn eingehender studiert. Sie konnte es nicht genau definieren, aber sie fühlte es: Irgendetwas war an dem Jungen besonders. War es der Grund, dass er für einen Trauernden äußerst gelassen wirkte? Oder fand sie es eigenartig, dass er ihre Situation gleich richtig interpretierte, obwohl sie sich nicht kannten? Das Letzte war vermutlich nicht schwer zu erraten. Gewiss war ihr vorhin die Panik ins Gesicht geschrieben. Unter Umständen war es aber auch die Tatsache, dass sie noch nie einem Jungen begegnete, der sich von den Klängen der Orgel tragen ließ. Wer hörte in ihrem Alter schon Orgelmusik? Sarah runzelte die Stirn. Wirklich ein eigenartiger Junge!

Obwohl sie diese Art von Musik nicht besonders mochte, versuchte sie darin das zu erkennen, was ihren Sitznachbarn faszinierte. Als sie stumm den Klängen lauschte, trat ihr immer wieder das Bild der Regenmantelfrau vor Augen. Ausatmen, einatmen. Ausatmen, einatmen. Diesmal schoss ihr Puls nicht gleich in die Höhe und keinerlei Zeichen von Panik breitete sich in ihren Körper aus. Unglaublich! Es wirkte ernsthaft!

Als Frau Benner sich kurz umdrehte, musterte sie Sarah kritisch. Sie stutzte. Was hatte ihre Nachbarin veranlasst, sich während des Orgelspiels umzudrehen und sie mit diesem seltsamen Ausdruck im Gesicht zu betrachten? Hatte sie - wie auch immer - mitgekriegt, dass sie vorhin beinahe aus der Kirche gestürmt wäre? Oder störte sie das Geflüster ihres Sitznachbars? Das konnte allerdings nicht möglich sein. Er sprach so dezent, dass nicht mal ihre Mutter intervenierte. Würde diese bemerken, dass ihre Tochter sich während einer Trauerfeier mit jemanden unterhielt, hätte sie es gleich unterbunden. Was war also der Auslöser für diesen Blick?

Ohne weitere Aktion wandte sich Frau Benner wieder zum Altar und lauschte den Worten des Pfarrers, der mit seiner Andacht fortfuhr.

»Schau dir diese Menschen an«, flüsterte Sarahs Sitznachbar. Sie drehte den Kopf und musterte ihn interessiert. »Sie hören die Worte des Pfarrers, doch verstehen sie das Gesagte auch wirklich?« Er blickte zu ihr hinüber und sah sie durchdringend an. »Lassen sie die Worte überhaupt in die Nähe ihrer Herzen?« Er hob die Augenbrauen. War das eine Frage? Wollte er eine Antwort von ihr? Was sollte sie ihm sagen? Sie hatte kein Wort des Pfarrers mitbekommen. Außer der Orgelmusik hatte sie von der gesamten Trauerfeier noch gar nichts aufgeschnappt.

»Die meisten tun es nicht«, beantwortete der Junge seine Frage selbst. Langsam ließ er seinen Blick über die Trauergäste schweifen. »Sie sind viel zu sehr mit ihren Selbstzweifeln beschäftigt, um das Herz zu spüren.« Er machte eine Pause. »Habe ich mich genug um ihn gekümmert, als er noch lebte? Habe ich ihm oft genug gesagt, dass ich ihn liebe? Hätte ich ihn öfter besuchen sollen?« Der Junge sah zu Sarah. »All diese Fragen, die in diesem Moment komplett unwichtig sind, kreisen in den Köpfen der Trauernden und lassen sie nicht fühlen. Dabei sind diese Fragen alle egal! Es war so, wie es war. Es gibt nichts mehr zu ändern! Warum also seine Gedanken mit Schwere und Selbstvorwürfen quälen?« Gabriel verzog spöttisch den Mund. »Ist es nicht so?«

Nicht wissend was sie darauf antworten sollte, zuckte sie kurz mit den Schultern. Sie hatte sich diese Fragen noch nie gestellt. Wie auch, dies war ihre erste Beerdigung. Und Herr Benner war auch kein Verwandter. Vielleicht quälten sich die Anwesenden mit diesen Fragen, doch sie nicht. Sie war nur hier, weil sie von ihrer Mutter gezwungen wurde – aber das konnte sie dem Jungen schlecht als Antwort geben. Schließlich wusste sie nicht, wie nahe er der Familie stand. Sie wollte verhindern, dass er sich bei ihrer Nachbarin beklagte und die wiederum bei ihrer Mutter. Das gäbe einen riesen Ärger. Der Junge warf nochmals einen Blick über die Trauernden.

»Man sollte sich nicht mit Selbstvorwürfen quälen«, wiederholte er. »Aber es gelingt einem nicht«, fügte er leise, mit einem Hauch Verbitterung dazu. Sarah musterte ihn stumm. Als er keine Anstalten mehr machte sich mit ihr zu unterhalten, richtete sie ihre Aufmerksamkeit dem Pfarrer zu, in der Hoffnung, dass der Gottesdienst bald enden würde.

Nach einer Stunde, die sich elend lang anfühlte, und in der, der sonderbare Junge kein Wort mehr gesagt hatte, drehte er sich plötzlich wieder ihr zu.

»Ich muss jetzt gehen. Denke an die Atemübung, sie wird dir helfen, den Rest der Andacht durchzustehen.« Sarah nickte perplex. Er kam zu spät und ging zu früh? Das war bei einer Beerdigung nicht üblich und sicher nicht das, was Frau Benner wünschte.

»Man sieht sich.« Er zwinkerte ihr zu, stand auf und lief gemächlich den Bankreihen entlang zum Ausgang. Keiner der anderen Anwesenden würdigte ihn eines Blickes.

Sarah sah ihm nach. Irgendetwas in ihr wollte nicht, dass er ging. So alleine, ohne ihr menschliches Schutzschild fühlte sie sich beinahe nackt. Was für ein eigenartiger Junge!

»Was soll das?«, zischte ihre Mutter leise und zog an ihren Arm. »Benimm dich und setz dich anständig hin! Was sollen die Anderen denken?« Sarah wandte sich nach vorne um. »Tu wenigstens so, als würde dich die Predigt interessieren! Du musst den Trauergästen ja nicht direkt unter die Nase reiben, dass du kein Interesse daran hast!«

»Tut mir leid.« Sarah legte ihre Hände in den Schoss und schaute zum Pfarrer. Seine Worte drangen jedoch nicht bis zu ihr. Ihre Gedanken kreisten ständig um diesen eigenartigen, blonden Jungen. Sie verstand nicht, warum er sich ausgerechnet neben sie in die fünfte Reihe setzte, um dann kurz vor Andachtsende zu verschwinden. War er unter Umständen mit der Situation überfordert? Wohl nicht. Er hatte auf sie eher gefasst gewirkt. Möglicherweise war er aber ein Meister darin, seine Gefühle zu verbergen, und hatte es nicht länger ausgehalten. Vermutlich saß er jetzt in irgendeiner Ecke und weinte sich vor Trauer um Herrn Benner das Herz aus der Brust.

Nachdem das letzte Orgellied ausklang, eilte Sarah, so schnell es ihre Mutter zuließ, aus der Kirche. Auch wenn die Anwesenheit des »menschlichen Schutzschildes« ihr half, mit der Situation klar zu kommen, keimte nach seinem Verschwinden wieder eine Beklemmung in ihr auf. Vor Angst, diese könnte sich erneut in eine Attacke wandeln, wollte sie nur noch so schnell wie möglich hinaus.

Sarah hatte eigentlich fest damit gerechnet, den Jungen außerhalb der Kirche ein weiteres Mal anzutreffen. Irgendwie hatte sie es sogar gehofft. Als die Trauergäste auf dem Platz vor dem Gotteshaus Frau Benner ihr Beileid bekundeten, schweiften ihre Blicke über die Anwesenden. Er war nirgends zu sehen. Enttäuschung schlich sich ein. Aber wieso? Wollte sie wirklich wissen, ob er in einer Ecke weinte? Oder wollte sie ihm lediglich für seine Hilfe danken? Sie war sich selbst nicht ganz klar darüber. Sie kam allerdings nicht mehr dazu, länger darüber nachzudenken. Augenblicklich wurden ihre Gedanken an den Jungen, durch eine Person überschattet, die sie hier nie erwartet hätte. In Sarah zog sich alles zusammen. Was tut sie hier?

In der Nähe des Parkplatzes stand die Anführerin der Gruftschwestern und starrte zu ihr hinüber. Wie immer trug sie eines dieser schwarzen Gothic-Kleider. Etwas anderes schien sie in ihrem Kleiderschrank nicht hängen zu haben. An ihren Ohren hingen umgekehrte Kreuze und um den Hals trug sie ein Lederband mit Stacheln. Der bodenlange, samtene Mantel war vorne kürzer geschnitten und hinten von einer kurzen Schleppe eingerahmt. Überall waren detailverliebte Schnallen und

Applikationen eingefügt. Die Kapuze war groß und aus schwarzem Kunstfell. Eigentlich gefiel Sarah diese Art Mantel, aber nicht, wenn er um den Körper von Nancy geschmiegt war. Schon am ersten Schultag vor einem halben Jahr, als sie die Neue war, fielen ihr die drei Gruftschwestern auf. Sie trugen nur schwarze Kleidung und wurden von allen Mitschülern gemieden. Dass diese besondere Kleiderwahl in einem so kleinen, konservativen Dorf wie Wanora überhaupt geduldet wurde, war schon außergewöhnlich.

Nancy strahlte etwas Angsteinflößendes, Dunkles aus. Zuerst dachte Sarah, sie würde es sich nur einbilden, bis Paula, ihre mittlerweile beste Freundin, ihr das Gefühl bestätigte. Das einzig Gute war, dass die drei Gruftschwestern - so wie sie von allen hinter vorbehaltender Hand genannt wurden - unter sich blieben. Sie hatten kein Interesse an Kontakt mit anderen und achteten nur auf sich selbst, was auch allen recht war. Umso Eigenartiger, dass Nancy sie nun so durchdringend anstarrte. Sie hatte von ihr sonst noch nie Notiz genommen. Wieso ausgerechnet jetzt?

Sarah musterte sie stirnrunzelnd. War sie unter Umständen eine Verwandte von Herr Benner? Da sie die anderen Trauergäste in der Kirche nicht groß beachtete, konnte sie sich ihre eigene Frage nicht beantworten. Was sie allerdings wusste, war, das Nancys Blicke sie frösteln ließ – oder war das nur der Wind?

Sarah zuckte zusammen, als ihre Mutter ihr die Hand auf den Rücken legte und sie vorwärtsdrängte. Da sie sich zu den Freunden von Frau Benner zählte, standen sie logischerweise in der Schlange der Trauergäste, die Frau Benner ihre Aufwartung machen wollten, und warteten in der Kälte, bis sie an der Reihe waren.

»Unser herzliches Beileid, liebe Frau Benner«, hörte Sarah ihre Mutter neben sich säuseln. Sie hielt allerdings ihre Augen immer noch auf Nancy gerichtet. Sie stand da wie eine aus Stein gehauene Statue und starrte. Aber wieso?

»Es tut mir so unendlich leid. Wenn wir etwas für Sie tun können, dann kommen Sie bitte auf uns zu. Wir unterstützen Sie gerne in dieser schweren Zeit. Nicht wahr, Sarah?« Ihre Mutter legte ihr die Hand auf die Schulter und drückte kurz aber heftig zu, um ihre Aufmerksamkeit zu bekommen. Perplex drehte sich Sarah zu ihrer Nachbarin.

»Äh, wie bitte?«, fragte sie irritiert. Ihre Mutter warf ihr einen bitterbösen Blick zu. Frau Benner dagegen tat so, als hätte sie nicht bemerkt, dass Sarah mit den Gedanken irgendwo anders war. »Es freut mich, dass du zur Andacht gekommen bist. Wie ich gesehen habe, hast du die Bekanntschaft mit Gabriel gemacht.« Sarah zog verwirrt die Stirn kraus. »Der blonde Junge, der neben dir saß«, erklärte Frau Benner.

»Ach so, ja.« Sie lächelte verlegen. Aha, Gabriel hieß er also. Und wer genau war er? Wahrscheinlich stand ihr die Frage im Gesicht, denn die Nachbarin fuhr lächelnd fort: »Wahrscheinlich weißt du das nicht, aber er ist mein

Enkel.« Sarahs Mutter schaute irritiert zwischen Tochter und Nachbarin hin und her.

»Er ist nett«, erwiderte Sarah freundlich. Der Junge ist ihr Enkel. Kein Wunder, dass ihn diese entspannte Aura umgibt - muss in der Familie liegen.

»Das ist er«, meinte Frau Benner und musterte sie, wobei sie diesen eigenartig besorgten Blick aufsetzte. Sie wusste nicht, was sie davon halten sollte. Hatte sie etwas Falsches getan? War sie verärgert, weil sie mit ihrem Enkel gesprochen hatte? Na ja, eigentlich hatte er ja gesprochen und sie lediglich zugehört. Hatte das ihre Nachbarin trotz allem gestört?

Ihre Mutter verabschiedete sich und zog Sarah beiseite, und gab so den anderen Trauergästen die Möglichkeit zu kondolieren. Als sie genug weit wegstanden, damit niemand ihre Unterhaltung mitanhören konnte, funkelte sie ihre Tochter wütend an.

»Kannst du mich bitte loslassen?«, bat Sarah und entzog ihren Arm aus ihrem straffen Griff.

»Wir stehen an um Frau Benner unser Beileid auszusprechen und du hast nichts Weiteres im Sinn als gedankenversunken umherzublicken? Willst du mich eigentlich vor unserer Nachbarin bloßstellen?«, zischte sie. »Sag jetzt nichts! Lass uns einfach gehen!« Super! Wieder einmal kassierte sie den Anschiss für etwas, woran sie unschuldig war! Nicht sie war schuld, sondern Nancy! Sie stutzte. Wo war sie?

Sarah schaute sich verstohlen um, als sie ihrer Mutter wortlos zum Parkplatz folgte. Vorhin stand die

Gruftschwester noch auf demselben Weg. Jetzt fehlte aber von ihr jede Spur.

Genau wie von Gabriel!

Kapitel 2

Sarah saß müde am Frühstückstisch und fütterte Bianca mit einem Getreidebrei. Zwischendurch biss sie von ihrem Marmeladenbrot ab oder trank einen Schluck Kaffee. Der gestrige Tag ging ihr nicht aus dem Kopf. Da war auf der einen Seite Gabriel, der Enkel ihrer Nachbarin. Wieso hatte er sich neben sie und nicht neben seine Familie gesetzt? Als Enkel stand ihm doch die vorderste Reihe zu. War er vielleicht so was wie das schwarze Schaf und war deshalb kurz vor Ende gegangen? Womöglich, damit er seiner Großmutter nicht begegnete? War das auch der Grund, warum Frau Benner ihr während des Gottesdienstes sowie beim Kondolieren einen besorgten, irgendwie seltsamen Blick zuwarf? War er unter Umständen von der Familie ausgestoßen worden? Schließlich hatte ihre Mutter erzählt, ihre Nachbarin hätte nur eine Enkelin. Und was war mit Gabriel?

Sarah trank grübelnd einen weiteren Schluck Kaffee. Entweder ihre Mutter hatte nicht richtig zugehört, was sie kaum glauben konnte, oder ihre Vermutung war korrekt. Das würde auch erklären, warum er nicht um seinen Großvater weinte. Als schwarzes Schaf fühlte man wahrscheinlich nicht die gleiche Vertrautheit. Vielleicht waren sie sogar im Streit auseinandergegangen. Es gab so viele Möglichkeiten für Gabriels Verhalten. Aber warum tauchte er dann auf der Beerdigung auf? Irgendwie ergab das alles keinen Sinn.

Und dann war auf der anderen Seite Nancy, die Anführerin der Gruftschwestern, die sie noch nie zuvor beachtet hatte. Beim Gedanken an ihre kalten Augen schauderte es die junge Mutter. War sie ein Trauergast gewesen? Aber wieso suchte sie dann nicht das Gespräch mit Frau Benner und starrte stattdessen Sarah vom Weg aus an? Und wohin war sie so spurlos verschwunden? Vielleicht auf den Friedhof? Irgendwie würde das ja zu einer Gruftschwester passen…

Sarahs große Fantasie bahnte sich wie so oft einen Weg in ihren Verstand. Sie sah die drei Gruftschwestern, wie sie mit Schaufeln in der Hand vor einem Grab standen und sich langsam daran machten, die Erde abzutragen. Halb verweste Knochenstücke traten zum Vorschein die von Würmern und Kakerlaken durchlöchert waren. Ein dichter Nebel trat plötzlich auf und verschlang ein Grab nach dem anderen mit seinem grauen Vorhang. In der Nähe heulte ein Wolf den Vollmond an. Sarah schüttelte sich. Ihre ausgeprägte Fantasie war wirklich zum Schaudern!

»Solltest du nicht langsam los?«, fragte ihre Mutter und sah auf die Küchenuhr an der Wand. Mist! Sarah stand abrupt auf. Durch die Grübelei hatte sie komplett die Zeit vergessen.

»Kannst du Bianca noch anziehen? Ich muss los!« Sie drückte der Kleinen einen liebevollen Kuss auf die Wange.

»Ausnahmsweise.« Ihre Mutter warf ihr einen strengen Blick zu. »Du weißt, …«

»Ja ich weiß, es ist meine Aufgabe!«, fiel ihr Sarah ins Wort. Ihre Predigten über das Muttersein konnte sie schon auswendig!

»Danke«, erwiderte sie trotz allem und eilte aus der Küche, um sich Stiefel und Jacke anzuziehen. Zuletzt warf sie sich den Rucksack über die Schultern und verschwand mit einem kurzen »Tschüss« aus der Wohnung.

Im Flur kam ihr Frau Benner mit der Zeitung in der Hand entgegen.

»Guten Morgen«. Sie lächelte freundlich - wie immer, doch da war auch wieder dieser besorgte Ausdruck, den sie einfach nicht deuten konnte. Doch um den Grund zu erfragen, hatte sie keine Zeit - sie musste in die Schule.

»Guten Morgen«, grüßte Sarah höflich zurück und wollte gerade wieder losstürmen, als die Nachbarin weiter sprach.

»Hast du dich gut mit Gabriel unterhalten?«

Ohne auf ihre Worte zu achten, drängte sie sich an Frau Benner vorbei.

»Tut mir leid, ich muss los! Ich komme zu spät zur Schule!« Sie wollte eigentlich nicht unhöflich sein, doch sie musste wirklich los. Wenn sie zu spät im Unterricht erschien, würde sie Strafaufgaben kriegen, und das wollte sie auf keinen Fall.

»Kommst du nach der Schule mal zu mir hoch? Ich muss mit dir sprechen«, rief ihr Frau Benner nach. Sarah musste eine leichte Beklemmung herunterschlucken. Also doch! Sie hatte ihre Nachbarin verärgert und nun wollte sie mit ihr darüber reden! Na toll!

»Wiedersehen!« Ohne auf ihre Bitte einzugehen, rannte sie die Stufen hinunter. Irgendetwas hatte sie verbockt, doch sie hatte keine Lust herauszufinden, was es war!

Keuchend bog Sarah mit ihrem Rad um die Ecke und hielt mit einer scharfen Bremsung vor den Fahrradständer der Schule. Sie hatte in die Pedale getreten, um die versäumte Zeit aufzuholen. Das war auch gut, denn so war sie sich sicher, keine Strafaufgaben zu kassieren. Sichtlich außer Atem sicherte sie ihr Rad. Der Wind blies immer noch, doch zum Glück hatte die Stärke nachgelassen. Sarah bemerkte es allerdings nicht wirklich. Sie war durch die rasche Fahrt noch vollends aufgeheizt.

Als sie über den Vorplatz der Westhigh ging, schweiften ihre Gedanken ungewollt wieder zu Gabriel und seinen schönen, grauen Augen. Irgendetwas an ihm störte sie. Sie konnte aber nicht genau sagen, was es war. Er hatte ein silbergraues langes Hemd und schwarze Hosen getragen – was zu einer Beerdigung auch passend war. Die Kleidung konnte es also nicht sein. War es vielleicht sein Gesicht oder die Art wie er sich gab? Irgendwie hatte er etwas Machomäßiges an sich, und sie mochte keine Machos! Und trotzdem war er sehr nett und hilfsbereit gewesen. Den rechten Arm hatte er lässig und entspannt über die Lehne gelegt, während er mit dem

Körper mehr in der Bank lag, als aufrecht saß. Sie schüttelte den Kopf. Er musste da raus! Sofort! Sie würde bestimmt nicht nochmal so einen Fehler begehen! Denn gutaussehende Jungs brachten nur Ärger und sie wusste, wovon sie da sprach!

Sarah drückte die Haupttür der Westhigh auf und hastete durch den Flur. Auch wenn sie ihn und die Gedanken an ihn abschütteln wollte, sie wusste, dass das nicht so einfach war. Dafür war die ganze Situation in der Kirche einfach zu bizarr – und ihre Neugier liebte leider bizarre Dinge!

»Hey, da bist du laa!«, rief Paula und riss sie augenblicklich in die Realität zurück. Erfreut nahm ihre Freundin sie in den Arm. »Ich habe auf dem Hof auf dich gewartet, aber als du nicht kamst, dachte ich, du bist vielleicht krank. Als ich allerdings keine Nachricht von dir auf dem Handy hatte, habe ich mir Sorgen gemacht.«

»Tut mir leid«, entschuldigte sich Sarah, während sie gemeinsam durch den Korridor gingen. »Ich habe die Zeit vollkommen vergessen und dann wollte mich Frau Benner noch aufhalten. Dabei war ich da schon voll im Stress!«

»Ist das die, zu dessen Beerdigung dich deine Mutter geschleppt hat?«, fragte ihre Freundin neugierig.

»Ja genau!« Sarah verdrehte die Augen.

»Oh je!« Paula verzog das Gesicht zu einer Grimasse. Als sie ins Klassenzimmer treten wollte, wurde sie von Sarah zurückgehalten. Über ihnen klingelte die Glocke zur ersten Stunde. Überrascht blieb Paula stehen. Sarah beugte sich verschwörerisch zu ihr hinüber.

»Weißt du, wen ich dort vor der Kirche gesehen habe?«

»Den toten Nachbarn?«, fragte Paula kichernd. Sie gab ihrer Freundin einen leichten Klaps auf den Arm.

»Lass deine doofen Witze! Ich habe Nancy gesehen!« Paulas Augen weiteten sich.

»Nancy war auf der Beerdigung?«

Sarah schüttelte den Kopf.

»Nein! Besser gesagt, ich weiß es nicht genau. Als wir vor der Kirche warteten, um Frau Benner unser Beileid auszusprechen, stand sie in der Nähe des Parkplatzes und starrte mich an! Direkt in die Augen!« Paula öffnete erstaunt den Mund.

»Sie hat dich angeschaut?«, fragte sie ungläubig.

»Ja! Eigenartig, nicht?«

»Die Gruftschwestern beachten doch sonst niemanden von uns. Warum hat sie ausgerechnet dich angestarrt? Und wieso an der Kirche?«

»Das weiß ich eben auch nicht! Ich weiß nur, dass es kein gutes Gefühl in mir ausgelöst hat.«

»Ich glaube, ich wäre gestorben, wenn sie mich angesehen hätte«, meinte Paula besorgt.

»Möchten die Herrschaften, auch am Unterricht teilnehmen, oder lieber noch etwas plaudern?«, fragte der Lehrer ironisch hinter ihnen.

»Sie meinen eher die Damenschaften, wir sind ja schließlich Mädchen«, erwiderte Paula vorwitzig. Sarah warf ihr einen mahnenden Blick zu. Es war äußerst unklug, Herrn Ludwig zu reizen. Er verteilte Strafaufgaben schneller, als dass man »Entschuldigung« sagen konnte. Als Sarah eine Person hinter ihrem Lehrer ausmachte, entwich ihr jegliche Farbe im Gesicht. Das ist nicht möglich! Das ist einfach nicht möglich! Mit hämmernden Herzen und weit aufgerissenen Augen starrte sie Luke an!

Es klingelte ein weiteres Mal.

»Setzt euch bitte, die Schulstunde beginnt.« Paula zog Sarah, die immer noch wie angewurzelt ihren Exfreund fixierte, hinter sich her.

»Ach ja, und Paula?« Sie warf ihrem Lehrer einen Blick über die Schulter zu. »Du kannst dir deine Strafaufgabe nach dem Unterricht abholen.« Paula murrte leise vor sich hin und zog ihre Freundin zu ihren Plätzen.

Wie in Trance setzte sich diese auf ihren Stuhl. Ihre Fantasie musste ihr einen Streich spielen, das war die einzig logische Erklärung. Luke konnte nicht hier sein! Er durfte nicht hier sein! Sie hatte ihn doch zurückgelassen! Sie blickte zum Eingang hinüber, wo ihr Exfreund neben Herrn Ludwig stand und sich mit ihm unterhielt. Der Schock wich langsam einer tiefen Wut in ihr. Verdammt nochmal! Was tat er hier?

Paula, der die Reaktion ihrer Freundin nicht verborgen blieb, lehnte sich vorsichtig zu ihr hinüber. »Was starrst du ihn denn so an? Kennst du ihn?« Sarah erwiderte nichts.

»Herrschaften! Und Damenschaften!«, Herr Ludwig sah mit hinaufgezogener Augenbraue zu Paula.

»Das ist Luke O'Connell, ein neuer Schüler.«

»Nicht schlecht! Ich steh auf große, gutaussehende Jungs mit braunen Haaren«, flötete Sarahs Freundin. »Und dann noch der Name: O'Connell!« Sie kicherte. »Er ist bestimmt Ire.«

Sarah rollte kopfschüttelnd die Augen.

»Ich glaube, ich mag ihn.«

»Was du nicht sagst!« Sarahs Stimme triefte vor Sarkasmus. Das Herz klopfte ihr allerdings immer noch bis zum Hals. Ihren Exfreund zu sehen war ein Albtraum. Nein, nicht mal dort hatte sie daran gedacht, dass er je wieder in ihrem Leben auftauchte. Er hatte sie so verletzt, so gedemütigt. Sie presste die Kiefer aufeinander, bis es schmerzte. Wieso war er nur hier?

»Würdest du dich freundlicherweise vorstellen?«, bat Herr Ludwig.

»Natürlich«, antwortete Luke freundlich und schaute lächelnd durch die Klasse.

»Hallo, ich bin eine Arschgeige und bin leider so hübsch, dass alle Mädchen auf mich fliegen«, brummte Sarah missmutig. Paula, die jedes Wort gehört hatte, kicherte dezent.

»Wie bist du denn heute drauf?« Sarah warf ihrer Freundin einen kurzen Blick zu.

»Sorry, habe schlecht geschlafen.«

Als Luke sich vorstellte, blieb sein Blick längere Zeit an seiner Ex hängen. Verärgert zog sie die Augen zusammen, und sah ihn wütend an. Er sollte nur bemerken, dass er hier nicht willkommen war! Ohne ihre Reaktion zu beachten, schenkte er ihr ein kurzes Lächeln und ließ seinen Blick weiter über die Klasse gleiten. Auch wenn sie ihn für das hasste, was er getan hatte - sie wusste, dass sie ein Leben lang mit ihm verbunden sein würde.

Sarah musterte ihn grübelnd. Warum war er so gelassen? Er tat so, als wäre es das Natürlichste der Welt, seine Exfreundin an einem Ort anzutreffen, von dem er nichts wissen konnte.

»Und das ist der Grund, warum ich nun bei meiner Tante wohne.« Luke nickte, um den Lehrer zu signalisieren, dass seine Vorstellung beendet war. Sarah blinzelte. Was hatte er gerade gesagt? Was war der Grund seines Umzugs? Mist nochmal! Sie hatte nicht zugehört! Sie würde Paula nach der Stunde danach fragen. So wie sie Luke anhimmelte, hatte sie bestimmt jedes einzelne Wort von ihm aufgesogen.

Aus zusammengekniffenen Augen beobachtete Sarah, wie ihr Exfreund zwei Bänke neben ihr auf einem freien Stuhl Platz nahm. Obwohl Tische zwischen ihnen standen, hatte sie das Gefühl, er würde direkt neben ihr sitzen. Sie biss sich auf die Lippen, bis es weh tat. Ihre Mutter durfte unter keinen Umständen erfahren, dass er hier war. Sie würde sonst augenblicklich zu einem Tornado mutieren und ihr jetziges Leben in wenigen Sekunden zerstören. Am alten Wohnort hatte sie sogar eine Fehde zwischen den beiden Familien angezettelt.

Nicht, dass sie im Unrecht war, doch was am Ende übrigblieb, war nur Schmerz, Enttäuschung und Wut. Unglaubliche Wut!

Sie seufzte. Das Einzige, was sie momentan tun konnte, war, die Schulstunde möglichst schnell hinter sich zu bringen. Obwohl nichts in ihrem Kopf hängen blieb, schrieb sie die Aufgaben auf der Wandtafel in ihr Heft. Sie musste sich nach der Stunde unbedingt Luke krallen und ihn zur Rede stellen. Und sie musste ihm unmissverständlich klarmachen, niemandem zu verraten, dass sie früher mal zusammen waren und eine gemeinsame Tochter hatten!

Die Zeit verging schleichend. Sarah verspannte sich immer mehr. Das ungewisse Gefühl in ihr, nicht zu wissen, ob er alles auffliegen lassen würde, war unerträglich.

Endlich ertönte die rettende Klingel. Mit einem wachen Blick auf Luke schmiss sie Bücher, Schreiber und Blätter unsortiert in ihren Rucksack. Paula hob fragend die Augenbrauen, als sie ihre Freundin beobachtete.

»Alles klar bei dir? Irgendwie scheinst du durch den Wind zu sein.« War ja logisch, dass ihr auffiel, dass sie sich anders verhielt als sonst.

»Ich habe Bauchschmerzen und muss aufs Klo«, versuchte sie, ihre Hast zu erklären.

»Oh! Brauchst du was?«, meinte Paula besorgt.

»Nein, schon gut. Wir sehen uns in der Mittagspause, okay? Du musst dir ja eh noch deine Strafaufgabe holen.« Ihre Freundin verdrehte missgestimmt die Augen.

»Ja, leider. Bis später.« Sarah stürmte aus dem Klassenzimmer und blieb in der Nähe der Tür stehen. Sobald Luke aus dem Raum trat, würde sie sich ihn schnappen und zur Rede stellen! Ihr Herz hämmerte. Warum war sie bloß so aufgeregt? Es war ja schließlich nur Luke! Und genau das war das Problem! Nach ein paar Minuten schlenderte er gemütlich aus dem Raum. Ihre Miene verfinsterte sich augenblicklich. Mit zu Schlitzen verengten Augen sah sie ihn an.

»Ich kann's nicht glauben!«, zischte sie leise und preschte wie von einer Tarantel gestochen hervor. Als wüsste er, dass sie auf ihn wartete, schenkte er ihr ein zuckersüßes Lächeln.

»Komm mit!«, fauchte Sarah, packte ihn grob am Arm und zog ihren Exfreund hinter sich her. Grinsend ließ er es mit sich geschehen. Ruhelos öffnete sie die erstbeste Tür, auf der »Putzraum« stand, und zog ihn hinein. Das Licht sprang automatisch an. Ein beißender Gestank nach verschiedenen Reinigungsmitteln stieg ihnen in die Nase. Sarah schenkte dem aber keine Beachtung.

»Was tust du hier?«, keifte sie, während sie die Tür hinter sich ins Schloss zog. Luke schaute sich im Raum um, vorauf er seine Exfreundin mit einem süffisanten Grinsen von oben bis unten musterte.

»Die Besenkammer? Du kannst es anscheinend nicht erwarten, in meine Arme zu springen.« Sarah schlug ihm heftig mit der Hand auf die Brust.

»Au!«, erwiderte er gespielt empört und lächelte erneut zuckersüß.

»Verflucht nochmal Luke! Lass das! Ich will wissen, was du hier tust!« Ihr Blick durchbohrte ihn zornig. Auf ihren Wangen bildeten sich bereits die ersten roten Stress-Punkte.

»Das könnte ich dich genauso gut fragen!«, warf er ein.

»Bist du eigentlich bei Sinnen! Wir sind weggezogen um alles hinter uns zu lassen! Um DICH hinter mir zu lassen! Doch nun tauchst du wie aus dem Nichts nach über einem Jahr plötzlich hier auf? Willst du mich verarschen?«

»Kann ich doch nichts dafür, dass du ausgerechnet hier hingezogen bist. Wie hätten wir es auch wissen sollen? Die Anwälte deiner Eltern haben uns ja jeglichen Kontakt verboten!«

»Ja, weil wir keinen Kontakt zu euch wollten! Und schließlich warst du doch der, der sich aus der ganzen Sache zog!«, keifte Sarah wütend. Ihre Wangen waren übersät von roten Punkten. Gleich würde sie vor Wut platzen. »Du hast so getan, als wärst du vollkommen unbeteiligt! Doch das warst du nicht! Den Beweis kennst du ja, oder besser gesagt ja eben nicht! Du willst sie ja nicht mal sehen!«

»Lass dieses dämliche Gekeife, Sarah! Das ist was für kleine Mädchen. Aber anscheinend bist du in der Zwischenzeit nicht erwachsen geworden!« Sarah gab Luke eine schallende Ohrfeige.

»Ich hasse dich!«, zischte sie mit Tränen in den Augen. »Ich hasse dich dafür, was du uns angetan hast. Und ich hasse dich, dass du uns im Stich gelassen hast! Du gabst mir die Schuld an allem und du hast mich vor der gesamten Schule bloßgestellt! DAS ist nicht erwachsen!«

»Sarah!«, sagte Luke sanft und sah sie bedauernd an. Doch sie hatte genug! Sie fühlte den Schmerz von damals, als wäre es erst gestern gewesen. All der Scham und die Schuldgefühle von früher waren in der gleichen Intensität wieder da! Und sie wollte diese Qual nicht; sie musste von diesem Typen weg!

Überstürzt riss Sarah die Tür des Putzraumes auf und rannte durch den Flur. Einige der Schüler beschwerten sich lauthals, als sie sie ohne sich zu entschuldigen, anrempelte. Aber das war ihr momentan egal. Sie musste Distanz zwischen sich und ihrem Exfreund schaffen, sonst würde sie sich den Schmerz aus dem Herzen schreien.

Nachdem sie wie eine Verrückte durch die Schulkorridore geflitzt war, hetzte sie keuchend in das neue Klassenzimmer und setzte sich erschöpft auf ihren Stuhl.

Albtraum! Das alles konnte nur ein Albtraum sein!

»Was ist denn los?«, fragte Monica, die am Tisch nebenan saß. Sarah sah vor sich auf die Tischplatte und versuchte, die aufkeimenden Tränen wegzublinzeln. Sie wollte nicht weinen, vor allem nicht vor Monica. Neben Paula war sie ihre zweitbeste Freundin. Sie mochte sie, doch sie war auch eine riesengroße Tratschtante, der kaum was entging.

»Deine Wangen sind ja ganz rot. Bist du wütend?«

»Lass mich bitte, ich muss über etwas nachdenken«, antwortete Sarah gereizt und nahm zur Ablenkung alle ihre Bücher aus dem Rucksack um sie danach geordnet wieder einzuräumen. Monica warf ihr einen fragenden Blick zu, ließ sie aber zum Glück in Ruhe. Beschissener Tag! So ein beschissener Tag!

»Klasse, ich möchte euch unseren neuen Schüler vorstellen«.

»Das darf doch nicht wahr sein!«, schimpfte Sarah leise und sah von ihrem Rucksack hoch. Die Geschichtslehrerin stand mit Luke an ihrer Seite vor der Wandtafel und lächelte glücklich. Musste er ausgerechnet die gleichen Fächer belegen wie sie? Fluchend schloss sie den Rucksack und legte ihn neben sich auf den Boden.

»Unser neuer Schüler heißt Luke O'Connell!«, erklärte die Lehrerin erfreut.

»Der sieht ja toll aus! Und dieser Nachname!«, flüsterte Monica grinsend. Nicht die auch noch!

»Ich liebe irische Namen!« Aber sie hatte nicht unrecht. Luke sah wirklich gut aus – und das wusste er auch. In der alten Schule hatte es kaum ein Mädchen gegeben, welches nicht von ihm träumte. Seine braunen Augen und das verschmitzte Lächeln betörte so manche. Auch Sarah hatte sein Aussehen verzaubert, und sie hatte ihn im Gegensatz zu allen anderen bekommen - aber zu welchem Preis?

»Wärst du so nett, dich kurz vorzustellen?«, bat die Lehrerin und trat bei Seite. Oh Mann, nicht schon wieder!

Sarah verdrehte die Augen. Ging das nun den ganzen Tag so?

»Klar!«, meinte Luke und grinste verschmitzt. »Hi Leute. Mein Name ist wie gesagt Luke O'Connell. Ich bin 18 Jahre und Single.«

Monicas Lippen entfuhr ein leises Stöhnen. Sarah sah ihren Ex entgeistert an. Was sollte das? War er etwa auf Brautschau? Als er ihren erstarrten Ausdruck sah, schenkte er ihr ein schelmisches Lächeln. Unfassbar! Sarah warf ihm einen wütenden Blick zu. Seine Mundwinkel zuckten spitzbübisch, während er durch die Klasse sah.

»Ich wohnte früher am anderen Ende der Welt ...« Sarah stellte ihr Gehör auf Durchzug. Am anderen Ende der Welt! Diesen Satz kannte sie nur zu gut. So hatte er ihre alte Heimatstadt bezeichnet. Sie war mit 3000 Einheimischen relativ klein, doch gegen dieses verschlafene Nest, in dem nicht mehr als 1000 Leute wohnten, war es eine Großstadt. Na, dann willkommen in Wanora - das wahre Ende der Welt! Sarah musterte ihren Ex. Er hatte sich seit ihrem letzten Wiedersehen vor einem knappen Jahr kaum verändert. Er war immer noch gleich groß und muskulös. Allerdings schien er männlicher zu sein, was ihn aber leider nur noch attraktiver machte. Mit seiner coolen Art stand er in Jeans und enganliegendem Pullover vor ihren Mitschülern und nahm sie gleich alle für sich ein – vor allem die Mädchen. Bestimmt würde sich heute schon die Erste an seinen Hals werfen, da war sie sich sicher.

»Vielen Dank für deine Vorstellung«, bedankte sich Frau Krause und bat ihn, sich auf den freien Stuhl, direkt vor Sarah zu setzen.

Als Luke zu seinem neuen Platz ging, ruhte sein Blick auf seiner Exfreundin. Sarah strich sich über die Stirn und schloss seufzend für ein paar Sekunden die Augen. Sie konnte ihn jetzt nicht ansehen. Sie musste zuerst mit der Situation klarkommen, dass sie ihn ab heute wieder täglich sah. Erschöpft starrte sie auf die Tischplatte. Und nun? War die Flucht aus der alten Heimat zwecklos gewesen? Begann hier der ganze Schlamassel von vorne? Und hatte sie überhaupt die Kraft, das alles nochmals durchzustehen? Sie glaubte nicht.

»Seite 143«, flüsterte Monica leise und rammte ihr den Ellbogen in die Seite. Verwirrt sah sie hoch. »Im Geschichtsbuch. Seite 143.«

»Ach so.« Sarah nahm das Buch aus dem Rucksack und schlug es auf. Ihre Freundin beobachtete sie dabei skeptisch.

»Bist du wegen dem Iren so durch den Wind? Du scheinst ja nichts mehr mitzukriegen.« Monica lächelte. »Aber ich versteh dich. Er ist süß.«

»Du kannst ihn haben, wenn du willst. Ich habe definitiv kein Interesse!« Den Fehler, sich mit Luke einzulassen, würde sie kein zweites Mal machen.

Sarah konnte sich kaum konzentrieren. Wie auch, wenn ihr Exfreund direkt vor ihr saß? Sie hatte Angst. Nicht vor ihm, aber vor ihrer Mutter, wenn sie herausfand, dass er hier war und davor, dass er ihr

Geheimnis herumerzählte. Sarah seufzte. Auch wenn sie ihm lieber aus dem Weg gehen würde, sie musste mit ihm reden. Allerdings musste sie es so hinkriegen, dass sie nicht wie vorhin dabei wutentbrannt davonrannte. Sie wusste aber nicht, ob das wirklich möglich war. Schließlich hatte er mit seinem Auftauchen alle ihre Wunden wieder aufgerissen.

Als die erlösende Klingel das Ende der Schulstunde ankündigte, atmete Sarah erleichtert auf. Geschichte war geschafft! Nun konnte sie nur hoffen, dass sich ihre Stundenpläne am heutigen Tag nicht mehr kreuzten.

Ohne Luke eines Blickes zu würdigen, wollte Sarah an ihm vorbeihuschen, als er sich ihr absichtlich in den Weg stellte. Obwohl es so aussah, als hätte er sie aus Versehen gegen den benachbarten Tisch gedrückt, erzählten seine Blicke eine andere Geschichte.

»Oh, tut mir leid!«, entschuldigte er sich freundlich und lächelte. Sarah sah ihn missmutig an. Ich würde dir am liebsten die Augen auskratzen! Er hatte es absichtlich getan, das wusste sie ganz genau. Monica trat zu ihnen und schmachtete ihren Ex an. »Willkommen in unserer Schule«, säuselte sie entzückt und hielt ihm die Hand hin. Luke grinste.

»Ich bin Monica und dieses mürrische Mädchen hier ist Sarah.« Er schüttelte ihre Hand.

»Freut mich euch kennenzulernen.« Sarah war irritiert. Er tat so, als würde er sie zum ersten Mal sehen? Wieso? Lukes Blick verweilte einige Sekunden auf seiner Ex, bevor er sich wieder Monica zuwandte. Es war zum

Kotzen! Er stand einfach viel zu nahe bei ihr. Sie war zwischen Luke und Monica eingekesselt. Die einzige Möglichkeit sich zu retten war, über die Tische zu klettern oder einen von beiden wegzuschubsen – und das konnte sie schlecht tun.

»Was sind deine nächsten Fächer? Wer weiß, vielleicht haben wir ja den gleichen Weg«, meinte Monica vorwitzig. »Wir sollten los, Monica. Sonst deponiert uns Herr Fox bei den Pauken.« Sarah packte Monica am Arm und zwängte sich, ohne ihren Exfreund eines Blickes zu würdigen, vorbei.

»Ich habe leider erst am Nachmittag Musik, aber ich begleite euch. So weiß ich gleich, wo ich dann hinmuss.«

»Super!« Monicas Augen leuchteten als sie sich aus Sarahs Klammer löste. »Nicht wahr, Sarah?«

»Ja, affengeil!«, knurrte sie. Die Mundwinkel ihres Ex zuckten vergnügt.

»Schlecht geschlafen?« Sie schenkte ihm einen zornigen Blick.

»Nein, ich habe heute lediglich den Teufel getroffen!« Ihre Freundin öffnete verdutzt den Mund. Luke grinste dagegen amüsiert.

»Ach wenn's nur das ist …«

Charmant wandte er sich Monica zu.

»Wollen wir?«

»Klar.« Sarah rollte die Augen und stürmte wortlos aus dem Raum. Ihre Freundin blickte ihr perplex nach. Sie hatte genug! Genug von Luke und genug von Monicas Gesäusel!

Der Musikunterricht bei Herrn Fox verlief ohne Probleme. Sarah hatte das erste Mal an dem Tag das Gefühl, atmen zu können. Das lag sicher daran, dass ihr Ex nicht da war. Ihr war nicht ganz klar, warum er so tat, als ob sie sich nicht kannten, auch wenn sie es im Grunde genommen ganz gut fand. Wieso sollte er plötzlich die Bombe platzen lassen und allen erzählen, dass Bianca seine Tochter war? Er war schließlich schlau genug, um zu wissen, dass auch er dadurch verachtende Blicke kassieren würde. In einem kleinen Dorf wie Wanora akzeptierte man eine Teenagerschwangerschaft erst recht nicht.

Sarah schlurfte erschöpft zu ihrem Rad. Der Tag war zum Glück noch ohne weitere Wortwechsel mit ihrem Ex vorbeigegangen. Das Zusammentreffen mit Luke hatte ihr nervlich alles abverlangt. Sie hatte nun nur noch einen Wunsch: Sich zu Hause auf ihr Bett zu werfen, die Musik anzudrehen und mit Bianca zu spielen.

Da Paula und Monica noch Spanischunterricht bekamen, hatte sie die Strecke von der Schule bis nach Hause für sich ganz allein – und heute freute sie sich darüber.

Sarah nahm den Schlüssel aus ihrem Rucksack und öffnete das Fahrradschloss.

»Hast du die alte Klapperkiste immer noch?«

Erschrocken zuckte sie zusammen. Luke stand, die Hand auf das Dach des Ständers gestützt, neben ihr.

»Ich habe gedacht, dein Rad sei schon längst auf dem Fahrradfriedhof.«

Sarah richtete sich auf, kreuzte ihre Arme vor der Brust und funkelte ihn zornig an. Er hatte ihr gerade noch gefehlt! War sie vor ihm denn nirgends mehr sicher? Wut stieg in ihr hoch. Bei seiner Anwesenheit rissen die alten Wunden wieder auf und ließen ihr Herz bluten. »Es beeindruckt mich nicht, wenn du mich wütend ansiehst.«

»Was willst du?«, zischte Sarah. »Genügt es dir nicht, dass du erneut versuchst, mein Leben zu zerstören?« Luke hob fragend die Augenbrauen.

»Geht es schon wieder um das gleiche Thema wie früher? Wird das nicht langsam langweilig?« Seine Ex schnaubte verächtlich.

»Ich kam lediglich, um dir zu sagen, dass ich es niemanden erzählen werde.« Unsicher verengte Sarah ihre Augen zu Schlitzen. »Es würde uns nur beiden schaden. Das weißt du genau so gut wie ich«, er kam etwas näher zu ihr. »Weißt du, ich war echt erstaunt. Nie im Leben hätte ich gedacht, dich je wieder zu sehen. Ich konnte ja nicht wissen, dass du dich ausgerechnet hier versteckst.«

»Konntest du nicht dortbleiben, wo du warst?«

»Meinst du etwa, es war meine Idee, in dieses verschlafene Nest zu ziehen? Das ist ja noch schlimmer als das Ende der Welt!«

»Und wieso bist du dann hier? Sicher nicht, um mich zu sehen. Oder?« Luke kratzte sich verlegen am Kopf und wandte seinen Blick zu einer Baumgruppe in der Nähe.

»Na ja, ich habe die Turnhalle in Brand gesetzt. Und da ich dadurch zu viele Einträge hatte, wurde ich von der Schule verwiesen. Und so kam ich zu meiner Tante in dieses Kaff!«

»Du hast was?«

»Lass diesen vorwurfsvollen Blick! Ich weiß, es war nicht die beste Idee. Ich war nicht alleine - sie haben aber blöderweise nur mich geschnappt.« Ihr Ex zuckte mit den Schultern. »Die anderen waren eindeutig schlauer als ich.« Sarah hob anklagend die Augenbrauen.

»Du bist genauso behämmert wie damals!«

»Vielen Dank für das Kompliment!«

»Ist doch wahr! Wer fackelt schon die Turnhalle ab und lässt sich dabei noch erwischen? Das ist wirklich bescheuert!«

»Ach, ja?«, fauchte Luke impulsiv. »Wäre ich bekloppt, würde ich heute jedem erzählen, dass wir früher zusammen waren und ein Baby haben.«

»Das Baby hat einen Namen: Bianca! Sie heißt Bianca!«, zischte Sarah zwischen zusammengepressten Zähnen. Luke sah seine Exfreundin durchdringend an.

»War es in deinen Augen bescheuert, dich in der Klasse nicht zu kennen?« Sarah senkte den Blick und verneinte.

»Nein, das war es nicht«, sagte sie matt.

»Wahrscheinlich glaubst du mir nicht, doch auch ich musste aus dieser Dummheit die Konsequenz ziehen.« Ihr Blick schnellte augenblicklich wieder nach oben.

»Du nennst Bianca eine Dummheit?« Luke schüttelte den Kopf.

»Ich sag nicht, dass sie dumm ist, aber du weißt, wie ich zu der Sache stehe.« Er sah sie aufrichtig an. »Und diese Meinung hat sich nicht geändert.«

»Dann verschwinde aus unserem Leben!« In Sarah kochte eine unglaubliche Wut. Sie verstand es einfach nicht! Wie konnte er sich nur gegen seine Tochter stellen? Er war doch ihr Vater! Und Bianca ein Teil von ihm!

»Wir müssen unser gesamtes Leben mit der Sache klarkommen.«

»Klarkommen!«, wiederholte Sarah und lachte sarkastisch. »Du hast ja keine Ahnung, wie mein Leben aussieht. Auch wenn es schwer ist, Bianca gibt einem so viel und …«

»Jaja, schön für dich. Du wolltest sie ja schließlich.« Das brachte das Fass zum Überlaufen. Wie eine Furie schrie sie ihren Ex an.

»Hätte ich sie sterben lassen sollen? Wärst du damit glücklich gewesen? Hä? Wärst du, du verdammtes Arschloch, damit zufrieden gewesen?« Tränen stiegen in ihre Augen. »Du hast keine Ahnung von ihr! Überhaupt keine Ahnung!« Sie schniefte und strich sich eine Träne aus dem Gesicht. Luke musterte sie bestürzt.

»Sarah, ich …« Er atmete geräuschvoll, als er nach passenden Worten suchte. »Ich bin nicht herzlos, ich … ich werde niemanden ein Sterbenswörtchen sagen. Und dich werde ich so behandeln wie eine Person, die ich nicht kenne.« Er betrachtete sie aufmerksam. »Ich denke das ist für beide das Beste. Kannst du damit leben?« Sarah funkelte zornig, nickte anschließend aber lautlos. »Gut. Dann schönen Abend und grüß deine Mutter von mir.« Er lächelte belustigt.

»Wenn sie erfährt, dass du hier bist, wird sie dich umbringen! Und das weißt du.« Luke setzte sein süffisantes Lächeln auf.

»Ich weiß, daher sagte ich es ja. Bis morgen!« Zwinkernd wandte er sich um und ging mit zügigen Schritten davon. Sarah starrte ihm grimmig nach. Irgendwann würde ihm jemand wegen seinen dämlichen Witzen die Eingeweide herausreißen. Da war sie sich sicher!

Kapitel 3

Angeschlagen schlurfte Sarah fröstelnd die Treppen zu ihrer Wohnung hoch und trat gähnend ein. Sie würde zuerst in die Badewanne steigen, das war sie sich nach so einem Tag schuldig. Nicht nur, dass ihr der Kummer um Lukes Erscheinen noch in den Knochen steckte, der aufkeimende Wind hatte auch seinen Teil zu ihrem Unwohlsein beigetragen.

»Mum?«, rief Sarah durch die Wohnung, als sie die Haustüre schloss. Wie lange konnte sie die Anwesenheit ihres Ex vor ihr verbergen? Und was würde geschehen, wenn sie es erfuhr? Müsste sie erneut umziehen und ein neues Leben beginnen? Das wollte sie jedoch auf keinen Fall!

Der Kinderwagen, der sonst neben dem Kleiderständer stand, war weg. Wahrscheinlich war ihre Mutter mit Bianca auf dem Weg in die Tierklinik, wo ihrem Hund vor ein paar Tagen ein Tumor herausoperiert wurde. Der arme Baxter!

Da sie nun alleine war, stand ihrem geplanten Bad nichts im Weg. Wenigstens etwas Gutes heute!

Erschöpft ging Sarah den Flur entlang in ihr Zimmer und schloss die Tür hinter sich. Unachtsam schmiss sie den Rucksack in die Ecke. Von der Schule und vor allem von Luke, hatte sie für heute die Schnauze voll!

»Da scheint jemand schlechte Laune zu haben.«

Erschrocken sprang sie zur Seite. Mit aufgerissenem Mund starrte Sarah auf die gegenüberliegende Seite ihres Zimmers. Sie traute ihren Augen kaum. Auf der Bettkante saß Gabriel. Ein Bein hielt er gestreckt auf den Boden, während das andere angewinkelt auf dem Bett ruhte. Als wäre es das Normalste der Welt, sich bei einer Fremden im Zimmer aufzuhalten, stützte er den Arm auf sein angewinkeltes Bein und musterte sie interessiert. Wie schon in der Kirche, trug er das silbergraue Hemd und die schwarze Hose. Der obere Teil des Oberteils stand offen und ließ viel von seiner nackten Brust sehen. Lediglich die untersten drei Knöpfe waren zugeknöpft.

Sarah war wie vor den Kopf gestoßen. Sie konnte immer noch nicht glauben, was sie sah. Warum saß Gabriel auf ihrem Bett? Und wie war er überhaupt hineingekommen?

»Du, du bist der aus der Kirche«, stammelte Sarah konfus.

»So ist es«, antwortete er gelassen.

»Was tust du in meinem Zimmer?« Ihre Stimme klang vorwurfsvoll.

»Ich habe auf dich gewartet. Da ich nicht wusste, wie viele Stunden du heute hast, habe ich mir gedacht, mache ich es mir auf deinem Bett gemütlich.« Er lächelte. »Aber ich finde, die Matratze ist etwas zu hart. Findest du nicht auch?«

Was quasselte er denn da? Sarah hielt sich ihren dröhnenden Kopf. Konnte der Tag noch grauenvoller werden?

»Was tust du hier?«, fragte sie erneut, während sie sich eine Schläfe massierte.

»Wie gesagt, ich warte auf dich.«

»Meine Mutter würde nicht zulassen, dass jemand Fremdes in meinem Zimmer auf mich wartet. Besonders, wenn sie nicht zuhause ist!«

»Kluge Mutter«, bestätigte Gabriel und lehnte sich mit dem Rücken an die Wand hinter ihm. Sarah warf die Hände in die Luft und schüttelte vehement den Kopf. Sie konnte es schlichtweg nicht fassen, dass der Enkel von Frau Benner auf ihrem Bett saß und ihr gelassen zulächelte. Die Zimmertür ging auf und Sarahs Mutter spähte hinein.

»Ah, du bist da. Sehr gut.« Ob das wirklich gut war, bezweifelte Sarah. Wenn sie den Jungen auf ihrem Bett sah, dann würde das Donnerwetter losgehen.

»Wir haben Baxter geholt. Er ist müde, aber es geht ihm gut.« Irritiert sah Sarah zwischen ihrer Mutter und Gabriel hin und her. Sie verstand die Welt nicht mehr! Da war ein Fremder in ihrem Zimmer und sie sagte kein einziges Wort dazu? War das wirklich ihre Mutter?

»Alles in Ordnung? Hattest du Probleme in der Schule?« Sarah starrte sie fassungslos an. Nein, das war nicht sie! »Was hast du denn?« Verdattert zeigte ihre Tochter auf das Bett.

»Da! Da ist das Problem!« Gabriel lächelte vergnügt. Irritiert sah ihre Mutter auf die gegenüberliegende Seite.

»Und was soll dort sein?«

»Er! Hast du etwa nichts dagegen?« Sie schaute ihre Tochter verwirrt an.

»Von wem sprichst du? Ich sehe da nichts!« Wie bitte? Sie sah nichts? Wie konnte sie ihn nicht sehen? Er saß doch direkt vor ihrer Nase! Sie musste ihn doch sehen! Er hatte dieses doofe Lächeln auf dem Gesicht und…

Sarah keuchte auf, als sie die Situation begriff. Erschrocken trat sie einen Schritt zurück. Aus ihrem Gesicht war jegliche Farbe gewichen und das Herz hämmerte wie wild gegen ihre Brust. Da war ein Junge auf ihrem Bett! Und nur sie konnte ihn sehen … NUR SIE!

Die Klingel der Haustür holte sie aus ihrer Erstarrung. Ihre Mutter wandte sich kopfschüttelnd ab.

»Was auch immer! Das ist Frau Benner! Ich möchte, dass du uns nachher Gesellschaft leistest. Hörst du?« Eilig ging sie den Flur entlang. Sarah starrte wie in Trance zur offenen Zimmertür. Sie konnte hören, wie ihre Mutter die Haustür öffnete und die alte Nachbarin herzlich begrüßte.

War sie wegen ihres Enkels hier? Sarah schüttelte den Kopf, um diesen bescheuerten Gedanken hinauszubefördern. Natürlich war sie hier, weil sie am Morgen sagte, sie möchte mit ihr sprechen. Was sie ihr zu Leide getan hatte, wusste sie allerdings immer noch nicht. Aber das war ihr momentan auch egal. Denn sie hatte ein viel größeres Problem - ein Junge lag auf ihrem Bett und der war tot! T.O.T!

Sarahs Herz pochte wie wild, als sie ihn anschaute. Ihr gesamter Körper fühlte sich an, als wäre er zur Salzsäule erstarrt. Sie wollte flüchten, aus dem Zimmer rennen, doch sie war nicht fähig, sich auch nur einen Millimeter zu bewegen. Sie konnte nur unentwegt auf Gabriel starren und auf sein bezauberndes Lächeln.

»Sie sieht dich nicht!« Ihre Stimme war nicht mehr als ein Flüstern.

»Nope!« Der tote Junge setzte sich auf die Kante des Bettes und beobachtete sie interessiert.

»Kriegst du jetzt die Krise, da du nun weißt, was ich bin?« Er grinste. »Ich dachte zuerst, du hättest meinen Zustand bei der Beerdigung erkannt. Als du dich allerdings beruhigtest, habe ich erst bemerkt, dass du keine Ahnung hast.« Er lächelte. »Glück für dich, dass ich meinen Mund gehalten habe. Es wäre zu dumm gewesen, wenn du doch noch schreiend aus der Kirche gerannt wärst.« Gabriels Worte drangen nur vereinzelt zu ihr. Ihr Verstand war viel zu fest damit beschäftigt, zu begreifen, dass da ein Toter in ihrem Schlafzimmer war! Nicht nur, dass sie ihn klar und deutlich sehen konnte, nein er sprach auch noch mit ihr, als würden sie sich bestens kennen!

Mit hämmerndem Herzen ging Sarah Schritt für Schritt langsam rückwärts. Sie wollte nur noch hier weg! Als sie mit dem Rücken gegen die Schreibtischplatte prallte, zuckte sie zusammen. Ihre Nerven flatterten, während sich ihre Muskeln verkrampften.

Mit zitternden Händen strich sie sich über den Kopf. Ihr Atem wurde immer flacher. Das musste ein Traum sein. Es musste einfach so sein.

»Ich habe doch falsch gelegen!« Gabriel seufzte. »Du kriegst die Krise!«

Gelassen stand er auf und ging einen Schritt auf Sarah zu. Angsterfüllt presste sie sich noch fester gegen den Schreibtisch.

»Nein!«, stieß sie panisch hervor, »Geh weg!« Von Angst ergriffen hielt sie sich die Hände vors Gesicht. Besorgt sah Gabriel zu, wie sie mit zitterndem Körper und flachem Atem langsam zum Boden glitt. »Tu mir nichts, bitte!«, flüsterte sie flehend. »Bitte, bitte!« Er zog überrascht die Augenbrauen hoch.

»Wieso sollte ich dir etwas tun?« Obwohl seine Stimme genau so sanft war wie in der Kirche, drang sie nicht zu Sarah. Die Panik in ihr dominierte viel zu sehr und steigerte sich mit jeder Minute. Plötzlich begann sie zu keuchen. Schwarze Punkte tänzelten vor ihren Augen und ihr Körper zitterte noch heftiger. Wenn sie sich nicht gleich beruhigte, würde in ihr jeden Augenblick eine gewaltige Panikattacke ausbrechen.

Gabriel ging langsam neben ihr in die Hocke. Besorgt betrachtete er sie. Der Gedanke, dass der Junge in ihrem Zimmer einer von ihnen war, ein Untoter aus der Kirche, trieb sie beinahe in den Wahnsinn! Sarah japste nach Luft. Sie hatte es nicht mal bemerkt! Nein, sie hatte ihn zugegebenermaßen, etwas sonderbar empfunden, doch sonst ganz normal! Allerdings war er kein normaler

Mensch! Nein, er war tot! Hinüber! Auf der anderen Seite! Einfach mausetot!

»Konzentrier dich ausschließlich auf den Atem und spüre wie er tiefer und tiefer in deine Lungen dringt.« Sarah rang nach Luft, als sie seine Stimme neben ihrem Ohr vernahm. »Deine Atemzüge werden tiefer und ruhiger. Tiefer und ruhiger.« Seine Stimme hatte etwas Meditatives und außerordentlich Beruhigendes. Ihr Unterbewusstsein schien darauf zu reagieren, denn sie spürte, wie sich ihre Lungen mehr und mehr öffneten. Mit jedem Zug, den sie nahm, wurde immer mehr Sauerstoff in ihren Körper gepumpt. Doch der Kopf, der Verstand, wollte das nicht. Schließlich war er einer von ihnen: ein Toter!

»Sarah! Kommst du mal bitte?«, hörte sie ihre Mutter aus dem Wohnzimmer rufen. Die Rettung!

Ohne auf Gabriel zu achten, sprang sie mit schwabbeligen Beinen auf und rannte aus dem Zimmer.

Sarah stützte sich mit ihren zitternden Händen an der Wand ab. Einige letzte Punkte tänzelten noch vor ihren Augen, welche aber rasch entschwanden. In ihrem Hinterkopf hallte noch immer Gabriels beruhigende Stimme. Er war einer von ihnen! Ein Toter! Und er war in IHREM Zimmer! Bestürzt hielt sie kurz inne, um sich zu fangen. Wie kam er in ihr Zimmer?

Das Erlebnis als kleines Kind, die wütende Regenmantelfrau und nun Gabriel! Sie hatte sie alle im Innern von Kirchen gesehen. Es war ihr nie in den Sinn gekommen, dass sie das Gebäude auch verlassen könnten! Nein! Ihr Unterbewusstsein wollte einfach daran glauben, dass sie darin gefangen waren - für immer und ewig!

Ermattet strich sich Sarah übers Gesicht.

»Alles in Ordnung?«, fragte ihre Mutter etwas irritiert, als sie ihr entgegenkam. Sarah sah erschöpft zu ihr hinüber. NEIN! NEIN und nochmals NEIN! Nichts ist in Ordnung! Da ist ein Geist in meinem Zimmer! Ein GEIST! ... aber du kannst ihn nicht sehen!

»Sarah? Geht es dir nicht gut? Du bist ganz weiß im Gesicht.« Ihre Mutter trat näher. Wieso hatte sie an der Beerdigung nicht erkannt, was er wirklich war? Sie schüttelte benommen den Kopf. Sie konnte es einfach nicht begreifen. Ihre Mutter legte ihrer Tochter sanft die Hand auf die Schulter.

»Alles in Ordnung?« Sarah schluckte den in ihrem Hals steckenden Kloß hinunter.

»Mir ... mir ist nur etwas übel.« Ihre Stimme war belegt und ihr Rachen ganz trocken. Der Schock steckte noch immer in ihren Knochen, doch sie musste sich zusammenreißen. Ihre Mutter hatte in ihrem Zimmer nichts Außergewöhnliches bemerkt, genau wie an der Beerdigung oder bei ihrem Besuch der Kathedrale. Sie konnte keine Toten sehen - aber Sarah konnte es! Warum nur?

»Frau Benner wartet. Komm, wir sollten sie nicht so lange alleine lassen. Das ist unhöflich.« Wahrscheinlich sah Sarah selbst aus wie eine Leiche, so blass wie sie vor Schreck sein musste. Aber ihrer Mutter war das anscheinend nicht aufgefallen. Wichtiger war, dass ihre Nachbarin nicht zu lange allein im Wohnzimmer saß! Sarah schnaubte innerlich. So war ihre Mutter! Immer um Etikette besorgt.

»Komm schon!«, flüsterte diese leise und forderte ihre Tochter mit einer Handbewegung auf, ihr zu folgen. Missmutig befolgte sie die Anweisung.

Sie war erschöpft, fix und fertig und sehnte sich nur nach ein paar ruhigen Minuten in der Badewanne. Wieso wurde ihr das missgönnt?

»Verzeihen Sie vielmals die Unterbrechung«, entschuldigte sich ihre Mutter, als sie mit ihrer Tochter im Schlepptau ins Wohnzimmer trat. Sarah hob kritisch eine Augenbraue. Unterbrechung? Wurde sie neuerdings schon so genannt?

»Ich hole Ihnen den versprochenen Erdbeer-Tee.«

»Das ist zu freundlich von Ihnen.« Frau Benner lächelte dankend.

»Sarah wird Ihnen in der Zwischenzeit Gesellschaft leisten.« Den Blick, den sie ihrer Tochter daraufhin zuwarf, ließ keinen Zweifel offen, dass dies keine Bitte war. Sarah schnaubte innerlich, setzte sich aber wortlos zu ihrer Nachbarin an den Esstisch. Immer noch etwas neben der Rolle sah sie kurz zu Baxter hinüber. Er lag auf dem Boden vor dem Sofa. Er wirkte mitgenommen. Die Nachwirkungen der OP waren doch stärker als gedacht. Als er ihren Blick auf sich spürte, hob er den Kopf und wedelte freudig mit seinem Schwanz.

»Es geht ihm bestimmt bald wieder besser.« Sarah wandte sich ihrer Nachbarin zu. »Er ist ein zäher Hund.« Obwohl Frau Benner lächelte, war der kritische Ausdruck in ihren Augen nicht zu übersehen. War sie vielleicht sauer, weil sie am Morgen nicht mit ihr gesprochen hatte?

»Hattest du einen harten Tag in der Schule?« Auf Konversation hatte Sarah jetzt definitiv keine Lust, aber ja, sie hatte einen verdammt harten Tag.

»Ja«, erwiderte sie knapp. Und mehr wollte sie dazu auch nicht sagen.

»So, da ist er!« Mit einem Beutel getrocknetem Erdbeer-Tee, trat ihre Mutter aus der Küche.

»Es war der letzte Beutel am Marktstand. Als ich ihn sah, musste ich ihn einfach für Sie kaufen.«

»Sie sind zu freundlich!«

»Ach was, nicht der Rede wert! Wenn wir etwas für Sie tun können, sagen sie es einfach. Einverstanden?« Sie lächelte zuckersüß. »Sarah kann Ihnen helfen, wann immer Sie Hilfe brauchen.« Sarah warf ihrer Mutter einen empörten Blick zu. Wie bitte? Wieso musste ausgerechnet sie für die Nachbarin schuften? Es war schließlich nicht ihre Idee! Wenn es ihrer Mutter so wichtig war, Frau Benner zu helfen, dann sollte sie es doch selbst tun!

Sarah wollte gerade zu einer Antwort ansetzen, als Baxter einen leisen Ton von sich gab. Besorgt schaute sie zur Sitzecke hinüber und konnte sich gerade noch beherrschen, laut aufzuschreien.

Ausgestreckt auf dem Sofa lag Gabriel! Sarah starrte ihn mit angehaltem Atem an. Vollkommen gelassen, einen Arm unter seinen Kopf gelegt, sprach er kaum hörbar mit ihrem Hund. Als er bemerkte, dass er beobachtet wurde, hob er grinsend die Hand und winkte. Baxter erhob sich langsam von seinem Platz und wollte den Kopf auf Gabriels Bauch legen, aber stattdessen sank er komplett durch seinen Körper hindurch. Sarah schnappte nach Luft. Sie konnte nicht glauben, was sie sah. So etwas war einfach nicht möglich - NICHT MÖGLICH! Ihrem Hund schien es allerdings nicht zu stören. Er wedelte freudig und entschied sich dann, sich zurück auf den Boden zu legen.

»Danke nochmal für den Tee.« Die alte Witwe stand lächelnd auf.

»Es war mir eine Freude.« Die Mutter strahlte über beide Wangen. »Ach, fast hätte ich es vergessen. Ich habe heute noch Plätzchen für Sie gebacken!«

»Das wäre doch nicht nötig gewesen.« Sarahs Mutter legte Frau Benner freudig die Hand auf die Schulter.

»Zu einem guten Tee gehört Gebäck dazu.« Sie lachte. »Ich hole sie Ihnen.« Stolz rauschte sie ein weiteres Mal in die Küche.

Sarah starrte immer noch unentwegt zum Sofa hinüber. Ihr Verstand versuchte zu verstehen, von was für einem Phänomen sie gerade Zeuge wurde, doch wirklich begreifen konnte sie es nicht. Ein Hundekopf, der durch einen Körper glitt, als wäre er Pudding? Das war einfach so skurril!

Als sie die Hand ihrer Nachbarin auf ihrem Arm spürte, zuckte Sarah erschrocken zusammen. Ihr Herz raste in ihrer Brust wie ein Schnellzug auf einer Hochgeschwindigkeitsstrecke. Frau Benner betrachtete sie mitfühlend, wandte sich dann aber gleich der Couch zu. Als Gabriel ihren Blick bemerkte, zwinkerte er ihr grinsend zu. Missmutig legte die Nachbarin die Stirn in Falten und schüttelte enttäuscht den Kopf.

»Was?« Der tote Junge sah sie vorwurfsvoll an. »Ich tu ihr doch nichts!« Sarah schaute entsetzt zur alten Witwe hinüber. Sie konnte ihn sehen?

Schockiert stand Sarah auf und rückte von der Nachbarin ab. Aus weit aufgerissenen Augen starrte sie Frau Benner fassungslos an. Sie war ja so dumm! So dumm, dumm und nochmals dumm! Natürlich konnte sie ihn sehen! Die alte Witwe hatte sie ja sogar noch gefragt, ob sie sich mit Gabriel gut unterhalten hatte! Oh man! Sie begriff es einfach nicht. Ihre Nachbarin sah tote Menschen, und es schien sie überhaupt nicht zu ängstigen!

Mit zitternden Händen strich sich Sarah über die Stirn. Schweißperlen hafteten als Vorzeichen einer Panikattacke an ihren Fingern. Wenn das so weiterging, würde sie noch in ihren jungen Jahren ein Herzinfarkt erleiden!

»Es ist alles in Ordnung«, sagte Frau Benner sanft. Sarah starrte entgeistert. In Ordnung? Hatte sie gerade gesagt, dass alles in Ordnung war? Sie schüttelte kaum merklich den Kopf. Verstand sie denn nicht? Nichts war in Ordnung! GAR nichts!

»So, hier sind sie!« Sarahs Mutter trat freudestrahlend aus der Küche. Frau Benner trat rasch zu Sarah hinüber und tat so, als würde sie sich bei ihr verabschieden. Den Rücken zur Küche gedreht, flüsterte sie leise:

»Hab keine Angst, er tut dir nichts!« Lächelnd wandte sie sich daraufhin wieder der vollkommen ahnungslosen Mutter zu.

»Schokolade und Nuss, Ihre Lieblingsplätzchen. Nicht wahr?« Stolz überreichte sie Frau Benner das Gebäck.

»Sie sind zu gütig, Frau Wood. Wegen Ihnen werde ich noch dick!« Die alte Witwe lachte.

»Sehen Sie es als Trost für die schwere Zeit, die Sie momentan durchleben.« Dankend legte die Nachbarin die Hand auf den Arm von Sarahs Mutter.

»Nun muss ich aber gehen. Besten Dank nochmal.« Mit einem kurzen strengen Blick zum Sofa ging sie zur Haustür. Ihr Enkel lächelte kess. Sarah schaute ihr stumm nach. Ihr Mund war so trocken wie die Wüste Gobi. Sie konnte es nicht fassen! Frau Benner sah Tote, genau wie sie!

Kapitel 4

Nachdem ihre Mutter die Haustür geschlossen hatte, warf sie ihrer Tochter einen säuerlichen Blick zu. Sarah beachtete sie allerdings nicht. Sie war viel zu sehr damit beschäftigt, Gabriel anzustarren, der immer noch auf dem Sofa lag und sie grinsend musterte.

»Was ist eigentlich mit dir los? Hast du keinen Respekt? Frau Benner hat erst gerade ihren Mann verloren! Da kann man doch ein wenig Mitgefühl zeigen! Stattdessen aber bist du gedanklich immer wo anders!« Sie schnaubte verächtlich. »Wieso starrst du andauernd auf das Sofa!« Zornig sah sie zur Polstergarnitur. Unter größter Anstrengung löste Sarah ihren Blick von Gabriel und wandte sich ihrer Mutter zu.

»Was habe ich denn getan?« Sie war so neben der Rolle, dass sie kaum einen klaren Gedanken fassen konnte. Vorwurfsvoll kreuzte ihre Mutter die Arme vor der Brust. Sie kannte diese Art von Körperhaltung. Wenn sie jetzt etwas Falsches sagte, dann gäbe es eine Explosion. Und das wiederum würde sie mit Hausarrest oder einer anderen Strafe bezahlen.

Daher entschloss sie sich, in dieser Situation klein beizugeben:

»Es tut mir leid«, stotterte Sarah reumütig. Eigentlich wusste sie nicht, für was sie sich genau entschuldigte, doch das war tausendmal besser als eine Bestrafung.

»Ich werde mich auch bei Frau Benner entschuldigen, versprochen.« Die Mutter warf ihr einen mahnenden Blick zu, nickte dann aber knapp.

»Irgendwann wirst du mir danken, dass ich dir gezeigt habe, wie man sich gegenüber anderen richtig verhält.« Sarah rollte die Augen.

»Lass dieses Augenrollen!« Die Stimme ihrer Mutter war messerscharf. Im Nebenzimmer begann Bianca zu weinen. »Wie es scheint, ist sie jetzt wach! Du weißt ja, was du zu tun hast!« Ohne die Antwort ihrer Tochter abzuwarten, machte sie auf dem Absatz kehrt und verschwand in der Küche. Sarah presste ihre bebenden Lippen zusammen. Sie hätte schreien können! Schreien vor Wut, wie ihre Mutter sie behandelte, und schreien vor Angst, dass sie alleine mit einem Toten war! Den Blick auf den Boden gerichtet, ging sie hastig aus dem Wohnzimmer. Sie fürchtete sich vor dem toten Jungen, genauso wie vor den anderen. Ihr Leben war zu einem Albtraum mutiert!

Mit flachem Atem und zitternden Knien ging sie den Flur entlang zu Biancas Kinderzimmer.

Gabriel war bis jetzt der Einzige, den sie außerhalb der Kirche sah. Auch wenn er irgendwie anders auf sie wirkte, er war tot, gestorben, nicht mehr auf der Erde! Und vor Toten hatte sie Angst!

Sie konnte nicht mal einen Gruselfilm schauen, ohne das Kissen vor die Augen zu halten. Das führte dazu, dass sie die Hälfte nicht sah, aber trotzdem die Stimmen hörte.

Sie hatte die Filme damals nur Luke zuliebe geschaut. Sie verabscheute alles, was mit Geistern oder Übersinnlichem zu tun hatte. Das waren Dinge, die man nicht anfassen konnte. Und zudem konnte man sie nicht wissenschaftlich beweisen.

Luke hatte sie immer als Memme bezeichnet, doch die Toten in der Kirche, und jetzt auch Gabriel, waren leider Beweis genug, dass sie definitiv einen Grund hatte, Angst zu haben.

Sarah atmete erleichtert auf, als sie das Zimmer ihrer Tochter erreichte. Sich um Bianca zu kümmern, lenkte sie von ihren wirren Gedanken ab.

Bianca saß in ihrem Gitterbett und weinte.

»Ich bin ja da, meine Süße.« Sarah trat ein und schloss die Tür hinter sich. »Es ist alles in Ordnung, mein Spatz. Ich bin ja da.« Liebevoll hob sie ihre kleine Tochter aus dem Bettchen. Damit sie sich beruhigte, wiegte sie das Baby sanft hin und her.

»Das war bestimmt nur ein böser Traum. Jetzt ist alles wieder gut.«

Zärtlich strich sie Bianca übers Köpfchen und sang leise ein beruhigendes Kinderlied. Mit wachen Augen lauschte Bianca dem Gesang ihrer Mutter, bis sie ihr Weinen von alleine vergaß.

»Wie rührend.« Erschrocken drehte sich Sarah um und schaute in die grauen Augen von Gabriel. Keuchend wich sie reflexartig zurück und prallte gegen das Gitterbett.

»Echt süß, wie du dich um das Baby kümmerst.«

»Bitte!« Sarah brachte beinahe keinen Ton hinaus, so angstbesetzt war sie. »Tu ihr nichts!« Gabriel trat näher und strich sich mit einer lässigen Handbewegung durchs Haar.

»Sollte ich ihr denn etwas tun?«

»Du ... du bist einer von ihnen!«

»Von ihnen?« Er runzelte fragend die Stirn.

»Die aus der Kirche!«, japste Sarah. Schützend legte sie ihre Hand an den Hinterkopf des Babys. Obwohl die Angst ihr beinahe die Luftröhre zuschnürte, war sie bereit für ihre Tochter wie eine Löwin zu kämpfen. Egal was er plante, sie würde ihm Bianca nicht übergeben! Nur über ihre Leiche!

Gabriels Mundwinkel zuckten belustigt.

»Wenn du weiterhin so oberflächlich atmest, kippst du noch um.« Er zwinkerte keck und setzte sich schwunghaft auf einen Sessel, der neben dem Gitterbett stand. Das eine Bein baumelnd über die Armlehne gelegt, beobachtete er sie interessiert. »Der Kleinen gefällt es bestimmt nicht, wenn du ohnmächtig auf dem Boden liegst.«

»Bitte, lass uns in Ruhe!« Gabriel musterte sie nachdenklich.

»Du hast wirklich Angst vor mir?« Er lachte. »Sehe ich so angsteinflößend aus?«

»Bitte, geh!«, bettelte sie erneut. Er schüttelte den Kopf.

»Nö!«

Ihr war die Verzweiflung ins Gesicht geschrieben. Was wollte der tote Junge von ihr? Etwa Bianca? Sie schluckte.

»Warum nicht?«

»Aus einem ganz einfachen Grund.« Sein Lächeln verschwand abrupt und er wurde auf einmal ernst. »Ich brauche dich.« Er sah sie durchdringen an. Sarah erstarrte. Was bedeutete, er brauchte sie? Wollte er ihr das Herz aus der Brust reisen, so wie in den Zombiefilmen, die sie gesehen hatte? Oder wollte er gar ihre Seele?

Gabriel begann wegen ihrer geschockten Mimik schallend zu lachen. Bianca, die ihn bis dato nicht registrierte, drehte sich interessiert um.

»Siehst du, die Kleine hat keine Angst vor mir.« Er baumelte entspannt mit dem Bein über der Lehne hin und her. »Jetzt echt, Sarah. Krieg dich wieder ein, sonst kippst du wirklich noch um. Und ich werde dich nicht auffangen. Nicht, dass ich das nicht möchte, aber bei meinem Zustand ist es leider nicht möglich.« Er zuckte mit der Schulter. »Du verstehst das sicher.«

»Verschwinde!«, zischte sie mutiger, als sie war. Trotz Angst hatte sie langsam genug von diesem Geist. »Geh wieder zurück in die Kirche!«

»Was soll ich denn in der Kirche?« Er krauste gespielt die Stirn. »Sehe ich so fromm aus?« Er schaute auf sich hinunter und zupfte an seinem halb offenen Hemd herum. Sein Anhänger glitzerte. Sarah starrte auf seine Brust. Gabriel warf ihr einen frechen Blick zu und grinste.

»Siehst du etwas, was dir gefällt?« Mit geröteten Wangen drehte sie sich demonstrativ zur Seite. Mit einer Gelassenheit, die ihn irgendwie ständig begleitete, nahm er sein Bein von der Lehne und schlenderte zu ihr hinüber. Da Sarah jedoch nicht fliehen konnte, drückte sie sich noch fester gegen das Gitterbett. Ihre Tochter hingegen musterte ihn aufmerksam.

»Mit ‚ihnen‘ hast du vorhin die Verstorbenen in der Kirche gemeint, richtig? Wie zum Beispiel die Frau im Regenmantel, die sich auf dich stürzen wollte, bevor ich auftauchte?« Er machte eine kurze Pause, in der er sie intensiv musterte. »Jetzt versteh ich. SIE war der Grund deiner beginnenden Panikattacke!« Als er bemerkte, dass Bianca ihn beäugte, hob er langsam die Hand auf ihre Höhe und bewegte abwechslungsweise seine Finger. Sie lächelte entzückt darüber. Sarah, die allerdings nicht begeistert war, wandte ihre Tochter schützend ab. Doch Bianca drehte ihren Kopf rasch auf die andere Seite, um Gabriel weiter zu beobachten. »Großvater hätte gelacht, wenn du die triste Trauerfeier aufgemöbelt hättest, und schreiend aus der Kirche gerannt wärst. Meine Großmutter hingegen nicht! Glück für dich, dass ich zur Stelle war.« Er zwinkerte vergnügt. Sarah begann leicht zu schwanken. So angsterfüllt wie sie war, atmete sie viel zu flach. Ihr Körper erhielt nicht genug Sauerstoff! Unruhig löste sie eine Hand von Bianca und klammerte sich ans Gitterbett. Röchelnd schloss sie die Lider. Vor ihren Augen tänzelten bereits vereinzelt schwarze Punkte.

»Ich habe doch gesagt, du kippst bei dieser Atmung noch um!«, tadelte er. »Du solltest dich besser hinsetzen, bevor du zusammenbrichst.«

Auch wenn Sarah es nicht zugeben wollte, er hatte leider recht. Sie hatte in der Tat das Gefühl, sie sinke in den nächsten Minuten zu Boden. Bedacht darauf, ihr Kind nicht fallen zu lassen, setzte sie sich langsam auf den Teppich. Es war nicht das Schlauste, schließlich konnte sie so kaum auf einen Angriff von dem Toten reagieren. Bei einer Ohnmacht würde sie sich ihm anderseits kampflos ergeben, und das wollte sie auf keinem Fall. Sie würde kämpfen - für sich und ihre Tochter!

Gabriel setzte sich ebenfalls neben sie und musterte sie wie immer aufmerksam. Das wäre ihre Gelegenheit aufzuspringen und aus dem Zimmer zu rennen. Doch die Schwäche, welche die aufkommende Ohnmacht mit sich brachte, machte ihr einen Strich durch die Rechnung.

»Versuche, deinen Atem zu kontrollieren. Glaube mir, ich werde die Kleine nicht halten können, wenn du umkippst.« Er fuhr mit der Hand einige Male durch Biancas Arm, als befände sich da kein Körperteil, sondern pure Luft. »Siehst du?« Sarah riss entgeistert die Augen auf. Hätte sie es nicht schon vorhin geglaubt, gäbe es jetzt keine Zweifel mehr, er war ein Geist! Kein menschliches Wesen konnte seine Hand komplett durch den Arm eines anderen bewegen.

»Was tust du da?«, rief sie entsetzt. Gabriel machte wieder sein Fingerspiel und brachte Bianca zum Glucksen.

»Kleine Kinder haben noch sehr feine Antennen – Hunde im Übrigen auch.« Er legte die Hand wieder zurück auf sein Knie. »Sie spüren sofort, wenn ihnen jemand etwas zuleide tun will.« Er warf ihr einen Seitenblick zu. »Erwachsene können von Kindern viel lernen.« Sarah schloss die Augen und presste die Finger auf die Schläfe. Die tänzelnden Punkte wurden immer mehr. »Bevor du effektiv noch umkippst, gehe ich besser.« Seelenruhig stand er auf. »Man sieht sich!«, rief er ihr über die Schulter zu und grinste dabei süffisant.

»Ich hoffe nicht!«, murmelte Sarah leise. Als sie Gabriel wie selbstverständlich durch die verschlossene Türe gleiten sah, konnte sie ihren Augen kaum trauen. So etwas kannte sie nur aus Horrorfilmen!

Erschöpft seufzte sie leise und nahm die fröhliche Bianca noch fester in die Arme.

»Ich werde nicht zulassen, dass er noch einmal in deine Nähe kommt. Ich verspreche es dir!«

Mitgenommen lehnte Sarah den Kopf an die Gitterstäbe und konzentrierte sich auf ihren Atem. Sie musste ihre Atmung endlich unter Kontrolle kriegen! Und die einzige Methode, die ihr in den Sinn kam, war ausgerechnet die von Gabriel. Tief einatmen, tief ausatmen. Tief einatmen, tief ausatmen.

Kapitel 5

An diesem Abend ging Sarah früh zu Bett. Zuvor versicherte sie sich allerdings, dass in Biancas, sowie in ihrem eigenen Zimmer, kein Toter herumspukte. Auf einen weiteren Besuch von Gabriel konnte sie nur zu gut verzichten!

Sie war immer noch aufgewühlt. Die einzelnen Erlebnisse des heutigen Tages preschten in ihren Gedanken ein weiteres Mal auf sie ein. Dabei wollte sie nur ihre Ruhe! Vielleicht war es Schicksal, dass ihr Ex genau hierhin gezogen war? Oder nur Zufall? Was aber in jedem Fall kein Zufall war, war die Begegnung mit Gabriel. Er hatte in ihrem Zimmer auf sie gewartet! Ein Schauder durchzog Sarah, als sie daran dachte, dass er erst vor Kurzem noch auf ihrem Bett gesessen hatte. Sie fürchtete sich vor ihm, obwohl er sich von den anderen in der Kirche sehr unterschied. Zu keinem Zeitpunkt hatte er sie wutentbrannt betrachtet - nicht so wie die Frau im Regenmantel. Dafür hatte er gesagt, dass er sie brauchte. Sarah zog die Decke bis zum Hals, als ein weiterer Schauer durch ihren Körper ging. Was wollte er? Frau Benner hielt ihn für jemanden, der ihr nichts tat, doch davon war sie nicht wirklich überzeugt. Ein Geist saß nicht grundlos wartend auf einem Bett und sagte, er brauche sie. Ausgelaugt zog Sarah die Luft in ihre Lungen und blies sie geräuschvoll aus. Sie hatte hunderte von

Fragen, auf die sie keine Antwort besaß. Und irgendwie wollte sie auch keine. Sie wollte doch nur ein ganz normales 17-jähriges Mädchen sein - auch wenn sie das nicht war. Schließlich konnte sie Tote sehen und obendrein mit ihnen sprechen. Das war nicht wirklich normal! Zudem musste sie ihre eigene Tochter als Schwester ausgeben, damit ihre Familie in diesem konservativen Dorf nicht bloßgestellt wurde. Und das fiel ihr unglaublich schwer. Welche andere 17-jährige musste schon in so jungen Jahren eine so riesige Last tragen? Hier in Wanora wahrscheinlich keine!

Nachdem sich Sarah einige Male in ihrem Bett herumgewälzt hatte, verfiel sie in einen tiefen Schlaf.

Sie blinzelte, hielt allerdings augenblicklich die Luft an, als sie erkannte, wo sie sich befand. Sie war auf Herrn Benners Beerdigung! Links von ihr saß ihre Mutter, die andächtig den Worten des Pfarrers lauschte, die rechte Seite der Bank war leer. Als Sarah sich hektisch im Gotteshaus umsah, erblickte sie im rechten Seitenschiff die Frau im Regenmantel. Ihre Augen waren blutunterlaufen und starrten sie mit einer abgrundtiefen Wut an. Augenblicklich schoss Sarahs Puls in die Höhe. Sie wollte fliehen, doch ihr Körper war eigenartigerweise wie erstarrt. Sie konnte außer Kopf und Arme kein einziges Körperteil bewegen. Sarah rang verzweifelt nach Luft. Was sollte sie tun, wenn die Regenmantelfrau angriff? Sie konnte ja nicht weg! Sie war gefangen, wie eine Fliege in einem Spinnennetz!

Sarah starb augenblicklich tausend Tode. Sie konnte kaum atmen, der Hals war fast komplett zugeschnürt, und ihr Körper zitterte. Sie wollte ihren Blick abwenden, doch es gelang ihr nicht. Die Frau hatte sie gänzlich in ihren Bann gezogen, und sie konnte sich nicht davon befreien.

Die wütende Tote glitt, ohne irgendeinen Fuß zu bewegen, vom Seitenschiff durch die Körper der anderen Trauernden hindurch, wie durch weiche Butter. Wieso bemerkte niemand sonst das Schauspiel? Sarah wollte schreien, um die anderen darauf aufmerksam zu machen, was für eine Gefahr in dieser Kirche lauerte. Eine Gefahr, die sich langsam aber konstant auf sie zubewegte!

Sarahs Kehle war vor Angst komplett zugeschnürt. Nur ein Rinnsal an Luft drang noch hindurch. Genau so viel, dass sie nicht augenblicklich wegen Sauerstoffmangels in Ohnmacht fiel. Aber das Entsetzlichste an allem war, dass ihr diese Szene nicht fremd war.

Als siebenjährige saß sie auf der vordersten Bank und bestaunte die herrlichen Deckenmalereien, als ein alter Mann mit Hut in einer Seitenschiffsecke stand und sie wütend anstarrte. Er hatte dunkle Augenringe und fleckige Gesichtshaut, an denen teilweise geronnenes Blut hing.

Damals verstand sie nicht, was für ein Mann das war. Wie auch? In dem Alter hatte sie noch keine Ahnung von ihnen!

Sie fand ihn schon etwas eigenartig und lächelte, wie sie es von ihrer Mutter gelernt hatte.

Der Mann glitt, ohne seine Beine zu bewegen, auf sie zu. Immer schneller und schneller, bis er vor ihr stehen blieb, den Mund weit aufriss und sie mit einem fratzenhaften und blutleerem Gesicht anschrie.

Die kleine Sarah kreischte hysterisch und fuchtelte in der Luft herum, um ihn daran zu hindern, sie immer und immer wieder mit seinen scharfen Fingernägeln zu attackieren. Entsetzt rissen ihre Eltern sie aus der Kirche, ohne überhaupt zu begreifen, was der Grund für ihre Panikattacke war. Das war der Tag, an dem sich Sarah geschworen hatte, nie wieder einen Fuß in ein Gotteshaus zu setzen - bis zu dem Tag von Herrn Benners Beerdigung.

Die Frau im Regenmantel trat immer näher. Zwischen Sarah und ihr lag nur noch das Mittelschiff. Aber auch das würde die Tote innerhalb von ein paar Sekunden durchschritten haben. Und was dann?

Die Regenmantelfrau riss die Arme in die Luft und setzte zum finalen Sprung an. Den Mund unnatürlich weit aufgerissen, sah sie aus wie eine Schlange, die den Kiefer ausrenkte, um ihre Beute besser verspeisen zu können. Ihre Pupillen leuchteten feuerrot und in ihrem Gesicht hatten sich Hautfetzen gelöst, unter denen das blutende Gewebe hervortrat. Sarah kam bei ihrem Anblick beinahe die Galle hoch. Die Frau grollte laut auf. Panikartig kniff Sarah die Augen zusammen und wartete darauf, dass sich jede Sekunde die messerscharfen Zähne in ihr Fleisch bohrten. Auch wenn sie die Bisse nicht wirklich spüren konnte – sie wusste, dass es geschah, und das war genauso schlimm.

»Du kannst die Augen wieder öffnen. Sie ist weg.«

Verwirrt hob Sarah ihre Lider und blickte in Gabriels Gesicht.

Die Regenmantelfrau war nicht mehr zu sehen, geschweige denn zu hören. Nur der eintönige Klang des Pfarrers erfüllte die Stille der Kirche. Sarah schaute konfus zu ihrem Sitznachbarn hinüber. Den rechten Arm auf die Armlehne gestützt, saß ihr Retter wie immer vollkommen entspannt auf der Bank. Mit seinen Fingern spielte er an seinem flammenähnlichen Anhänger herum.

»Du musst dich nicht mehr verkriechen.« Er lächelte großspurig. »Ich bin jetzt da.« Sarah richtete sich vorsichtig auf, ohne ihren ominösen Beschützer auch nur eine Sekunde aus den Augen zu lassen. Was, wenn er sich Knall auf Fall in irgendetwas schreckliches verwandeln würde? Schließlich war auch er tot.

»Na, freust du dich, mich zu sehen?«, fragte er etwas blasiert. Sie sah in wortlos an. Er hatte sie von der Frau im Regenmantel erlöst - schon wieder! »Du wolltest mir bestimmt danken, richtig?« Er verzog die Mundwinkel zu einem Grinsen.

»Danke, lieber Gabriel, dass du mich gerettet hast.« Seine Stimme war gespielt hoch, klang aber überhaupt nicht nach einem Mädchen. »Das wolltest du doch sagen, nicht?«

»Warum …«, Sarah räusperte sich. Ihre Stimmbänder waren immer noch wie gelähmt. »Warum tust du das?« Gabriel legte fragend den Kopf zur Seite.

»Was denn?«

»Wieso setzt du dich genau immer dann zu mir, wenn … wenn …« Sie stotterte. Er schmunzelte arrogant.

»Ganz einfach, weil ich dein Retter bin.« Sarah runzelte überrascht die Stirn, worauf er in ein schallendes Lachen fiel.

»Du lässt dich ja gut verarschen.« Er lachte noch lauter. »Das ist echt witzig!« Wütend presste sie die Lippen aufeinander. Ausgelacht zu werden mochte sie partout nicht. Vor allem, wenn es jemand war, den sie nicht kannte! Mit einem Mal verschwand sein Lachen und er schaute besorgt zu ihr hinüber.

»Was ist?« Der Zorn in ihrer Stimme war nicht zu überhören. »Willst du noch mehr Nettigkeiten austauschen?« Gabriel weitete die Augen.

»Wach auf!« Sarah runzelte verunsichert die Stirn. »Wie bitte?«

»Das Baby! Wach auf!« Er kam ihr unvermittelt mit dem Gesicht so nah, dass sich die Nasenspitzen berührten. Sie erschauderte bei seiner Nähe, obwohl sie ihn nicht spüren konnte.

»Wach auf!«, schrie er sie aus voller Kehle an.

Sarah zuckte schlagartig zusammen und riss die Augen auf. Ihr Herz hämmerte in der Brust wie die Hufe von hundert wild galoppierenden Pferden. Mit zitternden Händen richtete sie sich in ihrem Bett auf. Was für ein skurriler Traum! Benommen strich sie sich die zerzausten Haare aus dem Gesicht. Gabriels letzte Worte hallten immer und immer wieder in ihrem Kopf. Wieso half er ihr mit der Regenmantelfrau, schrie sie aber in der nächsten Sekunde an, sie solle aufwachen? Unbehagen stieg in ihr auf. Waren seine Worte eventuell nicht reine Fantasie gewesen, sondern eine Art Botschaft? Eilig schlug sie die Decke zurück und stand auf. Was auch immer dieser Traum zu bedeuten hatte - sie musste sich vergewissern, dass es ihrer Tochter gut ging. Mit nackten Füssen lief sie beinahe lautlos hinaus zu Biancas Zimmer. Mit klopfendem Herzen trat sie hinein und knipste die Stehlampe in der Nähe des Gitterbettes an. Sarah stieß einen erstickten Schrei aus, als sie ins Bettchen blickte. Ihre Tochter lag auf dem Bauch, den Kopf auf die Seite gelegt, und stieß eigenartig, keuchende Geräusche von sich. Ihre Lippen waren bläulich angelaufen. Sie schien zu ersticken.

»Dad!«, schrie Sarah panisch. »Dad!«

Geschockt stand sie wie eine Salzsäule erstarrt neben dem Bettchen und glotzte zu ihrer kleinen Tochter.

»Was ist?« Vollkommen schlaftrunken, schlurfte ihr Vater ins Zimmer. Ihre Mutter folgte ihm zerknittert und schirmte ihre Augen mit der Hand vor dem grellen Licht ab. »Ist was?«, fragte sie müde.

Durch die Tätigkeit als Kinderarzt registrierte Sarahs Vater sofort, in welcher lebensgefährlichen Situation sich Bianca befand. Umgehend riss er das kleine Kind aus dem Bett, setzte sich auf den Sessel daneben und legte den Säugling bäuchlings auf seine Oberschenkel. Mit der einen Hand hielt er ihren Unterkiefer, während er mit der anderen mehrmals gekonnt auf die Rückenmitte schlug. Sarah rang entsetzt nach Luft. Sie war nicht in der Lage richtig zu atmen. Die ganze Aufmerksamkeit galt ihrer armen kleinen Tochter.

Nach einigen Schlägen fiel etwas aus Biancas Mund, worauf sie laut zu schreien begann.

Liebevoll hob ihr Großvater sie hoch und sprach besänftigend auf sie ein.

»Ist ja gut, Bianca. Jetzt ist alles wieder in Ordnung.«

»Oh Gott, ich dachte, sie erstickt«, sagte seine Frau heiser und trat langsam näher, um ihre Enkelin zu streicheln. Sie nahm Bianca auf den Arm, küsste sie zärtlich und reichte sie dann Sarah weiter, die immer noch erstarrt auf der Stelle stand und fassungslos stierte. Vereinzelte Tränen kullerten über ihre Wangen, als sie die Kleine in die Arme nahm. Ihr Vater hatte sich in der Zwischenzeit zum Boden gebückt und hielt ein rotes, hölzernes Kügelchen hoch.

»Hier haben wir den Übeltäter! Aber zum Glück ging alles nochmals gut.«

Immer mehr Tränen bahnten sich den Weg über Sarahs Gesicht. Schluchzend und mit bebenden Lippen strich sie sanft über Biancas Kopf.

»Es geht ihr gut«, versicherte ihr Vater. »Es ist alles in Ordnung mit ihr.« Mitfühlend streichelte er seiner Tochter über den Rücken.

»Zum Glück warst du zur Stelle und konntest so schlimmeres verhindern! Nicht auszumalen was alles hätte passieren können.« Dankend legte seine Frau ihm die Hand auf die Schulter.

»Woher hat sie diese kleine Kugel? So etwas besitzen wir doch nicht.« Sarah schüttelte resigniert den Kopf.

»Keine Ahnung. Ich habe sie noch nie gesehen.«

»Wie auch immer. Ich nehme Bianca morgen mit in die Praxis und werde sie nochmals eingehend untersuchen.« Der Vater streichelte über Biancas Wangen.

»Durch dein rasches Handeln hat sie keine bleibenden Schäden erlitten.« *Rasches Handeln?* Sarah betrachtete ihren Vater durch ein verschwommenes Tränenmeer. Sie hatte nicht gehandelt! Sie war lediglich bocksteif neben dem Kinderbett geblieben und hatte nach ihrem Vater geschrien! Nein, IHR war nicht zu danken, sondern ausschließlich Gabriel!

Bianca war in der Zwischenzeit erschöpft in Sarahs Armen eingenickt.

»Wir sollten alle wieder zu Bett gehen«, beschloss der Vater. »Und diese Kugel werfe ich gleich in den Müll!« Er lächelte seiner Tochter aufmunternd zu. »Du kannst Bianca wieder hinlegen. Es ist alles in Ordnung mit ihr.« Sarah strich sich die langsam versiegenden Tränen aus dem Gesicht.

»Ich möchte noch etwas bleiben. Ich glaube nicht, dass ich jetzt ein Auge zu kriege.« Ihre Eltern nickten verständnisvoll.

»Natürlich. Gute Nacht.« Ihr Vater gab ihr einen Kuss auf die Stirn und ging müde aus dem Zimmer.

»Gute Nacht«, verabschiedete sich ihre Mutter und strich ihr über den Arm.

»Versuche ein wenig zu schlafen. Morgen wartet die Schule wieder auf dich.« Mit einem letzten, zärtlichen Blick auf Bianca, verließ auch sie das Zimmer und ließ die Tür hinter sich ins Schloss gleiten. Sarah atmete geräuschvoll ein.

»Ich liebe dich, meine Kleine«, hauchte sie leise. Vorsichtig legte sie ihre Tochter wieder ins Bett zurück und beobachtete, wie sie immer tiefer in den Schlaf glitt.

Sie schickte einen Dank an den Himmel, dass sie einen Kinderarzt als Vater hatte. Nicht auszudenken, was geschehen wäre, hätte er nicht rechtzeitig gehandelt. Aber sie als Mutter hatte vollkommen versagt! Die Angst, ihre Tochter zu verlieren hatte ihren Körper komplett lahmgelegt. Sie war nicht mal mehr fähig gewesen, klar zu denken. Sie konnte nur noch nach ihrem Vater schreien - zum Glück.

Gedankenversunken strich sie sich eine Strähne hinters Ohr. Sie war dankbar! Dankbar dafür, dass ihr Vater Bianca gerettet hatte. Und sie war dankbar, dass Gabriel sie im Traum gewarnt hatte; obwohl sie nicht ganz nachvollziehen konnte, wie das überhaupt möglich war.

Wäre er nicht gewesen, würde sie immer noch in ihrem Bett liegen, ohne mitzukriegen, dass ihre Tochter langsam qualvoll erstickte!

Sarah setzte sich mitgenommen auf den Sessel neben dem Bettchen. Gabriel hatte gewusst, dass ihre Kleine in Gefahr war. Aber wie war das möglich? Hatte sie sich alles nur eingebildet und unbewusst Biancas Keuchen gehört? War das so eine Mutter–Tochter Verbindung, von der viele sprachen? Oder war dieser mysteriöse Junge auf irgendeine Weise in ihren Traum eingedrungen um sie zu warnen? Schließlich war er ein Geist. Aber waren Geister imstande dazu?

Kapitel 6

Sarah träumte gerade von einem Lebkuchenmännchen, welches eine Pizza aß, als sie sanft an der Schulter gerüttelt wurde. Verschlafen öffnete sie die Lider und sah in das lächelnde Gesicht ihrer Mutter.

»Steh auf, Schlafmütze, es ist Zeit für die Schule.« Wieso wurde sie wie ein kleines Kind von ihrer Mutter geweckt? Sie hatte doch einen Wecker. Es vergingen einige Sekunden bis sie realisierte, dass sie sich immer noch in Biancas Zimmer befand und im Sessel eingeschlafen war.

Nach der gestrigen Aufregung war sie entweder grübelnd im Raum umher marschiert, oder saß im Sessel und beobachtete ihre schlafende Tochter. Die Angst, sie könnte erneut an etwas ersticken, hatte sie lange nicht schlafen lassen. Sarah fühlte sich gerädert und erschöpft. Am liebsten wäre sie in ihr Zimmer gegangen und hätte sich auf ihr Bett geworfen, um noch ein paar Stunden die Augen zu schließen.

»Du musst aufstehen. Du bist spät dran.« Ihre Mutter klopfte ihr mit der Hand auf den Oberarm. »Auf mit dir! Ich mach dir ein Sandwich für unterwegs, okay?« Sarah nickte schläfrig. »Wenn Bianca wach ist, bringe ich sie gleich zu Georges in die Praxis. Er ist bereits los zu einem Notfall.« Sarah nickte ein weiteres Mal. Sie wollte nichts von irgendwelchen Notfällen hören. Sie hatte in der Nacht genug Action gehabt!

»So, und jetzt ab ins Bad. Du siehst aus, als könntest du eine Dusche gebrauchen!« Wie recht ihre Mutter hatte! Sie fühlte sich miserabel. Warmes Wasser würde ihrem matten Körper guttun. Sarah stand ächzend auf und warf einen kurzen Blick in das Bettchen. Bianca lag auf der Seite. In einer Hand hielt sie ihren kleinen, geliebten Plüschhasen.

Müde schleppte sich Sarah ins Bad, duschte kurz und zog sich frische Kleidung an. Danach schnappte sie sich den Rucksack aus ihrem Zimmer und eilte in die Küche. Baxter saß bettelnd vor ihrer Mutter und schaute sie treuherzig an.

»Na, Baxter? So wie es aussieht, geht´s dir schon besser. Betteln kann er zumindest schon wieder.« Sie strich ihm liebevoll über den Kopf.

»Brötchen mit Schinken und Salat.« Ihre Mutter hielt ihr eine braune Tüte hin.

»Danke«, hauchte Sarah und lächelte müde. »Schreib mir, was Dad wegen Bianca gesagt hat, ja?«, rief sie, während sie aus der Küche eilte, um sich Jacke und Schuhe anzuziehen.

»Mach ich!«

»Bis dann!«

Zwei Stufen auf einmal nehmend rannte sie die Treppe hinunter. Stress am Morgen mochte sie überhaupt nicht, vor allem dann nicht, wenn sie zu wenig geschlafen hatte. Auf der Hälfte kam ihr Frau Benner entgegen. Sie hatte wieder diesen eigenartigen musternden Blick. Sarah lächelte knapp und wollte sich an ihr vorbeidrängen. Sie musste sich bereits wie gestern beeilen, um rechtzeitig in die Schule zu kommen. Hoffentlich war das nun nicht jeden Morgen so.

»Kann ich dich kurz sprechen?«, fragte ihre Nachbarin, als sie auf gleicher Höhe waren. Sarah stöhnte innerlich auf. War es so schwer zu erkennen, dass sie im Stress war?

»Sorry, bin spät dran!« Mit einem entschuldigenden Lächeln sauste sie an ihr vorbei. Im Erdgeschoss riss sie ihr Rad aus dem Fahrradkeller, schob es eilig aus dem Haus und radelte wie eine Wilde los. In fünfzehn Minuten würde es bereits zur ersten Stunde klingeln.

Als wäre der Teufel höchstpersönlich hinter ihr her, fuhr sie die Straßen entlang. Bei der Schule angekommen, keuchte sie wie ein Walross. Um das Rad abzuschließen, blieb keine Zeit mehr. Sie stellte es nur hastig in den Ständer und hetzte, während es bereits das erste Mal klingelte, über den Pausenhof. Sie konnte nur hoffen, dass ihr Fahrrad nach Schulschluss immer noch dort stand.

Sarah riss die Eingangstür auf. Die Flure waren menschenleer. Ihre Mitschüler saßen bereits in ihren Klassen und warteten darauf, dass der Unterricht begann.

Gleichzeitig mit der zweiten Glocke stürmte Sarah in ihren Klassenraum. Frau Meyer, eine großgewachsene, blonde Frau, sah von ihrem Lehrerpult hoch und warf ihr einen mahnenden Blick zu. Röchelnd nickte sie ihrer

Lehrerin freundlich zu und eilte zu ihrem Platz, wo sie sich erschöpft auf den Stuhl plumpsen ließ.

»Ich dachte schon, du tauchst heute nicht auf«, flüsterte Monica. »Hast du verschlafen?« Sarah schüttelte nach Luft schnappend den Kopf. Bevor sie fähig war zu antworten, musste sie zuerst wieder richtig atmen können. Sie war todmüde und hatte durch den Stress einen riesigen Durst, den sie jedoch erst nach der Stunde löschen durfte. Sie seufzte innerlich. Was für ein Start in den Tag!

»Denkt daran, morgen fällt die Deutschstunde aus. Die Geschichtsklassen machen gemeinsam eine Exkursion. Das wird bestimmt spannend.« Frau Meyer lächelte. Ja klar! Wen interessierte es schon, wie ein gotisches oder barockes Gebäude aussah? Für Sarah sahen die historischen Bauten allesamt irgendwie gleich aus. Sie konnte die Architekturstile nie auseinanderhalten. Womöglich lag es daran, dass sie überhaupt nicht zugänglich war für dieses Thema. Alles, was alt war, war einfach öde!

Nach der langen Deutschstunde, in der sie von Durst gequält war, spülte sie ihre trockene Kehle mit einem kühlen Eistee aus der Cafeteria. Gleich danach hetzte sie zur zweiten Stunde. Mist! Diese Pausen waren einfach viel zu kurz! Man konnte nicht mal richtig den Durst löschen, ohne gestresst den nächsten Klassenraum zu erreichen.

Im Flur traf Sarah auf Paula.

»Was ist denn mit dir los, du siehst ja schrecklich aus!«

»Vielen Dank auch!«, erwiderte Sarah matt. Sie spürte die Müdigkeit immer noch in den Knochen.

»Hast du nicht gut geschlafen?« Sie schüttelte den Kopf.

»Ich hatte eine echt üble Nacht. Bianca wäre beinahe an einer kleinen Holzkugel erstickt.« Paula legte geschockt die Hand auf den Mund.

»Das ist ja furchtbar!«

»Gibt es etwas beschisseneres als eine Geschichtsexkursion?« Sarah zuckte sichtlich zusammen, als Luke neben ihr auftauchte. Abrupt blieben sie stehen.

»Oder magst du Geschichte?« Er schaute sie erwartungsvoll an. Sarah kniff die Augen zusammen. Wollte er sie mit dieser Frage auf die Palme bringen? Er kannte doch die Antwort!

Die Abneigung für Geschichte war früher eines ihrer Gemeinsamkeiten. Sie hatten sich beide lieber mit anderen Fächern beschäftigt. Dementsprechend sahen ihre Noten auch gleich schlecht aus.

»Sarahs kleine Schwester Bianca wäre heute Nacht beinahe an einer Holzkugel erstickt!«, sprach Paula dazwischen um die Aufmerksamkeit auf sich zu ziehen. Luke sah seine Exfreundin überrascht an.

»Du hast eine Schwester?«

»Ja, EINE Schwester«, wiederholte Sarah eindringlich und funkelte ihn böse an. Wenn er jetzt irgendetwas verriet, dass es sich dabei eigentlich um ihre Tochter handelte, würde sie ihm eine reinhauen. Doch ihr Ex spielte immer noch den Unwissenden.

»Das ist ja ein Ding!« Seine Augen durchbohrten sie förmlich.

»Und wie alt ist sie?« Das weißt du doch genau, du doofe Nuss!

»11 Monate.« In Lukes Gesicht zuckte es kurz, doch dann nickte er nur stumm. »Könntest du nun gehen? Wir müssen zu Mathe.« Sarahs Ex trat gelassen zur Seite und machte eine einladende Handbewegung, an ihm vorbeizugehen.

»Ich möchte auf keinen Fall, dass ihr zu spät kommt.« Er lächelte seine Exfreundin kühl an. Diese dankte ihm mit einem abschätzigen Blick. Hastig zog sie Paula mit sich.

Als die beiden Mädchen die Treppen in den zweiten Stock hinaufgingen, stieß ihre Freundin sie in die Seite.

»Warum hast du denn Luke so vernichtend angeguckt. Hat er dir was getan?«

»Er nervt!«, zischte Sarah gereizt. »Ich finde unseren Iren eigentlich ganz nett. Und süß ist er auch.« Paula kicherte.

»Er ist kein Ire!«

»Er heißt doch aber O'Connell«, entgegnete ihre Freundin überspannt, »und das ist ein irischer Name.« Sarah blieb genervt stehen.

»Nur, weil O'Connell ein irischer Name ist, bedeutet das nicht, dass er Ire ist!«

»Und woher willst du das so genau wissen?« Paula blickte sie fragend an. Sarah hielt augenblicklich inne. In welchen Mist hatte sie sich da wieder hineingeritten?

Wenn sie nicht aufpasste, würde sie noch verraten, dass sie sich bereits kannten. Und das durfte auf keinen Fall passieren! Wie sie es doch hasste, ihre Freundin anzulügen!

Sarah zuckte möglichst unschuldig mit der Schulter.

»Sieh ihn dir doch an. Er sieht doch überhaupt nicht wie einer aus!«

»Und wie sehen Iren dann deiner Meinung aus?«, fragte Paula trotzig weiter. Mist! Sie befand sich nun wirklich in einer Zwickmühle.

Das Ertönen der Klingel rettete Sarah aus ihrer Notlage. Erleichtert seufzte sie leise auf.

»Wir sollten uns lieber beeilen, wir kommen sonst noch zu spät!« Hastig zog sie ihre Freundin mit sich.

Die zweite Stunde ging erstaunlicherweise schnell vorbei. Vielleicht lag es einfach daran, dass Sarah Mathe mochte. Der andere Grund war, dass ihr Exfreund nicht im Unterricht war. Wenn sie gemeinsam in einer Klasse saßen, hatte sie immer das Gefühl, er würde sie irgendwie anstarren. Ob das der Wahrheit entsprach, konnte sie nicht sagen. Ihr war schlichtweg immer unbehaglich in seiner Nähe.

Zur Mittagszeit hätte Sarah eigentlich Zeit gehabt, ihr Fahrrad endlich abzuschließen, hatte es aber durch das gequatschte mit ihren beiden Freundinnen komplett vergessen. Sie saß mit Monica und Paula in der Mensa und plauderte mit ihnen über Jungs, Filme und Mädchensachen. Seit Lukes Erscheinen war leider auch er ein Thema. Es missfiel Sarah, über ihn zu reden und sie machte keinen Hehl daraus, dass sie ihn nicht mochte. Paula und Monica konnten das überhaupt nicht nachvollziehen, doch sie wussten ja auch nicht alles.

Als Sarah den Blick durch den Speisesaal schweifen ließ, erkannte sie in der hintersten, rechten Ecke die drei Gruftschwestern. Sie steckten, wie immer, ihre Köpfe zusammen und schirmten sich von der Außenwelt ab. Mittlerweile hatten sich alle irgendwie an diese drei eigenartigen Mädchen gewöhnt - geheuer waren sie aber niemanden. Keiner wollte in ihrer Nähe sitzen, so dass der Tisch neben ihnen stets leer blieb.

Nancy trug wie immer eines ihrer Gothickleider. Dieses war schulterfrei und hatte ein gerafftes Dekolleté und Spitze. Sarah fand insgeheim ihre Kleiderwahl recht sexy. Nicht, dass sie das jemals zugeben würde - und anziehen würde sie so ein Kleid auch nie. Stella und Tracy, Nancys Anhängsel, sahen mit ihren ebenfalls schwarzen, hochgeschlossenen Kleidern hingegen eher bieder aus. Über die Anhängsel wusste sie nicht viel. Kein Wunder, sie interessierte sich auch nicht dafür. Stella wirkte eher introvertiert und sagte kaum ein Wort. Tracy hingegen schien jemand zu sein, der für die Anführerin alles tun würde.

Als ob Nancy ihren Blick auf sich spüren konnte, hob sie langsam den Kopf und sah sie durchdringend an. Sarah hingegen starrte sie geplättet an. Das war das erste Mal überhaupt, dass eine der Gruftschwestern in der Schule eine andere Schülerin ansah. War der Grund ihr eigenartiges Aufeinandertreffen vor der Kirche nach

Herrn Benners Beerdigung? Oder wollte sie ihr mit diesem Blick vermitteln, dass sie aufhören sollte sie so belämmert anzustarren?

Von Sarahs Erstarrung angezogen, spähte Monica ebenfalls in dieselbe Richtung. Als sie allerdings bemerkte, wen sie da anstierte, zog sie ihr heftig am Arm.

»Oh mein Gott! Was hast du getan?«, flüsterte sie entsetzt. Verdutzt sah Sarah ihre Freundin an.

»Nancy starrt dich an! Sie hat noch nie jemand angesehen!«

Paula runzelte überrascht die Stirn. »Schon wieder?«

Monicas Kopf preschte zur Seite.

»Schon wieder? Heißt das, sie hat dich schon mal angesehen?«

»Ja, vor der Kirche nach der Beerdigung meines Nachbarn.«

Monica hielt sich entsetzt die Hand vor den Mund.

»Aber das hat bestimmt nichts zu bedeuten«, versuchte Sarah, die Situation zu beruhigen. Paula hob argwöhnisch die Augenbrauen. Sie musste ihr recht geben. So ganz glaubte sie selbst nicht an ihre Worte. Vorsichtig spähte sie über ihre Schulter zum Tisch in der Ecke. Nancy stierte sie immer noch aus ihren dunklen Augen durchdringend an.

»Hast du ihr etwas getan? Warum starrt sie dich denn so an?« Monica wurde langsam hysterisch.

»Es ist kein gutes Zeichen, wenn sie dich so anglotzt. Überhaupt kein gutes Zeichen!«

»Krieg dich wieder ein, Monica!«, schimpfte Paula. »Sie beschwört nicht den Teufel, sondern sieht nur Sarah an.«

»Aber die Gruftschwestern beachten sonst niemanden aus der Schule! Warum sollten sie also gerade heute damit beginnen? Und dann noch Sarah?«

»Wäre es dir lieber, sie würde dich anstarren?«, foppte Paula.

»Gütiger Himmel!« Monica bekreuzigte sich. Obwohl Sarah die Situation ebenfalls sehr suspekt und irgendwie auch etwas angsteinflößend fand, musste sie über Monicas übertriebene Reaktion lachen.

»Siehst du, Nancy spricht wieder mit den anderen.« Alle drei spähten zu den Gruftschwestern hinüber.

»Sie hat kein Interesse an einem von uns. Nicht wahr, Sarah?« Paula warf ihr einen intensiven Blick zu.

»Das glaube ich auch.« Monica schnaubte. »Diese Hexe jagt mir trotzdem immer einen Schauder über den Rücken, wenn ich sie sehe.«

»Dann sei froh, dass sie einen Jahrgang über dir ist. Du in der gleichen Klasse wie die - das hättest du nicht überlebt!«

Paula nahm kichernd ihr Tablett und stand auf. »Ich muss zu Bio. Bis dann.«

Paula konnte nicht nachvollziehen, wie es denen ging, die mit den drei Gruftschwestern in den gleichen Unterricht mussten. Sie hatte sich diese Frage auch nie wirklich gestellt. Die drei Mädchen blieben stets unter sich - was auch gut war. Das Nancy sie vor der Kirche und heute überhaupt registrierte, bereitete ihr schon leichte Magenschmerzen, doch wahrscheinlich war alles nur Zufall und wäre in den nächsten Tagen wieder vergessen.

»Kommst du mit aufs Klo, bevor Chemie ansteht?«, fragte Monica immer noch sichtlich aufgewühlt.

»Brauchst du eine Anstandsdame?«, grinste Sarah. »Lach du ruhig! Ich bin mir aber sicher, dass es nichts Gutes bedeutet, von einer Gruftschwester angestarrt zu werden.« Sarah rollte mit den Augen.

»Lass uns jetzt lieber gehen Monica, sonst kriegst du noch Paranoia.«

Auf der Toilette standen die beiden Mädchen vor dem Spiegel, um sich noch etwas ihre Haare zu richten.

»Meinst du, Luke ist auf der Suche nach einer Freundin?«, fragte Monica, als sie sich die Fransen glattstrich. Sarah sah sie schief an.

»Wieso fragst du das?«

»Na, er ist laut seinen Angaben Single und …«

»Und du stehst auf ihn?«, beendete Sarah mit hochgezogenen Augenbrauen den Satz.

»Er sieht echt klasse aus. Ich kann nicht verstehen, was du gegen ihn hast.«

»Er ist ein Macho, das sieht man doch. Wahrscheinlich denkt er, er könnte jedes Mädchen um den Finger wickeln!« Monica drehte sich zu Sarah um und musterte sie mit zusammengekniffenen Augen.

»Er gefällt dir und du willst ihn! Und darum versuchst du ihn mir schlecht zu reden!« Sarah schüttelte entgeistert den Kopf. Sie kannte diesen Ausdruck in ihrem Gesicht. Das war so ein »Ich beharre auf meine Meinung«-Gesicht. Egal was sie darauf antwortete, sie glaubte ihr eh nicht. Daher ließ sie es lieber sein. Sarah mochte ihre Freundin, doch teilweise konnte sie echt nervtötend sein!

Die Tür öffnete sich schwungvoll. Instinktiv sahen beide zum Eingang. Augenblicklich wurde Monica aschfahl im Gesicht. Nancy trat langsam aber gezielt hinein, und musterte Sarah mit einer Mischung aus Interesse und Missbilligung. Monica räusperte sich verkrampft und drückte sich gegen das Waschbecken. Sie wollte die Anführerin auf keinen Fall auch nur einen Hauch berühren.

Sarah überkam ebenfalls ein mulmiges Gefühl. Angestarrt zu werden war das eine, doch wenn eine skurrile Gothic-Braut direkt auf einen zukam, war das nie etwas ganz anderes. Die Situation strotzte nur so von Unbehagen.

Auf Monicas Höhe blieb Nancy stehen und warf ihr einen abschätzigen Seitenblick zu.

»Verschwinde!« Ihre Stimme war leise, aber bedrohlich. Sarah flehte stumm, sie möge bleiben. Sie wollte um keinen Preis mit dieser bizarren Person alleine sein.

Als sich Monica nicht bewegte, trat die Gruftschwester noch näher, dass die Spitzen des Kleides ihren Körper berührten. Nancys Mund war so nah, dass sie ihren Atem auf dem Gesicht spürte.

»Verschwinde!«, zischte sie erneut. Monica warf Sarah einen entschuldigenden Blick zu.

»LOS!«

Erschrocken über die schreiende Stimme der Gruftschwester, riss sie sich los und stürmte überstürzt aus der Toilette.

Mit einem abschätzigen Grinsen sah ihr die Anführerin nach.

»Pah!« Sie lachte. »Jämmerlicher Waschlappen!«

Sarah starrte Nancy kurzatmig an. Kein Zweifel, sie hatte Angst! Die Gruftschwester war ihr gefolgt und das bestimmt nicht ohne Grund. Vergeblich versuchte sie, den trockenen Kloß in ihrer Kehle hinunterzuschlucken. Monica hatte recht: Das war nicht gut! Gar nicht gut!

»Du bist also Westen!«, begann Nancy in ruhigem Plauderton und umrundete Sarah wie ein Pferd bei einer Auktion. »Ich hätte mir schon etwas Besseres gewünscht als das!« Sie verzog angewidert das Gesicht, als sie mit zwei Fingern Sarahs Haare in den Händen hielt. Angeekelt ließ sie sie wieder los.

»Und, was kannst du?« Sie sah ihr Gegenüber herausfordernd an. Sarah fühlte sich leicht neben der Rolle. »Was meinst du genau?« Ihre Stimme brach beinahe, so verunsichert war sie.

»Bin ich denn nur von Schwachsinnigen umgeben?« Nancy rollte mit den Augen. »Deine Gaben! Was kannst du?« Ungeduldig trommelte sie mit den Fingern aufs Waschbecken. »Beherrscht du das Reisen, Anrufen, Telekinese oder hast du das zweite Gesicht?«

»Das zweite Gesicht?« Sarah verstand nur Bahnhof. Die Anführerin stöhnte entrüstet auf.

»Das kann nicht dein Ernst sein! Sie soll Westen sein? Du bist ja ein Witz!« Die letzten Worte spie sie ihr ins Gesicht. Angeekelt wischte sich Sarah über die Wange. »Ich habe es schon gewusst, als ich dich vor der Kirche sah! Du hast von nichts eine Ahnung! Aber anscheinend kriegt man in einem gottverdammten Ort wie diesem nichts Besseres als dich!«

Die Glocke ertönte das erste Mal.

»Es klingelt. Wir müssen in den Unterricht«, erwiderte Sarah unruhig und wollte sich vorbeidrücken. Doch Nancy versperrte ihr den Weg.

»Du gehst nirgendwohin!« Sarah nahm all ihren Mut zusammen und funkelte die Anführerin feindselig an. Sie mochte ihr zwar Angst einflössen, doch so herablassend ließ sie sich von niemanden behandeln.

»Du wirst dich der Schwesternschaft anschließen«, meinte Nancy trocken.

»Schwesternschaft?« Sarah krauste fragend die Stirn.

»Du wirst eine von uns und gehörst fortan zum Kreis.«

»Wie bitte?« Sie schüttelte fassungslos den Kopf. »Du willst, dass ich eine Gruftschwester werde? Nie und nimmer!« Die Anführerin verzog die Augen zu schlitzen.

»Gruftschwester? So nennt ihr Ungläubigen uns also?« Sie schnaubte verächtlich. »Ihr habt doch alle keine Ahnung! Und nur das du es weißt: Das war keine Bitte!« Sarah versuchte erneut, diesen nervigen Kloß in ihrem

Hals hinunterzuschlucken. Sie hoffte inbrünstig, sich verhört zu haben. So wie sie Nancy aber ansah, war dies allerdings nicht der Fall. Sie sollte diesem skurrilen Mädchen-Grufti Club beitreten? Hatte sie sie nicht mehr alle? Langsam wurde Sarah echt sauer!

Es klingelte ein weiteres Mal. Sie wollte sich aufs Neue vorbeidrücken, doch die nervige Gruftschwester hielt sie am Arm zurück.

»Du bist Westen, da gibt es keinen Zweifel! Und deswegen bist du eine von uns!«

»Ich bin weder eine von euch, noch Westen oder wer sonst! Und jetzt nimm deine verdammten Pfoten von mir!« Wütend funkelte sie die Anführerin an. Sie mochte angsteinflößend und überdreht sein, doch sie ließ sich nicht von ihr zu einer Gothic-Braut machen. Nancy zog mit einem überheblichen Grinsen langsam ihre Hand zurück.

»Glaub mir, du wirst deine Meinung noch ändern.« Sie kam ihr unglaublich nah. »Darauf kannst du Gift nehmen.« Sarah schob sich zornig an ihr vorbei und eilte hinaus.

Der Flur war wie ausgestorben. Das war auch nicht sonderlich überraschend, schließlich hatte der Unterricht bereits begonnen. *Verfluchte Scheiße!* Dafür würde sie eine Strafaufgabe kassieren! Fluchend rannte sie den Flur entlang und trat keuchend vor das Klassenzimmer von Herrn Ludwig. Mit rasendem Herzen klopfte sie kurz an die Tür und trat dann ein. Der Lehrer stand an der Wandtafel und schenkte ihr einen tadelnden Blick.

»Schön, dass du uns auch noch mit deiner Anwesenheit beehrst Sarah. Die Strafaufgabe kannst du dir nach dem Unterricht holen.« Mit gesenktem Kopf eilte sie wortlos zu ihrem Platz. Es war ihr enorm peinlich, von allen angestarrt zu werden. Und das hatte sie einzig der verrückten Gruftschwester zu verdanken!

Als sich Sarah wortlos auf ihren Stuhl plumpsen ließ, lehnte sich Monica flüsternd zu ihr rüber.

»Was ist denn passiert?« Ihre Freundin wirkte äußerst besorgt. »Hat Nancy dir etwas angetan?« Sarah schüttelte den Kopf und nahm das Geschichtsbuch aus ihrem Rucksack.

»Sie ist ein abgedrehter Freak! Mehr nicht!« Als sie ihre Tasche wieder neben sich auf den Boden stellen wollte, spürte sie einen Blick auf sich ruhen. Verstohlen sah sie sich um. Luke musterte sie mit sorgenvoller Miene.

»Alles okay?«, formten seine Lippen stumm. Anscheinend musste ihr die Wut noch ins Gesicht geschrieben sein. Wortlos nickte sie ihrem Exfreund kurz zu und widmete sich gleich wieder dem Unterricht. Das Risiko, eine weitere Strafe zu kassieren, wollte sie nicht eingehen.

Ausgelaugt stapfte Sarah müde über den Vorhof des Schulhauses zu ihrem Rad. Nachdem sie ihre Strafaufgabe, einen Aufsatz über Napoleon, entgegengenommen hatte, musste sie ihrer Freundin das eigenartige Gespräch mit Nancy detailgetreu erzählen. Danach schleppte sie sich müde zu Sport, Physik und Englisch. Jetzt war sie nur noch froh, wenn sie heil mit ihrem Rad zu Hause ankam und sie ihre Beine hochlegen konnte. Nancy hatte sie nach ihrem bizarren Gespräch nicht wiedergesehen - was ihr nur gelegen kam.

Gähnend zog sie das Fahrrad aus dem Ständer, als Luke neben ihr auftauchte. Sarah rollte stöhnend die Augen. »Begrüßt du mich ab jetzt jedes Mal so erfreut?«, fragte er trocken und kreuzte die Arme vor der Brust.

»Was willst du, Luke?«

»Alles klar bei dir? Du sahst in Geschichte echt mitgenommen aus.«

»Wenn man eine Strafaufgabe aufgebrummt kriegt, nur weil man zwei Minuten zu spät kommt, hat man alles recht der Welt, mitgenommen auszusehen!«, hielt Sarah sauer dagegen. Ihr Exfreund musterte sie kritisch.

»Als ob das der wahre Grund wäre. Im Lügen warst du schon immer eine Niete!«

»Kannst du nicht einfach verduften?«

»Ich bin nicht hier, um mit dir zu streiten.«

»Ach, nicht? Dann tu mir den Gefallen und verschwinde aus Wanora!«

»Das mich meine Eltern zu meiner Tante geschickt haben, ist Zufall.«

»Willst du mir das wirklich weismachen? Das war doch Berechnung!«

»Kannst du bitte mit diesem Gekeife aufhören?« Ihr Exfreund presste genervt die Kiefer aufeinander. »Du tust so, als wärst du die einzige, die gelitten hat. Aber so war es nicht, Sarah! Nachdem die Anwälte deiner Mutter uns die Hölle heiß gemacht hatten, hat mich kein Mädchen mehr eines Blickes gewürdigt.«

»Ach, du Ärmster!« Sie verzog ihr Gesicht zu einer Schnute. »Das ist in der Tat eine riesige Tragödie im Vergleich zu mir! Ich war ja schließlich nur schwanger von dir!«

»Hättest du das Baby abgetrieben, wäre alles viel leichter gewesen!«, fauchte Luke. Sarah funkelte ihn fuchsteufelswild an.

»Ich töte doch keine Babys!« Sie schnaubte verächtlich. »Dir ist es natürlich scheiß egal, was mit ihr passiert!« Ihre Augen wurden feucht. »Wenn sie in der Nacht erstickt wäre, hättest du wahrscheinlich gejubelt!«

»Hörst du dir eigentlich selber zu? Du sprichst verdammten Bullshit!« Luke schüttelte entrüstet den Kopf.

»Solange du meinen Körper haben konntest, war alles in Ordnung, doch als ich dann unser Kind erwartete, war sie für dich nur noch ein Dorn im Auge.« Sarah wischte eine Träne weg. »Du hasst Bianca und dafür hasse ich dich! Verstehst du! Ich hasse dich!« Den letzten Satz schrie sie ihm ins Gesicht. Luke zog geräuschvoll die Luft in seine Lunge und versuchte möglichst ruhig zu bleiben, obwohl ein Feuer in seiner Brust loderte.

»Sarah …«

»Lass es! Du wolltest nichts von ihr wissen. Und so wie ich dich kenne, hast du deine Meinung auch nicht geändert. Oder liege ich etwa falsch?« Seine Ex sah ihn herausfordernd an. Luke malmte genervt mit den Kiefern. Sich zu beherrschen fiel ihm äußerst schwer.

»Sag schon, liege ich falsch, hä?«

»Nein, tust du nicht«, antwortete er aus zusammengepressten Lippen.

»Dann lass mich endlich in Ruhe! Wir sind fertig miteinander!« Sarah schwang sich auf ihr Rad und ließ ihren verärgerten Exfreund alleine zurück.

Abgeschlagen stieß Sarah die Eingangstüre auf und schob ihr Rad durch den Flur Richtung Fahrradkeller. Sie war froh, endlich zu Hause zu sein. Ihr Körper lechzte nach einer heißen Tasse Tee, einem guten Buch und Kuscheln mit Bianca. Ihren Hund durfte sie natürlich nicht vergessen. Er hatte die Eigenart, sich immer seine Streicheleinheiten dann zu holen, wenn sie mit ihrer Tochter am Spielen war. Ob der alte Kerl eifersüchtig war? Sie grinste, als sie an ihn dachte. Er war alt, aber immer noch verspielt wie ein kleiner Welpe.

Gähnend stellte sie ihr Fahrrad in die Ecke und schloss es ab. Gerade als sie wieder in den Flur treten wollte, hörte sie, wie Frau Benner die Nachbarin aus dem Erdgeschoss begrüßte.

»Guten Abend Frau Geng. Wie geht es Ihnen?«, fragte diese freundlich. Leise trat Sarah zurück. Absichtlich ließ sie die Tür eine Spalte weit offen und äugte hinaus. Ihr war bewusst, dass sie sich nicht immer vor dem Gespräch mit der alten Witwe drücken konnte. Aber heute war sie viel zu müde. Sie wollte nur noch hoch in ihre Wohnung und sich von der ganzen Welt abschotten.

Mit einem erschöpften Schnauben legte sie den Kopf auf die kühle Tür und schloss die Augen. *Oh, Mann! Ich will doch nur in mein Zimmer. Ist das zu viel verlangt?*

»Lauschst du, oder schläfst du im Stehen?« Sarah zuckte vor Schreck zusammen und drehte sich ruckartig um. Gabriel stand mit einem verschmitzten Grinsen neben ihr. Mit aufgeknöpftem Hemd und hochgekrempelten Ärmel stützte er sich mit dem Arm an der Wand ab und taxierte sie. Verkrampft klammerte sich Sarah an die Türklinke und starrte ihn verdattert an.

»Oder gar beides?« Empört zog er gespielt die Augenbrauen hoch, schmunzelte aber in der nächsten Sekunde gleich wieder. »Wie ungezogen von dir!« In ihrem Kopf jagte ein Gedanke den nächsten. Sie musste an die Kirche, den Traum und an Biancas Beinahe-Erstickung denken.

»Du kannst aufhören mich anzustarren. Ich weiß, dass du auf mich stehst.« Sarah warf ihm einen irritierten Blick zu.

»Äh, wie bitte?« Hatte sie richtig gehört?

»Siehst du, das hat man davon, wenn man Leute anstarrt. Man versteht nicht, was sie einem sagen.«

»Wieso kann ich dich sehen?«, platzte es aus ihr heraus. Eigentlich hatte sie ihn nicht danach fragen wollen, doch in ihrem Kopf befand sich so viel Unbeantwortetes, dass sie langsam Angst kriegte, er würde platzen.

Gabriel setzte sich gelassen auf ihr Rad, welches direkt neben der Tür stand und seufzte laut.

»Ach, die üblichen Fragen. Wieso, warum, weshalb …« Er atmete geräuschvoll aus. »Diese Frage stellst du besser Großmutter, sie wird sie dir liebend gern beantworten. Mich hingegen öden sie nur an.« Sarah musterte ihn. Sie konnte ihren Blick einfach nicht von ihm abwenden. Er sah so normal aus! So über die Maße normal - genau wie ein Mensch!

»Ich kann mir denken, was in deinem Kopf herumspukt.« Gabriel nickte wissend. »Du hast tausende von Fragen, das sehe ich dir an.« Er lächelte keck. »Ich hoffe, die Erste lautet, warum ich so ein heißer Typ bin.« Sarah schnaubte abfällig.

»Glaub mir, diese Frage kommt ganz zuletzt!« Er lachte schallend.

»Aber sie kommt!« Ermattet schüttelte sie stöhnend den Kopf.

»So habe ich das nicht gemeint! Und nun lass mich in Ruhe!«

Vorsichtig öffnete sie die Tür etwas breiter und spähte in den Flur. Er war leer. Aufatmend trat sie hinaus.

»Dein Traum wühlt dich noch immer auf.« Sarah drehte sich augenblicklich um und blieb in der Tür stehen.

Wieso wusste er von ihrem Traum? Oder hatte er bloß geraten? Aber warum sollte er so was tun?

Gabriel saß immer noch auf dem Rad. Er wirkte weder belustigt noch abschätzig. Er schaute sie mit einer Ernsthaftigkeit an, die sie an ihm noch nie gesehen hatte.

»Dein Traum ... Du willst wissen, ob es nur ein Zufall war, dass ich dich anbrüllte aufzuwachen. Richtig?« Sarah nickte angespannt. Seine Art war mit einem Mal so anders. Er wirkte sogar wie jemand, mit dem man tiefgründige Gespräche führen konnte. Sie schüttelte gedanklich den Kopf. *Das ist nicht möglich! Er ist tot!*

Gabriel stand langsam auf und trat näher. Ihm so dicht gegenüberzustehen fand sie etwas einschüchternd. Der Traum hatte irgendwie die Angst in ihr gelöst. Sie fühlte sogar eine Dankbarkeit ihm gegenüber, dass er sie aufgeweckt hatte. Sarah hielt die Luft an, als er noch nähertrat. Seine Haut, seine gesamte Kleidung, alles sah so unsagbar menschlich aus!

Augenblicklich verspürte sie den Drang, ihn anzufassen, unterließ es aber. Wie er sich wohl anfühlte? Egal wie! Er war tot! Aber für einen Geist sah er viel zu real aus!

Ein Lächeln spielte um Gabriels Mundwinkel.

»Du schaust mich an, als wolltest du mir gleich um den Hals fallen.« Das nicht gerade, aber angefasst hätte sie ihn liebend gern. Sarah massierte sich ihre pochenden Schläfen. »Es ist alles so ...«

»... verwirrend?«, beendete er den Satz. Sie nickte. »Sprich mit meiner Großmutter, sie wird dir alles erklären. Ich bin dafür leider nicht zu haben. Stattdessen für ganz viel anderes.« Er zwinkerte ihr kokett zu. Sie ignorierte seine Blasiertheit und stellte ihm lieber die Frage, die ihr schon lange auf der Zunge brannte.

»Bianca wäre heute Nacht … ich meine, ich habe von dir geträumt …«

»Ach, ja?« Er zog amüsiert die Stirn in Falten.

»Nicht was du denkst! Du weißt, was ich meine!«

»Was denk ich denn?« Gabriel legte interessiert den Kopf schief. Sarah schüttelte unfassbar den Kopf. Kaum zu glauben! Sie wurde von einem Geist verhöhnt.

»Verstorbene können einem im Traum und in der Realität begegnen, sofern man bei Letzterem natürlich das zweite Gesicht haben muss.« Sarah horchte auf. Hatte nicht Nancy von diesem zweiten Gesicht gesprochen?

»Ich habe dich im Traum aufgesucht, weil ich bemerkt habe, dass Bianca in Gefahr schwebte. Und wie du ja schon weißt, kann ich sie nicht anfassen.« Er zuckte kurz mit der Schulter. »Jedenfalls musste ich dich anschreien, damit du endlich erwachst - Sorry dafür.« Sein Ausdruck nahm wieder etwas Schelmisches an. »Alles klar nun?« Sarah sah in skeptisch an. Sah sie so aus, als würde sie alles verstehen? »Nun bist du an der Reihe, mir einen Gefallen zu tun. Eine Hand wäscht schließlich die andere, nicht wahr?«

Sarah riss entsetzt die Augen auf. Einen Gegengefallen? So eine Bitte war nicht gut!

»Bestimmt nicht!«, zischte sie aufgebracht. Gabriel hielt überrascht inne.

»Bestimmt nicht?«, wiederholte er verwirrt. »Aber wieso nicht? Ich habe Bianca das Leben gerettet! Da ist eine Gegenleistung doch angebracht!«

»Verschwinde und lass mich endlich in Ruhe!« Sarah wandte sich um und rannte durch das Erdgeschoss. Sie wollte weg - nur noch weg von ihm!

Es konnte nichts Gutes bedeuten, wenn ein Geist eine Gefälligkeit verlangte. Das hatte sie in den Horrorfilmen von Luke gelernt. Wenigsten hatte es endlich etwas gebracht, sich diese Filme anzusehen.

Gabriel lief ihr verständnislos hinterher.

»Wieso nicht? Ich habe dir doch auch geholfen!« Seine Stimme nahm etwas Verzweifeltes an. »Komm schon!« Sarah rannte schnaubend die Treppe hinauf.

»Lass mich in Ruhe!«, fauchte sie über ihre Schulter zurück.

»Es ist nur ein Gefallen. Ein Einziger!« Von einem Toten verfolgt zu werden war irgendwie furchteinflößend. »Bitte!«, flehte Gabriel, während er ihr mühelos folgte. »Bitte hilf mir!« Von seiner Großspurigkeit war nichts mehr zu spüren. »Du bist meine einzige Möglichkeit!«

Mit hämmernden Herzen blieb Sarah vor ihrer Wohnung stehen.

»Ich bin dir nichts schuldig!« Sie sah ihn mit einer Mischung aus Angst und Zorn an. »Vielleicht warst du ja der, der Bianca die Holzkugel in den Mund gelegt hat!« Gabriel warf ihr einen bestürzten Blick zu.

»Ich kann sie nicht berühren, das weißt du doch! Und wenn auch, ich würde so etwas nie tun!«

»Ach, ja? Kannst du es beweisen?« Er presste die Lippen zusammen und schüttelte frustriert den Kopf.

»Hattest du angenommen, ich hätte ein schlechtes Gewissen und würde dir eine Gegenleistung erbringen?«

»Du glaubst ernsthaft, ich würde einem kleinen Kind etwas antun, um dadurch einen Gegenwert zu erhalten?« Er funkelte sie aufgebracht an. »Das ist krank!« Sarah schloss die Augen bis auf einen kleinen Spalt.

»Du bist einer von ihnen! Wer weiß schon, was ihr Geister alles könnt!« Gabriel stöhnte verstimmt auf.

»Hast du immer noch nicht geschnallt, dass ich anders als die in der Kirche bin?«

»Du bist tot, genau wie sie! Und tot bleibt nun mal tot!« Er strich sich kopfschüttelnd durchs Haar.

»Das ist verdammte Scheiße, was du mir vorwirfst! Dabei hast du keine Ahnung! Keine Ahnung wie es ist tot zu sein!« Seine Nasenflügel bebten vor Zorn. »Wie es ist, seine Familie am Grabe bitterlich weinen zu sehen. Keine Ahnung davon, ihnen eine Last durch deinen Tod gebracht zu haben.« Tränen schossen ihm in die Augen. »Und die Gewissheit, dass ihr Leben nie wieder so wird wie zuvor! Und das alles nur deinetwegen! Weil du verdammt noch mal großen Bockmist gebaut hast!«

Sarah blinzelte verständnislos. Was war denn das für ein eigenartiger Gesprächsverlauf. Sprach er etwa von sich selbst?

»Das schlechte Gewissen zerfrisst dich innerlich, weil du es verkackt hast.« Gabriel ging unruhig auf dem Stockwerk umher. »Ich habe alles verbockt!« Seine Augen glitzerten feucht. »Und dann? Dann kommst du und nimmst mir die einzige Chance, die ich je hatte! Einfach so!« Er schnippte in die Luft. »Und das nur, weil ich für dich bloß ein beknackter Toter bin, dem du nicht mal einen Gefallen tun kannst!« Die letzten Worte schrie er ihr ins Gesicht! »Du bist verdammt nochmal herzlos!« Er schniefte und löste sich auf.

Kreidebleich vor Schreck starrte Sarah auf die menschenleere Stelle, wo vor einigen Sekunden noch Gabriel stand. Ihr Herz hämmerte in ihrer Brust und sie hörte das Blut durch ihre Ohren rauschen. Verdattert nahm sie einige tiefe Atemzüge. Sie hatte gar nicht bemerkt, dass sie die Luft angehalten hatte.

Die Art wie Gabriel über sich selbst gesprochen hatte, regte in ihr ein Hauch von Mitgefühl. Die Verzweiflung seiner Stimme war ihr nicht entgangen. Er schien wirklich sehr unglücklich zu sein. Trotzdem, sie würde sicher nicht einem Geist helfen. Er würde bestimmt nur schreckliche Dinge von ihr verlangen. Vielleicht, sich die Haut aufzuschlitzen, damit er von ihrem Blut trinken konnte und nie wieder sterben würde? Sarah schüttelte entsetzt den Kopf. Sie hatte eindeutig zu viele Horrorfilme gesehen.

Ihr Hund stand bereits schwanzwedelnd hinter der Tür, als Sarah eintrat.

»Hallo Baxter!« Matt schmiss sie den Rucksack in die Ecke und kraulte liebevoll seinen Kopf. »Das gefällt dir, nicht wahr? Davon kannst du einfach nie genug kriegen.« Sie lächelte, als er sich noch fester an ihr Bein drückte. »War dein Tag heute auch so verrückt wie meiner? Bestimmt nicht. Ach, hast du ein schönes Leben!« Mit Bianca auf dem Arm trat ihre Mutter aus der Küche.

»Ah, du bist da. Sehr gut.« Ihre Tochter schaute skeptisch zu ihrer Mutter. Dieser Satz vermochte nichts Gutes. Die Kleine streckte ihre kleinen Fingerchen nach ihrer Mutter aus. Liebevoll nahm Sarah sie in die Arme.

»Hallo, meine Liebe. Hattest du einen schönen Tag?«

»Sie hat die Pflanze im Wohnzimmer umgeworfen. Es war eine riesen Schweinerei! Überall verstreute Erde.«

»Das klingt nach Spaß.« Sarah grinste.

»Ja und wie.« Ihre Mutter verdrehte gespielt empört die Augen. Bianca gluckste vergnügt.

»Könntest du bitte kurz zu Frau Benner hochgehen? Sie hat gefragt, ob du ihr helfen kannst.« Sarahs Lachen erlosch abrupt. Das war also der Grund für das „ah, du bist da“. Jetzt, wo sie wusste, dass ihre alte Nachbarin Tote sehen konnte, war sie ihr irgendwie nicht mehr geheuer. Sarah stellte sich vor, wie die Witwe vor einem Pentagramm saß, und irgendwelche Hühnerknochen darauf verteilte um ein Orakel heraufzubeschwören. Sie schüttelte innerlich den Kopf. Diese verdammten Horrorfilme!

»Gehst du bitte gleich hoch?« Ihre Tochter schnaubte verächtlich.

»Muss das sein? Ich habe letzte Nacht kaum ein Auge zugemacht. Und in der Schule war heute auch viel los.«

»Sie hat erst gerade ihren Mann verloren! Was denkst du, ist schlimmer? Und schließlich haben wir ihr die Hilfe angeboten.« *Du hast ihr die Hilfe angeboten, nicht ich!* »Geh jetzt bitte.«

»Kann das nicht bis morgen warten?«, murrte Sarah leise. Eine Ausrede war bei ihrer Mutter meist zwecklos, doch sie konnte es ja versuchen. Mit hochgezogener Augenbraue sah sie diese anklagend an.

»Ich habe mich wohl verhört!« Ihre Tochter schnaubte ein weiteres Mal.

»Ist ja gut! Ich gehe!« Missbilligend drückte sie Bianca zurück in die Arme ihrer Mutter. »Wenn ich nicht zurückkomme, dann weißt du ja, wo ich bin.« *Dann hat mich die alte Frau mit ihren Zauberkünsten verhext!*

Übellaunisch machte Sarah auf ihrem Absatz kehrt und verließ die Wohnung, um möglichst langsam die Treppen hinauf zu schlurfen. Ihr Herz pochte, mit jedem Schritt, den sie tat, heftiger. Ja, sie war nervös. Nervös davor, was ihre Nachbarin mit ihr besprechen wollte! Auf der anderen Seite war sie irgendwie froh. Egal wie skurril es auch war, sie wollte mehr über Gabriel herausfinden. Seine verzweifelten Worte gingen ihr nicht mehr aus dem Kopf. Nicht, dass es an ihrem Entschluss, ihm nicht zu helfen, etwas änderte - aber sie war von Natur aus neugierig.

Leider waren die Treppenstufen bald zu Ende und Sarah wünschte sich sehnlichst noch tausende davon herbei. Sie fühlte sich nicht bereit, ihrer Nachbarin unter die Augen zu treten. Doch nun stand sie vor ihrer Haustür und drückte ihren zitternden Finger auf die Klingel.

Nach ein paar Sekunden hörte sie, wie von innen der Schlüssel gedreht wurde. Die Tür öffnete sich. Sarah schluckte den Kloß in ihrem Hals hinunter. Sie war unglaublich nervös! Frau Benner lächelte wie immer freundlich.

»Hallo Sarah. Komm doch rein.« Die alte Dame trat beiseite, um sie eintreten zu lassen. Mit einem kurzen Zögern trat sie ein. Sie brachte keinen Ton hinaus. Ihre innere Anspannung war ihr bestimmt ins Gesicht geschrieben. Herzklopfend kaute sie auf der Unterlippe und wartete, dass die Witwe die Tür wieder schloss.

»Setzen wir uns doch an den Tisch. Wie du ja weißt, möchte ich kurz mit dir sprechen.« Sie zeigte Richtung Esszimmer. »Möchtest du etwas trinken?« Sarah schüttelte verhalten den Kopf.

»Nein, danke.« Was sie wollte, war, so schnell wie möglich wieder aus dieser Wohnung zu kommen.

Zögernd folgte sie Frau Benner zu einem kleinen, dunkelbraunen, runden Holztisch. Vier Stühle standen darum. Die Sitzpolster waren mit einem Blumenmuster bedeckt. Auch wenn es nicht Sarahs Geschmack war, sie sahen sehr bequem aus. Verstohlen blickte sie sich um. Im Wohnzimmer befanden sich ein gelbliches Sofa, eine große, hellbraune Wohnwand und ein Fernseher. Vereinzelt standen Blumentöpfe am Boden. Bestimmt eine Hinterlassenschaft ihres Mannes, der Blumen über alles liebte.

Frau Benner bot ihr einen Stuhl an und setzte sich ihr gegenüber. Mit flatterndem Magen nahm Sarah Platz. Ob ihre Nachbarin sehen konnte, wie nervös sie war?

Die Witwe lächelte liebevoll - so wie sie es immer tat. Aber nicht mal ihre sonst so beruhigende Art, konnte das innere Kribbeln auflösen.

»Wir scheinen eine Gemeinsamkeit zu haben«, begann Frau Benner langsam. Sarah legte fragend die Stirn in Falten. Von welchen Gemeinsamkeiten sprach sie? »Du wirkst auf mich, als hättest du in deinem Leben noch nicht viel Erfahrung mit Übersinnlichem gemacht.«

Oh je, jetzt ging das Thema los…!

»Ich meine damit, Verstorbene zu sehen.« Sie schaute Sarah tief in die Augen. »Hast du gewusst, dass man dazu das zweite Gesicht benötigt?« Sarah zog argwöhnisch die Augenbrauen hoch. Schon wieder dieser Ausdruck!

»Was ist das, das zweite Gesicht?«

»Das bedeutet, Dinge und Wesen zu sehen, welche nicht zu dieser Welt gehören.« Sarah verzog verunsichert den Mund. »Darunter gehören Feenwesen, Engel und Verstorbene - wie Gabriel.« Sarah zuckte innerlich zusammen, beim Klang seines Namens.

»Hellsichtig zu sein, ist eine wundervolle Gabe, die nicht jeder hat. Doch viele können uns nicht verstehen.« *Uns?* Sie war nicht so wie ihre Nachbarin! »Sie halten uns für eigenartig, teilweise sogar verrückt. Aus dem einzigen

Grund, weil sie es nicht sehen. Kannst du mir folgen?«
Sarah nickte unsicher.

»Ich glaube schon.«

»Du solltest deine Gabe annehmen Sarah, denn sie ist
etwas Wundervolles. Doch auch in der Welt des
Übersinnlichen gibt es Regeln, die man beachten muss.«
Zweites Gesicht, Hellsichtigkeit, Welt des
Übersinnlichen? Oh Gott, wo war sie da nur
hineingeraten!

»Ich habe etwas für dich.« Ihre Nachbarin stand auf
und ging hinüber zum Wohnzimmer. Sarahs Blick folge
ihr. Holte sie nun doch noch, wie befürchtet, die
Hexenknochen? Sie schluckte ängstlich. Sollte sie
aufstehen und davonrennen? Aber was würde das
bringen? Fliehen konnte sie ja nicht wirklich - sie waren
schließlich Nachbarn!

Stattdessen kam Frau Benner mit einem kleinen Buch
zurück und legte es vor Sarah auf den Tisch. Sie musterte
es kritisch.

„Das Leben danach" stand mit großen Buchstaben
auf dem Umschlag. Darunter waren mehrere Menschen
in verschiedensten Altern zu sehen. Sogar ein Kleinkind
war dabei. Umgehend musste sie an Bianca denken.

Während sich Frau Benner setzte, begann sie über
das Buch zu sprechen.

»Das ist eine Beschreibung vom Leben nach dem
Tod.« Sarah schaute überrascht auf. Man wusste, was
nach dem Tod geschah? »Es wird in etwa beschrieben,

was mit einer Seele, die hinübergegangen ist, geschieht. Das wird dir helfen zu verstehen.«

»Was verstehen?« Sie konnte nicht wirklich behaupten, dass sie überhaupt etwas verstand.

»Weshalb es wichtig ist, dass Gabriel geht.« Die Witwe schenkte ihr ein kurzes Lächeln. »Du kannst mir glauben, ich liebe meinen Enkel, doch das hier ist nicht mehr der richtige Ort für ihn! Er ist hinübergegangen auf die andere Seite und dort gehört er auch hin!« Sarah schüttelte leicht den Kopf.

»Ich … ich habe ihn nicht gerufen.« *So wie man es in Horrorfilmen tut.* Ihre Nachbarin kicherte leise. Was war daran so lustig? Frau Benner räusperte sich und wurde wieder ernst.

»Das habe ich auch nicht behauptet. Weißt du, mein verstorbener Mann Albert und Gabriel waren vernarrt ineinander. Sie waren wie Pech und Schwefel.« Die alte Witwe wirkte in sich gekehrt, als erinnerte sie sich gerade an etwas. »Als Gabriel klein war, hat er so manchen Unfug mit seinem Opa angerichtet. Albert wurde in seiner Anwesenheit zu einem kleinen Kind.« Frau Benner schaute Sarah wieder in die Augen. »Daher war ich auch nicht überrascht, ihn bei der Beerdigung zu sehen. Aber es verwunderte mich, dass du ihn sehen konntest.« Sie nahm einen tiefen Atemzug. »Weißt du, Gabriel kam bei einem Unfall ums Leben. Das ist nun zwei Jahre her. Damals tat er sich schwer, sich daran zu gewöhnen, einer anderen Welt anzugehören. Ich brauchte lange, ihn zu überzeugen, das Geschehene endlich anzunehmen.

Darauf habe ich ihn eine Ewigkeit nicht mehr gesehen. Zuerst dachte ich, er hätte es tatsächlich angenommen und wäre endlich auf die andere Seite gegangen. Doch eine innere Unruhe in mir ließ mich zweifeln. Und dann tauchte er wie erwartet an der Beerdigung auf - und saß neben dir!« Die alte Witwe musterte sie eingehend. »Er muss gespürt haben, dass du das zweite Gesicht hast.« Sarah massierte sich die Schläfe. So viele neue Informationen auf einmal bereiteten ihr Kopfschmerzen. Ihre alte Nachbarin hatte ihren Enkel gesehen. Sie konnte Tote sehen, wie sie auch. Sarah stutzte. Hieß das, dass sie ebenfalls die anderen innerhalb der Kirche sehen konnte? Aber warum fürchtete sie sich nicht vor ihnen?

Frau Benner stand auf.

»Wie auch immer, Gabriel gehört nicht hierher! Du musst es ihm klarmachen, damit er ins Licht geht! Er MUSS weitergehen! Verstehst du?« Sarah nickte konfus und stand ebenfalls auf. Ihre Gedanken drehten sich aber nicht um ihren Enkel, sondern um die Toten in der Kirche. Wieso hatte ihre Nachbarin keine Angst vor ihnen? »Er schadet sich nur selbst, wenn er hier bleibt. Er kann das Geschehene nicht wieder rückgängig machen! Geschehen ist nun mal geschehen!« Zärtlich strich Frau Benner ihr über die Wange. Sie erschauderte. »Ich danke dir. Und nun nimm dieses Buch.« Die Witwe legte es ihr in die Hände. »Denk daran, Verstorbene zu sehen ist nichts Schlimmes. Es ist ein Geschenk, wenn auch ein teilweise anstrengendes.« Sie lächelte. »Nimm es an und stoße es nicht von dir. Es nützt sowieso nicht. Es wird immer wieder auf irgendeine Weise zu dir zurückkommen. Versuche es anzunehmen, denn mit etwas Übung wirst du selbst bestimmen können, wann du Verstorbene sehen möchtest und wann nicht.«

»Ist das der Grund, warum Sie sich nicht vor den anderen in der Kirche fürchten? Weil Sie sie nicht sehen?« Sarah betrachtete sie erwartungsvoll. Nun war sie an der Reihe Fragen zu stellen.

»Ich könnte sie sehen, wenn ich es wollte, doch ich möchte es nicht. In Kirchen tummeln sich unzählige dunkle Seelen, welche verbittert und voller Zorn sind.«

»Sie meinen wie Gabriel?«

»Gabriel ist zwar tot und auch verbittert über das, was geschehen ist, doch er ist nicht wie sie. Verstorbene in Kirchen laben sich an der Trauer der Anwesenden. Gabriel hingegen ist ein helles Licht und war nur um seines Großvaters Willen dort. Er ist nicht wie sie.«

»Und wieso fürchten Sie sich nicht vor ihnen?«

»Weil ich sie nicht sehen will. Es reicht mir, ihre schlechte Energie zu spüren.« Sie lächelte. »Mit der Zeit kannst auch du das beherrschen. Es ist so, als würdest du einen Schalter umdrehen. Ein – Aus, Ein - Aus. Verstehst du?« Sarah nickte stumm. Sie brachte kein Wort mehr heraus. Sie waren beide gleich - sie konnte Tote sehen, mit dem Unterschied, dass ihre Nachbarin diese Gabe auch abschalten konnte – und das wollte sie auch!

Erschöpft strich sich Sarah über das Gesicht. Für heute hatte sie definitiv genug erlebt. Sie wollte nur noch in ihr Zimmer, ins Bett liegen und die Decke über den

Kopf ziehen. Sie hatte von Toten und allem, was damit zu tun hatte, die Nase voll!

»Du kannst es mir zurückgeben, wenn du es gelesen hast«, meinte ihre Nachbarin und schaute aufs Buch. »Bestimmt hast du nun noch anderes zu tun, als mit einer alten Frau über Verstorbene zu sprechen.« *Ja, zum Beispiel Strafaufgaben machen!* Sarah stöhnte innerlich auf, als sie daran dachte. »Wenn du Fragen hast, kannst du jederzeit zu mir kommen. Einverstanden?« Frau Benner ging zum Eingang. »Meine Tür steht dir offen.«

»Danke«, erwiderte sie matt und trat heraus. *Danke?* Für was bedankte sie sich eigentlich! Etwa, dass sie völlig verwirrt im Treppenhaus stehen gelassen wurde?

»Und Sarah?« Sie wandte sich auf dem Treppenabsatz um. »Du musst dich nicht vor Gabriel fürchten. Er ist trotz allem ein guter Junge. Er würde nie einer Sterbensseele etwas zu Leide tun. Aber bringe ihn trotzdem dazu, zu gehen - seinetwegen.«

»In Ordnung. Wiedersehen.«, murmelte Sarah leise und ging.

Kapitel 7

Sarah stieg wie benommen die Treppen hinunter. Sie hatte ein Buch über Verstorbene in der Hand, welches sie eigentlich nicht haben wollte. Nur aus Höflichkeit hatte sie es mitgenommen. Das ganze Gespräch um Gabriel und das zweite Gesicht hatte irgendwie ihre Sinne benebelt. Sie wollte von diesem übersinnlichen Zeugs doch überhaupt nichts wissen! Allerdings machte ihre Neugier ihr nun einen Strich durch die Rechnung. Sie wollte wissen, wieso Frau Benners Enkel vor zwei Jahren starb! Verflucht! Warum musste sie nur so voller Neugier sein?

Als sie die Wohnung betrat, stand ihre Mutter in der Küche, um das Abendessen vorzubereiten.

»Ich bin wieder da!«, rief Sarah kurz, als sie durch den Flur eilte. Vor ihrem Zimmer blieb sie kurz stehen und äugte hinein. Kein Gabriel. Sie atmete erleichtert auf. Wenigstens etwas Gutes. Nun musste sie nur noch das Buch sicher verstauen. Es wäre nicht schlau, wenn ihre Mutter es in die Finger bekommen würde. Wahrscheinlich dachte sie sonst, ihre Tochter werde langsam verrückt. Und das war sie ja irgendwie auch - schließlich konnte sie Tote sehen!

Entschlossen riss Sarah die unterste Schublade ihres Schreibtisches auf, in dem sich alte Geschichts-Zusammenfassungen befanden. Wieso sie die behielt, wusste sie eigentlich selbst nicht. Wenn sie das Buch zuunterst verstaute, würde es ihre Mutter bestimmt nicht finden.

Nach dem Abendessen und dem täglichen Kuscheln mit Bianca und Baxter ging Sarah früh zu Bett. Eigentlich hatte sie geplant, doch noch einen kurzen Blick in das Buch von Frau Benner zu werfen. Ihre Neugier stachelte sie regelrecht an, das Thema nicht ruhen zu lassen. Innerlich rang sie aber mit sich selbst. Ein Teil wollte mehr wissen, der andere – der, der sich vor dem Übersinnlichen ängstigte - wollte alles von sich schieben. Bevor sie eine Entscheidung fällen konnte, forderte der harte Tag seinen Tribut. Erschöpft schlief sie sofort ein. Nicht mal ein Erdbeben hätte sie nun wecken können. Sie war einfach viel zu ausgebrannt.

Kurz bevor der Wecker klingelte, spürte Sarah ein sanftes Kitzeln an ihrem linken Fuß. Automatisch lächelte sie. Irgendwie hatte es Baxter wiedermal geschafft, in ihr Zimmer zu gelangen, und war gerade dabei, ihren Fuß abzulecken. Als würde sie dann schneller aufstehen…

Verschlafen tastete sie nach der Nachttischlampe neben sich und schaltete sie ein. Gelbliches Licht erfüllte ihr Zimmer. Blinzelnd schaute sie zum Bettende, doch da war kein Baxter. Eigenartig! Ein weiteres Mal, kitzelte es am Fuß. Irritiert blinzelte Sarah einige Male, doch auch diesmal war von ihrem Hund nichts zu sehen. Sowas konnte man sich doch nicht einbilden, oder? Stirnrunzelnd schüttelte sie benommen den Kopf und schlug die Decke zurück. Erstickt schrie sie auf. Eine grüne, lange Schlange schlängelte an ihrem Fuß entlang. Ihre Berührungen kitzelten jedes Mal auf ihrer Haut.

Wie von der Tarantel gestochen sprang Sarah hoch und schwankte benebelt zur gegenüberliegenden Seite des Zimmers. Vor ihrem Schreibtisch blieb sie mit hämmernden Herzen stehen und starrte auf ihr Bett. Da war eine schreckliche Schlange in IHREM Bett! Wie war das möglich? Geschockt hielt sie den Atem an, als sie ein weiteres Mal hinüberspähte.

Das ekelhafte Kriechtier war nicht mehr da! Mist! Wo war es hin?

Angespannt ging sie mit einem Sicherheitsabstand um das Bett und schielte darunter. Die verdammte Schlange war nicht mehr zu sehen! War sie womöglich unter der Bettdecke? Mit heftig pochendem Herzen näherte sie sich langsam. Sie benötigte etwas, um das Reptil zu fangen. Sarah schaute sich suchend im Zimmer um. Ihr Blick blieb am Abfalleimer hängen. Rasch ging sie hinüber, schüttete den knappen Inhalt auf den Boden und trat bewaffnet wieder zum Bett. Ihre Hände zitterten, als sie die Decke vorsichtig zurückschlug. Keine Schlange zu sehen!

»Verdammt nochmal! Wo ist sie?« Behutsam ging sie noch etwas näher und zog die Decke ganz hinunter, schüttelte sie und warf sie dann runzelnd auf den Boden. Sie war nicht da! Wo war das Reptil hin? Hatte sie es etwa nur geträumt?

Sarah inspizierte abermals das gesamte Zimmer, schüttelte die Decke gefühlte zwanzig Mal aus und musste sich dann wirklich eingestehen, dass der Verstand ihr etwas vorgaukelte. Mit einem tiefen Seufzer öffnete sie ihre Zimmertür und schlurfte zum Badezimmer hinüber. Eine erfrischende Dusche würde ihre grauen Zellen bestimmt wieder auf Normalzustand bringen.

Heute war der geplante Geschichtsausflug. Und Sarah freute sich sogar mal richtig. Auch wenn das Wetter, wie in den letzten Tagen, eher windig und kühl war, war es trotzdem mal schön, nicht in einem der stickigen Klassenzimmer sitzen zu müssen. Wohin ihre Ausfahrt ging, hatte die Lehrerin nicht verraten. Sie gab sich geheimnisvoll und wollte die Schüler damit überraschen. Wahrscheinlich war es allen egal, Hauptsache sie kamen mal raus aus der Schule.

Sarah stand im Badezimmer und putzte sich die Zähne. Gedankenversunken beobachtete sie sich im Spiegel. Sie fühlte sich immer noch hundemüde und sah mit ihren dunklen Augenringen auch dementsprechend aus. Sie brauchte nachher eine Tasse Kaffee, und zwar eine Riesengroße!

Mit einem Mal hielt Sarah inne und blickte ihr Spiegelbild fragend an. Was war das für ein eigenartiges Gefühl in ihrem Mund? Oh nein! Hoffentlich hatte sie sich keinen Zahn abgebrochen!

Sie spie ins Waschbecken und schaute durch den Spiegel in ihren weit geöffneten Mund. Da war was! Zuerst konnte sie es nicht richtig erkennen. Es war weiß und lang, aber für einen Zahn viel zu lang. Stirnrunzelnd ging sie näher zum Spiegel, um noch besser hineinzusehen. Ja, da war wirklich etwas weißes, rundliches und ... es bewegte sich! Entsetzt stieß sie einen erstickenden Schrei aus und spuckte einige Male ins Becken.

Mit angehaltenem Atem schaute sie schockiert auf eine kleine, weiße, eklige Made, die sich im Waschbecken um ihre eigene Achse drehte. Sarah verzog angewidert das Gesicht. Sie hatte das Gefühl, ihr käme gleich der Mageninhalt hoch. Wie, verflucht nochmal, kam eine Made in ihren Mund?

Erschrocken weitete sie die Augen! Da war noch etwas...! Hastig öffnete sie den Mund, als eine weitere Made hinausfiel. Kreischend sprang sie vom Becken zurück. In ihrem Mund kribbelte es überall und im Sekundentakt windeten sich immer mehr und mehr Engerlinge heraus.

Sarah schrie aus Leibeskräften. Ihr Mund war voller Maden, die verzweifelt den Weg nach draußen suchten. Als eine davon aus ihrem Nasenloch kroch, konnte sie sich gerade noch in letzter Sekunde vorbeugen und erbrach ins Waschbecken.

Mit geschlossenen Augen und zitternden Fingern, tastete sie nach dem Wasserhahn und drehte ihn auf. Im Badezimmer stank es nach Erbrochenem, doch wenigstens war in ihrem Mund wieder Ruhe eingekehrt. Als sie sich aufrichtete, war von den Engerlingen nichts mehr zu sehen. Sie waren verschwunden, genau wie die Schlange!

Mit einem mulmigen Gefühl in ihrem Magen spülte sie sich den Mund gründlich aus. Es war erst früh am Morgen und sie war jetzt schon fix und fertig!

Mitgenommen schlurfte sie in die Küche. Sie brauchte Kaffee. Unmengen von Kaffee! Ihr Vater war bereits auf der Arbeit. Ihre Mutter hingegen saß am Frühstückstisch und las die Zeitung. Als sie ihre Tochter eintreten hörte, hob sie den Kopf.

»Was ist denn mit dir los?«, fragte sie beunruhigt. »Du siehst ja schrecklich aus!«

»Maden«, antwortete Sarah resigniert.

»Maden?« Ihre Mutter musterte sie verwirrt. »Von was sprichst du?«

»Ich hatte Maden im Mund!«

»Wie bitte?«

»Jetzt sind sie weg.« Sie setzte sich erschöpft. »Nun sind sie weg.«, wiederholte sie durch den Wind.

»Du hast dir Maden in den Mund getan? Findest du das etwa witzig?« Sarah warf ihr einen vorwurfsvollen Blick zu.

»Denkst du wirklich, ich würde mir einfach mal so zum Spaß Maden in den Mund stopfen?« *Vielleicht bin ich ja verrückt, doch so verrückt nun doch nicht!* Ihre Mutter stand auf und strich ihrer Tochter beruhigend über die Schulter.

»Bestimmt hattest du einen schlechten Traum.« Sarah presste die Lippen aufeinander. Einen schlechten Traum? Von Maden, die aus ihrem Mund krochen? Ja klar!

»Am besten gehst du unter die Dusche, dann vergisst du gewiss auch diesen wirren Traum und es geht dir bald besser.« Dem konnte Sarah nicht zustimmen. Das Gefühl in ihrem Mund war so echt gewesen, dass sie es nicht einfach mal so mit einer Dusche vergessen konnte. Dafür würde sie Tage brauchen, wenn nicht sogar Wochen!

Sarah hatte nur zögernd das Bad wieder betreten. Als sie sich umsah, war alles normal. Sie nahm eine kurze Dusche und ging danach in ihr Zimmer, um sich anzuziehen. Auch da war alles wie immer. Keine Schlangen oder Maden zu sehen. Und trotzdem wurde sie dieses ungute Gefühl nicht los.

Bianca schlief, wie jeden Morgen, länger. Sarah trank zwei Tassen Kaffee, um sicherzugehen, dass sie wach war und es auch den ganzen Tag blieb. Ihre Mutter saß ihr gegenüber und las immer noch die Zeitung.

»Wohin geht der heutige Ausflug?«

»Keine Ahnung. Es ist eine Überraschung.« Obwohl sie keinen Hunger hatte, zwang sie sich dennoch, eine Scheibe Brot zu essen. »Ist auch egal, Hauptsache raus aus dem Klassenraum.« Ihre Mutter schaute mit runzelnder Stirn auf. »Was?« Sarah sah sie fragend an.

»Das klingt nicht danach, als würde es dich interessieren.«

»Mum! Es ist Geschichte! Und du weißt, ich mag keine Geschichte!«

»Ich mochte dieses Fach, als ich jung war.« Sie nahm einen Schluck Kaffee.

»Ich bin aber nicht du, Mum!«

Sarah blickte auf die Uhr.

»Oh Mann, ich muss ja los!« Sie stand auf. »Gibst du Bianca einen Kuss von mir?«

»Natürlich, wie immer.«

»Danke.« Sarah strich Baxter, der neben ihr auf dem Boden lag, kurz zum Abschied über den Kopf. »Bis dann, Mum!«

Sie zog sich Schuhe und Jacke an, nahm ihre Hausschlüssel aus einem kleinen Körbchen und verließ die Wohnung. Obwohl sie hundemüde war, versuchte sie alles hinter sich zu lassen und sich auf die Exkursion zu freuen. Sie hatte so wenigstens die Gelegenheit, während des Unterrichts mit Monica zu quasseln, sofern es die Lehrerin nicht sah. Und das tat sie wahrscheinlich eh nicht.

Da sie diesen Morgen endlich mal früh dran war, konnte Sarah die Fahrt mit ihrem Rad gemächlich zurücklegen. Wie immer stellte sie es in den Ständer und schlenderte zu einer Traube Schüler, die sich vor dem Eingang versammelt hatten. Monica hatte sie bereits entdeckt und winkte ihr freudig zu. Sarah erwiderte den Gruß. Als sie allerdings erkannte, dass Luke neben ihrer Freundin stand, zog es ihr den Magen zusammen. Sie fluchte innerlich. Sie hatte überhaupt keine Lust sich die nächste Stunde mit ihrem Exfreund herumzuschlagen. Hätte er den heutigen Tag nicht krank im Bett verbringen können? Ihr Ex wandte sich Monica zu und schien ihr irgendetwas lustiges zu erzählen. Ihre Freundin lachte jedenfalls darüber. Ihre Wangen waren gerötet und auf ihren Lippen erkannte sie ein nervöses Lächeln. Sarah atmete geräuschvoll aus. Sie kannte diesen Ausdruck nur zu gut. Monica war nicht das erste Mädchen, die sich in der Gegenwart von Luke so verhielt. Auch wenn sie ihn für die Entscheidung, die er Bianca gegenüber gefällt hatte, hasste, konnte sie nicht abstreiten, dass er viel zu gut aussah. Vielleicht sogar noch besser als früher. Mit ernster Miene gesellte sie sich zu Monica und ihren Ex. Am liebsten wäre sie an ihnen vorbeigegangen, doch das konnte sie ihrer Freundin nicht antun.

»Hey Sarah«, flötete diese mit rot gesprenkelten Wangen. »Luke hat mir gerade erzählt, dass er E-Gitarre spielt. Ist das nicht irre?« Sarah nickte und verzog sarkastisch den Mund. *Ja, verdammt irre! Ich mache mir gleich ins Höschen!* Ihr Ex beobachtete sie grinsend. Vermutlich konnte er von ihrem Gesicht ablesen, was sie dachte.

Aber es war nicht zu leugnen. Luke war wirklich ein hervorragender Musiker. Stundenlang hatte sie auf seinem Bett gesessen und ihm beim Musizieren zugehört. Die Leidenschaft mit der er dieses Instrument spielte, hatte sie selten bei einem anderen gesehen. Er hatte in der Tat ein Händchen dafür – und sie hatte es so geliebt! Und scheinbar ging ihm gerade das gleiche durch den Kopf, denn er nickte wissend. Sarah senkte die Lider und rieb übertrieben lange über die Stirn, damit sie ihn nicht ansehen musste. Sein Ausdruck kannte sie. Es war der

Blick, bei dem sie damals weich wurde, der Blick bei dem es in ihrem Körper zu kribbeln begann und der Blick in den sie sich verliebt hatte! Sie stöhnte innerlich. Warum hatte er noch immer so eine Macht über sie? Sie hasste ihn doch!

»Wisst ihr, wohin es geht?«, fragte ein Mitschüler mit krausen, blonden Haaren und sah zu ihnen hinüber. Dankend für die Ablenkung drehte sich Sarah zu dem Jungen um.

»Keine Ahnung. Weißt du es?« Er schüttelte den Kopf.

»Nein, aber weit kann es nicht sein. Wir gehen ja zu Fuß.«

»Zu Fuß? Ich dachte, wir nehmen den Bus«, mischte sich ein anderer, leicht übersetzter Schüler ein.

»Siehst du denn hier irgendwo einen Bus stehen, Dummkopf?« Der blonde Junge schlug ihm gespielt empört auf die Stirn.

»Wanora besitzt weder Burg noch Schloss«, überlegte Monica laut. »Was sollen wir hier besichtigen?« Als Sarah zu ihr hinübersah, spürte sie Lukes Augen auf sich ruhen. Mit zusammengepressten Lippen sah sie ihn finster an. Anscheinend hatte er diese Reaktion erwartet, denn er grinste frech. Seine Ex verdrehte die Augen und widmete ihre Aufmerksamkeit wieder dem Gespräch zu.

»Vielleicht bleiben wir die ganze Zeit hier und schauen uns das Schulhaus an!«, meinte Monica erschüttert.

»Ich denke eher nicht. Das ist kein barocker Bau.« Ein Mädchen mit kurzen, schwarzen Haaren trat zur Gruppe und gab dem blonden Jungen einen Kuss auf den Mund.

»Jetzt weiß ich wohin wir gehen!« Augenblicklich schnellten alle Köpfe in die Richtung des leicht übersetzten Jungen.

»Unsere Kirche! Die ist doch aus dem Barock!« Während die anderen Mitschüler darüber diskutierten, ob die Kirche barock oder doch eher gotisch war, zog sich in Sarah alles zusammen. Mit angehaltenem Atem glotzte sie den Jungen aus weit aufgerissenen Augen an. *Nein! Bitte nicht! Nicht die Kirche!* Ihr Herz raste.

»Sind alle anwesend?«, fragte die Lehrerin und zählte die Schüler durch.

»Ihre Überraschung wurde soeben aufgedeckt«, sagte das Mädchen mit den kurzen schwarzen Haaren vorwitzig.

»Wir besichtigen unsere Kirche.«

»Wie spannend!«, bemerkte ein Junge hinter ihr und verdrehte dezent die Augen.

»Unsere Kirche hat vieles zu erzählen. Ihr werdet schon sehen.« Frau Krause ließ den Blick durch die Gruppe gleiten. »Sehr gut, wir sind vollzählig. Dann lasst uns nun gehen.«

»Ich hätte schon etwas Aufregenderes erwartet«, flüsterte Monica, während sie sich auf den Weg machten. »Du etwa nicht?« Sarah nickte stumm und lief benommen neben ihr her. Ihr Kopf war gefüllt mit hunderten von Gedanken. Die Beerdigung ihres Nachbarn, die Frau im

Regenmantel, der Blick den Frau Benner ihr zuwarf, Gabriel, die Panikattacke. Sie hatte so viele Erinnerungen an die Kirche - und einige davon waren nicht gerade toll!

»Alles klar bei dir, Sarah?« Ihr Ex trat zu ihr und musterte sie besorgt. »Du wirkst etwas blass um die Nase.«

»Sie sieht immer so aus«, mischte sich Monica ein und verwickelte ihn in ein Gespräch um seine E-Gitarre. Sarah betrachtete ihre Freundin. Sie schien offensichtlich etwas dagegen zu haben, wenn Luke mit ihr sprach. Nicht, dass sie das Bedürfnis hatte mit ihm zu sprechen – nein, es war ihr sogar recht, wenn das Thema gewechselt wurde. Es war eher das, was sie sah, was in ihr ein Gefühl der Sorge auslöste. Monica stand offenkundig auf Luke – und so wie sie ihn kannte, hatte er das auch schon bemerkt. Er lächelte sie immer wieder keck von der Seite an, was auf Monicas Gesicht noch mehr rote Flecken hervorrief. Sarah zog die Augenbrauen zusammen. War das eine neue Masche von ihm? Er hatte doch früher kein Interesse gehabt, mit jedem Mädchen in der Schule zu flirten. Jedenfalls nicht während sie zusammen waren. Was das anging, war er sehr treu gewesen. Aber wieso flirtete er nun so hemmungslos mit Monica? Tat er es absichtlich, um sie zu ärgern? Wenn dem so war, war er im letzten Jahr zu einem richtigen Arschloch geworden.

Luke warf Sarah einen lächelnden Blick zu, worauf sie erzürnt zurückschaute. Der Ausdruck in seinen Augen sagte alles. Er wusste genau, was er tat und was er damit auslöste. Er war wirklich zu einem Arschloch mutiert!

Der Weg zur Kirche war leider viel zu kurz. Auf dem Schulgelände konnte man schließlich ihre Glocken hören. Sarah schluckte leer. Ihr Hals war staubtrocken vor Nervosität. Sie wollte da nicht rein!

»Wir werden zuerst die äußere Baukunst betrachten und gehen danach hinein, um uns drinnen umzuschauen.« Frau Krause blieb vor dem Gebäude stehen. Sarahs Körper verkrampfte sich, als sie das Kirchengebäude vor sich thronen sah. Die zehn Minuten, die sie an der Hauptstraße entlang marschiert waren, kamen ihr heute irgendwie viel kürzer vor. Sie hatte sich ja noch nicht mal eine Ausrede ausdenken können, um nicht hinein zu müssen. *Und alles nur wegen Luke!* Auch wenn es nicht wirklich fair war, sie brauchte einen Blitzableiter für ihren Ärger und der hieß Luke. Ja, ihr Exfreund war einfach an allem schuld! *Blödes Arschloch!*

»Vermutlich habt ihr dieses historische Gebäude noch nie richtig betrachtet, dabei steht diese wundervolle alte Kirche direkt vor eurer Nase.« Die Lehrerin hob die Augenbrauen und sah in die Runde. Danach wandte sie sich mit einem Lächeln wieder dem Bauwerk zu. »Erbaut wurde sie im 15. Jahrhundert, wobei sie damals etwas anders aussah. In der Renaissance und der Barockzeit wurde viel dazugebaut, was wir besonders im Innern erkennen werden.« In Sarahs Brust zog sich alles zusammen. Sie musste sich schleunigst eine plausible Ausrede einfallen lassen. Aber was für eine? Wenn sie von ihren Panikattacken in Kirchen erzählte - was womöglich sowieso niemand glaubte - stände sie vor den Mitschülern doof da. Das wollte sie auf keinen Fall. Das würde zu Getratsche führen und das brauchte sie jetzt nicht noch zusätzlich zu dem anderen Ärger, den sie hatte. Irgendwas musste sie sich aber ausdenken, sonst wäre sie verloren!

»Wie ihr erkennen könnt, ist der Turmaufsatz sehr hoch und hat eine spitze Maßwerk-Pyramide. Wunderschön verarbeitet sind auch die Strebepfeiler sowie die Eckfialen. Und was mir am besten gefällt ist diese bezaubernde dreischiffige Säulenbasilika. Habt ihr übrigens schon die Wasserspeier entdeckt?« Die Lehrerin kam aus dem Schwärmen nicht mehr raus. Sarah jedoch blendete die weiteren Erklärungen aus. Sie war viel zu sehr damit beschäftigt, sich eine plausible Ausrede auszudenken. *Denk nach! Denk nach!*

»Nun dann, lasst uns hineingehen. Ihr werdet staunen, was es alles zu entdecken gibt!« Mit glänzenden Augen ging Frau Krause die Stufen zur geschnitzten Tür hinauf. Ihre Schüler folgen ihr missmutig. »Dieses Gebäude ist eine wahre Kostbarkeit und wir können uns glücklich schätzen, sie in unserem Dorf zu haben.« *Eine wahre Kostbarkeit?* Diese Frau hatte ja keine Ahnung. Mit bleiernen Füßen stieg Sarah langsam die Treppen hinauf. *Eher das Tor zur Hölle!* Und das wollte sie nicht betreten - nicht schon wieder!

»Ich bitte euch, im Innern leise zu sein und nicht durch die Gänge zu rennen. Schließlich ist das ein

Gotteshaus und wir wissen alle, wie man sich darin zu benehmen hat. Nicht wahr?« Sie warf einem großen, hageren Jungen mit braunen Haaren einen strengen Blick zu. Dieser lächelte spitzbübisch, nickte aber eifrig. »Geht hinein und wartet bei den hinteren Bankreihen, bis alle da sind.« Die Lehrerin öffnete die schwere Türe und die ersten Schüler traten ins Dunkel der Kirche. Sarah erschauderte bei diesem Bild. Es war wirklich wie der Eingang in eine andere, gefährliche Welt. Je mehr Personen hindurchtraten, desto größer wurde ihre Angst. Ihr Ex und Monica gingen zusammen hindurch. Ihre Freundin hatte nicht mal bemerkt, dass Sarah sich ans Ende der Reihe gestellt hatte. Sie hatte nur Augen für Luke, was ihr momentan auch recht war, so musste sie sich wenigstens nicht vor ihrer Freundin erklären.

Sarah hatte immer noch keine Ausrede. Ihr Kopf war einfach wie leergefegt. Es war fast so, als griff diese dunkle Macht in ihrem Körper nach ihrem Verstand um sich zu vergewissern, dass sie nicht fliehen konnte.

Die Schüler waren alle schon drin und nicht mehr zu sehen. Die Finsternis verschlang wahrscheinlich jeden, der die Türschwelle überschritt. Sie schauderte. Nein, sie wollte da nicht hinein!

»Würdest du bitte hineingehen«, bat die Lehrerin ungeduldig. »Wir haben nur eine Stunde; und das ist viel zu wenig Zeit für dieses wundervolle Gebäude.« Sarah hatte ein flatterndes Herz.

»Ich kann nicht«, hauchte sie.

»Wie bitte?« Frau Krause beugte sich stirnrunzelnd zu ihrer Schülerin, als hätte sie es nicht richtig verstanden.

»Ich krieg in Kirchen Panikattacken.« Nachdem ihr Gehirn keine plausible Ausrede ausspuckte, war sie gezwungen die Wahrheit zu sagen, auch wenn sie das nicht wirklich toll fand! Die Lehrerin zog die Stirn noch mehr in Falten. »Komischerweise war es bei Herrn Benners Beerdigung kein Problem, eine Stunde in der Kirche zu sitzen.« Sie erstarrte. Frau Krause war ebenfalls anwesend gewesen? Sarah hätte sich ohrfeigen können. Vermutlich hatte das halbe Dorf an der Beisetzung teilgenommen! Natürlich. Wie naiv von ihr.

»Ich habe dich gesehen, du warst mit deiner Mutter dort.« Sarah öffnete verdattert den Mund, schloss ihn aber gleich wieder. Wie sollte sie nun argumentieren? Ihr fiel nichts ein! Sie war verloren! »Und nun rein mit dir, oder du kriegst wegen dieser Lüge eine Strafaufgabe!« Sarahs Herz zersprang beinahe vor Angst, als sie die Hand der Lehrerin am Rücken spürte. Sie schob sie langsam, aber bestimmt in die Dunkelheit.

Mit flacher Atmung und schweißnassen Händen trat Sarah im Innern zu ihren Mitschülern. Augenblicklich spürte sie ein ungutes Gefühl in der Magengegend. Ihre Beine fühlten sich an wie Pudding.

»Wie wird der vorderste Teil einer Kirche genannt, Anna?«, fragte Frau Krause leise.

»Chor«, antwortete ein dunkelhäutiges Mädchen.

»Richtig. Und wie nennt man diese Bögen, Martin?«

»Arkadien?«, fragte ein Junge mit blonden, langen Haaren.

»Arkaden«, verbesserte die Lehrerin. »Seht ihr, das Kirchenschiff enthält neun Rundbogen-Arkaden und acht Monolithsäulen aus Sandstein.« Während Frau Krause die Fenster im Chorraum erklärte, spürte Sarah, wie die aufkeimende Panik immer größer wurde. So fest sie konnte, ballte sie ihre zitternden Finger zu Fäusten, bis es schmerzte. Auch wenn sie sich zwang, ihren Blick starr nach vorne zu richten, um die Gestalten nicht zu sehen, sie wusste, sie waren hier! Schweiß lief ihr eiskalt über den Rücken. Sie versuchte, sich zu beruhigen, indem sie der Lehrerin zuhörte, doch das gelang ihr nicht wirklich. Ihr Atem war viel zu oberflächlich, was dazu führte, dass die altbekannten schwarzen Punkte in ihr Blickfeld tauchten. »Atme tief ein und aus«, hörte sie eine vertraute Stimme neben sich. Sarahs Kopf schnellte auf Anhieb zur Seite. Einen halben Meter von ihr entfernt stand Gabriel und beobachtete sie in aller Seelenruhe. »Versuche die Atmung wieder in den Bauch zu bringen.« Sie blinzelte, als könnte sie nicht glauben, dass er wirklich da war.

»Sieh mich an, und konzentriere dich auf meine Worte.« Er trat näher. »Mit jedem Atemzug, den du machst, wird er länger und ruhiger. Länger und ruhiger.« Sarah starrte ihn wie hypnotisiert an. Unbewusst klammerte sie sich an den Gedanken, dass Gabriel ihre einzige Rettung war, den Ausflug ohne Panikattacke zu überstehen. »Deine Atmung darf sich nun verlängern und dein Körper entspannen, denn es ist alles in Ordnung. Ich werde nicht von deiner Seite weichen, bis du wieder hinausgehst. Du bist sicher und ruhig. Genauso wie dein Atem es jetzt auch ist.« Sarah wusste nicht wieso, doch Gabriels ruhige Stimme und auch seine Nähe gaben ihr eine erstaunliche Sicherheit.

»Du bist ruhig und gelassen.« Er schenkte ihr ein einfühlsames Lächeln, das ihr Herz erwärmte. Sie war überwältigt. Seine Anwesenheit war wie ein unsichtbarer Schutz vor den dunklen Seelen dieser Kirche.

Erst als ihr Atem sich wieder normalisierte und die Hände nicht mehr zitterten, hörte sie wieder Frau Krause zu. »Erkundet nun die Kirche für euch selbst und schaut gut hin. Es wartet eine Arbeit auf euch.« Ein leises, missbilligendes Raunen ging durch das Gebäude. Die Lehrerin überhörte es gekonnt. »Teilt euch bitte auf und klebt nicht alle in der gleichen Ecke. Die Kirche ist schließlich groß genug!« Die Schüler stoben auseinander. Sarah sah ihren Retter fragend an. *Was nun?*

»Komm«, sagte er und sah zur Seite. Gabriel wollte ausgerechnet zum Seitenschiff? Genau an den Ort, wo die Toten sich tummelten? War das sein Ernst? Er sah ihr besorgtes Gesicht und blieb stehen. »Es wird dir nichts geschehen. Das verspreche ich dir. Ich bin doch hier.« Er lächelte aufmunternd. Mit einem tiefen, mutmachenden Atemzug, folgte sie ihm wortlos. Ihr Bauch flatterte vor Aufregung, obwohl sie sich an den Gedanken klammerte, dass Gabriel wirklich Wort hielt und ihr nichts geschah.

Vor einer Marienstatue blieb er stehen. Mit einem Kloß im Hals trat sie neben ihn und schaute ihn an. Er trug wie immer sein Hemd nur zur Hälfte zugeknöpft und die Ärmel hochgekrempelt. Eine Seite des Saums war in der Hose, auf der anderen Seite lag er darüber. Um seinen Hals baumelten die silbernen, ineinander geschlängelten Flammen. Sie glänzten im Licht der Lampe - die sich neben der Statue befand. Sarah fragte sich plötzlich, ob Verstorbene immer das gleiche trugen. Bei Gabriel schien es jedenfalls so zu sein.

»Geht's?«, fragte er lächelnd und riss sie damit aus ihren Gedanken. Er sprach nicht herablassend, sondern eher liebevoll. Sarah warf ihm einen fragenden Blick zu. Sie verstand nicht ganz, warum er eigentlich hier war.

»Wieso hilfst du mir?« Ihre Stimme war nicht mehr als ein Flüsterton. Er hob unschuldig die Schultern.

»Na ja, ich bin nicht nur gutaussehend, sondern auch ein netter Typ.« Er sah sie etwas verlegen an. »Oder nicht?« Sarah überlegte kurz und antwortete anschließend leise.

»Ja, das bist du.« Gabriels Augen leuchteten und er verzog belustigt den Mund.

»Wusste ich es doch! Ich bin dein Geschmack.« Er lachte schallend. Sarah runzelte die Stirn.

»Das habe ich nicht gesagt! Ich meinte …«

»Schon gut!« Er hob beschwichtigend die Arme. »Ich weiß, wie du es meinst. Du lässt dich nur so gut veräppeln.« Sie rollte die Augen und wandte sich ab. Er war vielleicht ihr Retter, aber er konnte einem mit seinen Witzen auch recht auf die Nerven gehen!

Als Sarah bemerkte, dass ihre Lehrerin sie mit hochgezogener Stirn musterte, schenkte sie ihr ein zaghaftes Lächeln. Vermutlich dachte sie, ihre Schülerin wäre bekloppt und würde mit der Luft sprechen. *Na toll! Dankeschön, Gabriel!* Um die Aufmerksamkeit von sich abzulenken, ging sie zur nächsten Statue und tat so, als würde sie diese interessiert betrachten. Dabei galt ihre Konzentration ihrem Retter, der ihr schmunzelnd folgte. Angespannt begann sie mit ihren Fingern auf den Oberschenkel zu tippeln. Seine Anwesenheit erfreute sie, machte sie aber eigenartigerweise auch leicht nervös. Möglicherweise war es aber auch die Tatsache, dass er nicht die Statue, sondern sie unentwegt anstarrte. Wieso tat er das? Wollte er sie erneut auf die Schippe nehmen?

»Es tut mir leid wegen gestern«, platzte es aus Sarah hinaus, ohne von der Figur abzusehen. Sie hatte die Stille zwischen ihnen brechen wollen, doch dass sie sich bei ihm entschuldigte, war auch für sie etwas überraschend. Denn es war nicht lediglich dahergeredet, sie meinte es auch wirklich so.

»Schon in Ordnung«, hörte sie zwei verschiedene Stimmen gleichzeitig. Irritiert schaute sie sich um. Rechts stand immer noch Gabriel, der überrascht die Stirn krauste und Links war Luke! Sarah starrte ihn wie eine Erscheinung an. Wo kam der denn plötzlich her! Ihr Exfreund schenkte ihr ein vorsichtiges Lächeln.

»Was willst du!«, zischte sie leise. Erstaunt von der jähen Gemütsänderung verzog er wie vor den Kopf geschlagen das Gesicht.

»Ich wollte mir lediglich die Statue ansehen.«

»Kannst du das nicht woanders tun?« Ihre Augen funkelten zornig. Die Nähe von Luke löste jedes Mal diese tiefe Wut in ihr aus. Sie konnte ihm einfach nicht verzeihen, was er getan hatte!

Gabriel sah erwartungsvoll von einem zum anderen.

»Findest du nicht, wir sollten miteinander reden? In Ruhe?«

»Wieso? Du hast doch schon alles gesagt. Über was sollten wir dann reden? Über Maiglöckchen und Gebäck?« Sie verzog sarkastisch das Gesicht.

»Es gibt Dinge, die du nicht verstehst«, sagte ihr Ex mit ernster Miene.

»Ich glaube, ich habe dich sehr gut verstanden. Dein Nein war deutlich genug! Und jetzt verschwinde!« Luke schüttelte gereizt den Kopf.

»Du gibst mir keine Chance, mich zu erklären.« Sarah überhörte bewusst seine Einwände.

»Und lass die Finger von Monica!« Er kniff die Augen zusammen. »Sie ist meine Freundin und ich habe gesehen, wie du sie anlächelst. Willst du einer Weiteren das Herz brechen?« Ihr Ex kam näher, was Gabriel veranlasste, ebenfalls beschützend heranzutreten. Sarah fühlte sich wie in einem Sandwich. Obwohl der eine nur ein Geist war, spürte sie die Einengung zwischen den beiden Jungen deutlich.

»Mit wem ich rede, ist meine Sache. Ich bin dir weder eine Erklärung schuldig, noch muss ich dich um Erlaubnis fragen. Ich kann tun, was ich will!«

»Du bist ein Arschloch!«, fauchte sie aufgebracht. »Ja, wer weiß, vielleicht bin ich das, aber du verhältst dich wie eins!« Sarah schnappte nach Luft. So was hatte ihr Exfreund noch nie zu ihr gesagt. Mit einem zornigen Blick drehte er sich um und ging zur Marienstatue. Sprachlos sah sie ihm nach. Das hatte gesessen!

»Ihr scheint euch nicht gerade gut zu verstehen.« Sarah warf Gabriel einen genervten Blick zu. Sie hatte keine Lust mit ihm über ihren Ex zu sprechen. »Und doch kennt ihr euch gut. Richtig?« Er kam noch etwas näher, was Sarah veranlasste, einige Schritte zurückzugehen. Die Nähe zu ihm war ihr viel zu unangenehm – auch wenn er ein Geist war.

»Kommt ihr mal bitte her?«, sagte Frau Krause mit gedämpfter Stimme und winkte alle zu sich. »Sarah, Luke! Ihr auch bitte!« In einem Abstand von einem Meter gingen sie zum vorderen Teil des Mittelschiffs, wo sich die Schüler um die Lehrerin scharrten. Ihr Rufen war eine dankende Ablenkung vor Gabriels neugierigen Fragen.

»Hinter dem Hochaltar seht ihr das aus Eichenholz geschnitzte Chorgestuhle. Dahinter, an der Rückwand, befindet sich eine prunkvoll geschmückte Reliquie eines Heiligen, sowie ein mächtiges Himmelfahrtsbild. Ist es nicht herrlich?« Frau Krause begann erneut zu schwärmen. Sarah spürte plötzlich, dass sie jemand ansah. Argwöhnisch wandte sie ihren Kopf zum

Seitenschiff und erstarrte. Drei Meter von ihr entfernt stand ein dunkler Mann und fixierte sie stumm. Sein Gesicht konnte sie nicht wirklich erkennen, doch dafür bemerkte sie, dass er ausgefranste Jeanshosen trug, bei denen sich darunter die Haut stückweise auflöste und blutige Stellen hervorbrachte. Angsterfüllt sah Sarah sich nach Gabriel um, konnte ihn aber nicht entdecken. Panik stieg in ihr hoch. Er hatte sie verlassen!

»Ich bin doch hier.« Sie zuckte merklich zusammen, als sie seine Stimme dicht neben ihrem Ohr hörte. Monica, die ihre Bewegung registrierte, warf ihr einen fragenden Blick zu. Sarah lächelte gekünstelt. Ihre Freundin nickte und lauschte wieder den Ausführungen der Lehrerin. Sarah sah rasch auf ihre andere Seite. Da stand er, ganz nah bei ihr, ihr Beschützer! Genau so, wie er es versprochen hatte! Gabriel war so dicht bei ihr, dass ihre Schultern sich berührten. Sie konnte es nicht wirklich spüren, aber nur schon das Wissen, das es so war, löste in ihr ein Schaudern aus. Seine sanften Augen ruhten liebevoll auf ihr. Auch Sarah beäugte ihn stumm. Egal was er war, er war ihr Halt, um diese Exkursion durchzustehen. Ohne ihn würde sie es nicht schaffen und das wusste sie.

»Gefällt dir, was du siehst? Oder gibt es einen anderen Grund, warum du mich unentwegt anstarrst?«, fragte er schmunzelnd. Sie blinzelte irritiert. Hatte sie ihn wirklich die ganze Zeit angestiert? Röte schoss ihr ins Gesicht. Verlegen wandte sie den Kopf ab.

»Du kannst mir vertrauen, Sarah. Wenn ich jemandem verspreche, für ihn da zu sein, dann bin ich es auch.« Er lächelte zuckersüß. »So bin ich nun mal.« Nun musste auch Sarah schmunzeln.

»Und dieses aus dem Mund eines Machos.« Die Schulkameradin neben ihr warf ihr einen stutzigen Blick zu, drehte sich dann aber gleich wieder dem Chorraum zu. Gabriel zog gespielt schockiert die Augenbraue hoch.

»Ich habe nie gesagt, dass ich ein Macho bin.«

»Du siehst aber so aus.« Kichernd strich sie sich ein Haar hinters Ohr. Ihr Retter schmunzelte ebenso. *Was tue ich?* Konfus hielt sie inne. War sie ernsthaft dabei, mit einem Toten zu flirten?

»… und vergesst nicht, ihr habt Zeit bis Montag«, sagte Frau Krause eingehend. Sarah schaute fragend zu Monica hinüber, die gerade Luke etwas zuflüsterte. Missmutig verzog sie den Mund. Sie musste ihre Freundin vorn Luke warnen. Aber wie? Schließlich durfte sie ihre Vergangenheit dabei nicht preisgeben.

»Geht nun leise hinaus und wartet vor der Kirche.« Monica ging zu Sarah. Gemeinsam folgen sie ihren Mitschülern zum Ausgang.

»Was sollen wir bis Montag machen?«

»Na, die Arbeit.« Sarah verzog fragend das Gesicht. »Du hast nicht zugehört, was?« Natürlich hatte sie nicht zugehört. Sie hatte nichts Besseres zu tun gehabt, als mit einem Geist zu flirten!

Unruhig schaute sie zur Seite und erschrak, als sein Blick sie traf. Er ging stumm neben ihr her, sah sie aber mit einer unglaublichen Fürsorglichkeit an, dass es ihr beinahe den Atem verschlug. So hatte sie noch kein Junge je angesehen.

»Hörst du mir eigentlich zu?«, fragte Monica und pikste mit dem Finger in ihre Seite. Sarah zuckte erschrocken zusammen. »Was ist heute mit dir los? Du wirkst völlig neben der Spur! Hast du deine Tage, oder was?« Gabriel prustete gleich los, beendete es aber, als er Sarahs empörten Blick bemerkte. Über Mädchenkram zu reden war ja in Ordnung, aber nicht, wenn ein Junge zuhörte. Auch wenn er ein Geist war.

»Und, hast du?« Gabriels Mundwinkel zuckten belustigt. Sie verdrehte schnaubend die Augen. Als würde sie ihm das verraten!

»Du wirkst irgendwie so, als wärst du nicht richtig hier.« Da hatte Monica verdammt recht! Sie wurde auch gerade von einem Toten ausgelacht!

Die Lehrerin hielt ihren Schülern die schwere Holztür auf.

»Meine Arbeit ist hiermit beendet«, erklärte Gabriel mit einer leichten Wehmut in der Stimme. Oder bildete sie sich das nur ein? Sarah warf ihm einen kurzen Seitenblick zu. Er lächelte wie immer, doch die Schwermut spiegelte sich in seinen Augen. Sie hatte es sich also doch nicht eingebildet. Sie wollte sich gerade bei ihm bedanken, als Frau Krause in dem Moment direkt zu ihr sah. Ob sie wusste, dass sie kaum ein Wort von ihren Erklärungen mitbekommen hatte?

»Danke«, sagte Sarah an ihre Lehrerin gewandt, sah aber gleichzeitig zu Gabriel hinüber. Hoffentlich begriff er, dass der Dank eigentlich ihm gebührte und nicht Frau Krause für das Türaufhalten. Er nickte wortlos. Er hatte es verstanden!

Kapitel 8

Auf dem Weg zurück zur Schule ließ sich Sarah von ihrer Freundin die Aufgaben erklären. Sie mussten bis Montag eine Zusammenfassung über den Besuch in der Kirche verfassen. Erfreulicherweise durften sie die Arbeit zu zweit schreiben. Da Sarah keine Ahnung hatte, was ihre Lehrerin alles in der Kirche erklärt hatte, war sie heilfroh, Monica zu haben. Wenn eine von ihnen zugehört hatte, reichte das bestimmt!

Luke hatte an diesem Tag zum Glück kein weiteres Fach mit ihr, sodass der Tag recht unbeschwert und rasch vorbeiging. Sogar Nancy und die anderen zwei Gruftschwestern waren nirgends zu sehen. Nicht mal in der Mittagspause waren sie an ihrem gewohnten Platz anzutreffen. Sarah hatte kurz darüber nachgegrübelt, wo sie sich wohl aufhielten, verwarf ihre Gedanken dann rasch wieder. Friedhof oder Leichenhalle waren nicht wirklich plausible Antworten.

Sarah fragte kurz Zuhause nach, ob es okay wäre, wenn Monica nach der Schule mit zu ihr kam, damit sie gleich mit der Arbeit beginnen konnten. Wenn es um schulische Tätigkeiten ging, war ihrer Mutter stets ein Ja zu entlocken.

Sarah schloss ihr Fahrrad auf und lauschte Monicas Ideen, als Nancy aus heiterem Himmel neben ihr stand. Erschrocken hielt sie in der Bewegung inne. War sie doch die ganze Zeit in der Schule oder kam sie direkt vom Friedhof? Irgendwie wollte sie die Antwort darauf nicht wirklich wissen!

Sie trug wie immer eines ihrer schwarzen Gothic-Kleider. Diesmal war es vorne knielang, ging dafür hinten bis zum Boden und war über und über mit Rüschen besetzt. Die Ärmel waren trompetenförmig genäht, an deren Enden beidseitig ein Dutzend Sicherheitsklammern hingen. Netzstrümpfe und halbhohe Schuhe bedeckten ihre bleichen Beine.

Monica stoppte abrupt in ihrer Erklärung und starrte die Gruftschwester aus weit aufgerissenen Augen an. Auch Sarah war ihre Anwesenheit nicht behaglich. Langsam richtete sie sich auf und spielte nervös mit dem Kabelschloss in ihren Händen. Was wollte Nancy schon wieder? Die Anführerin warf Monica einen herablassenden Blick zu.

»Verpiss dich!« Das ließ sie sich nicht zweimal sagen. Unruhig sah sie Sarah an.

»Ich geh schon mal vor, ja?« Sarah nickte stumm. Sie wollte nicht, dass ihre Freundin ging, konnte sie aber nur zu gut verstehen. Lautlos formte diese ein entschuldigendes »Sorry«, und eilte davon.

Als Monica außer Hörweite war, trat die Gruftschwester näher. Sarah verkrampfte sich auf der Stelle. Eine weitere Konfrontation mit der Anführerin löste in ihr Beklemmung aus.

»Du weißt, warum ich hier bin«, begann Nancy als sie beschwörend um Sarah herumging. »Du bist ja zumal nicht dumm.« Die Gruftschwester lächelte spöttisch. »Nicht so wie deine bescheuerten Freundinnen.«

»Lass sie in Ruhe!«, fauchte Sarah. Sie wusste nicht genau, warum sie Paula und Monica verteidigte. Schließlich stand nicht irgendwer vor ihr, sondern die Anführerin einer skurrilen Gruppe, vor der sich jeder irgendwie fürchtete. Nancy nickte anerkennend.

»Westen ist mutig, das hat Tracy mir gesagt.« Sie musterte ihr Gegenüber aus kalten, herablassenden Augen. »Auch wenn du wie eine Lusche aussiehst, du hast Mumm.« Sarah öffnete wortlos den Mund ob dieser Beleidigung. »Niemand traut sich sonst, so mit mir zu reden.«

»Jemand muss es ja tun!« Sarah sah Nancy herausfordernd ins Gesicht. Das Herz raste in ihrer Brust. Obwohl sie eine riesen Angst verspürte, setzte sie ihr Pokerface auf und starrte sie genau so kühl an. Sie wollte sich nicht ein weiteres Mal von ihr einschüchtern lassen.

Nancy lächelte bösartig.

»Ich nehme an, du hast deine Meinung, sich mir anzuschließen, nicht geändert.« Sarah schüttelte den Kopf. »Ich habe kein Interesse daran.« Spöttisch verzog die Gruftschwester den Mund.

»Oh Sarah, Sarah.« Nancy kicherte als sie sich überheblich über eine Augenbraue strich. »Diese Träume müssen doch unglaublich unangenehm sein.« Sie legte den Kopf schief. »Oder irre ich mich?« Sarah verstand nicht ganz. »Du weißt nicht, wovon ich spreche?« Die

Anführerin schüttelte den Kopf und warf ihr einen kindischen Blick zu. »Schlange im Bett und Maden im Mund?« Sie verzog schaudernd das Gesicht. »Das muss ja abscheulich sein!« Sarah sah sie entgeistert an.

»Du weißt davon?«

»Was heißt hier wissen?« Nancy lachte. »Ich bin dafür verantwortlich! Und nicht nur für das!« Sie lachte noch lauter. Sarah war erschüttert. Die Anführerin der Gruftschwestern war an ihren schrecklichen Hirngespinsten schuld? Sowas war doch nicht möglich! »Schau mich nicht so entgeistert an! Ich kann noch viel mehr als das! Denn …« Nancy machte eine theatralische Pause und fuhr sich mit ihren feingliedrigen Fingern durch ihr Haar. Dann blickte sie Sarah mit eiskalten Augen an: »… niemand widersetzt sich mir. Nicht, wenn sie etwas haben, was ich will! Ich bekomme immer was ich will!«

»Und was willst du von mir?«

Nancy rollte mit den Augen. »Bist du wirklich so beschränkt oder tust du nur so?« Sie warf die Arme in die Luft. »Ich will dich, Westen!«

»Ich bin nicht Westen!« Nancy trat so nah an sie heran, dass sich beinahe ihre Nasenspitzen berührten. Sarah hielt den Atem an, rührte sich aber nicht von der Stelle. Kalter Schweiß lief ihr den Rücken hinunter.

»Oh doch, du BIST Westen! Und ich werde dich kriegen!« Die Gruftschwester schlich erneut wie ein Tiger um seine Beute.

»Ich werde nicht deiner Gruppe beitreten! Ist das klar genug oder brauchst du es schriftlich?« Nancy presste verärgert ihre Lippen aufeinander.

»Du kapierst es anscheinend nicht! Ich kriege immer das, was ich will!« Sie musterte Sarah spöttisch. »Aber gut, wir werden ja sehen wie lange es dauert! Mach dich auf etwas gefasst. Ach, ja, und übrigens, die Kugel im Hals deiner Schwester geht auch auf mein Konto!« Sie lächelte boshaft und wandte sich hocherhobenen Kopfes ab.

Sarah zitterte. Nancy war schuld an Biancas beinahe Ersticken? Benommen klammerte sie sich am Fahrradständer fest, um nicht vor Schreck umzufallen. Die Gruftschwester hatte um ein Haar ihre kleine Tochter getötet! Und sie hatte es mit Absicht getan!

Nachdem Sarah einige Minute innehielt, um sich von diesem Schockgeständnis zu erholen, verstaute sie das Schloss ihres Rads im Rucksack und stieß es neben sich her.

Monica eilte keuchend heran. »Hat sie dir etwas getan?«, fragte sie angespannt. Sarah schüttelte lediglich den Kopf. »Ich habe mich im Bücherladen verschanzt und gesehen, wie sie um dich rumgetigert ist. Was hat sie von dir gewollt?«

»Das Gleiche wie das letzte Mal.« Monica riss entsetzt die Augen auf.

»Sie wollte dich erneut dazu bringen, eine Gruftschwester zu werden? Aber warum tut sie das?«

»Können …«, Sarah strich sich müde übers Gesicht. »Können wir über etwas anderes reden? Ich möchte nicht mehr an Nancy denken.« Und auch nicht daran, dass sie ihre Tochter umbringen wollte!

Sarah verbrachte den Nachhauseweg größtenteils schweigend. Dafür sprach Monica umso mehr. Vermutlich musste sie ihre innere Anspannung mit Konversation abbauen.

Als sie die Wohnung betraten, kam Baxter schwanzwedelnd angerannt.

»Hallo mein Junge«, rief Sarah und kraulte ihm den Kopf. »Scheinst ja wieder ganz der Alte zu sein.«

»Hallo ihr zwei«, rief die Mutter aus dem Wohnzimmer. »Hallo Frau Wood.«

»War der Ausflug schön?«

»Ja, das war er«, antwortete Monica freundlich.

»Wir sind in meinem Zimmer.« Sarah zog ihre Freundin mit sich, während sie ihr leise zuflüsterte. »Du kennst meine Mutter. Wenn sie dich in ein Gespräch über die Schule verwickelt, dann wirst du sie nicht mehr los!«

»Ist es auch verboten, aufs Klo zu gehen? Ich sollte mal dringend dorthin gehen, damit kein Unglück geschieht.« Monica klimperte treuherzig mit den Wimpern.

»Nein natürlich nicht. Du weißt ja, wo es ist. Ich bin in meinem Zimmer.«

Müde stieß Sarah die Zimmertür auf und blieb abrupt stehen.

Relaxt wie immer saß Gabriel auf ihrem Bett und lächelte ihr freundlich zu.

»Na, hast du den Rest des Tages auch ohne mich überstanden?« Zwinkernd stand er auf und ging gemächlich auf sie zu. Das Hemd war komplett offen und entblößte seine muskulöse Brust. Der flammenartige Anhänger um seinen Hals wippte bei jedem seiner Schritte. Die Ärmel waren wie so oft hochgekrempelt und dern Saum des Hemdes hing ihm ganz über die Hose. »Tritt doch herein.« Er machte eine einladende Geste in die Mitte des Raumes. »Es ist ja schließlich dein Zimmer.« Sarah riss ihren Blick von seinen festen Bauchmuskeln. Seine Anwesenheit verwirrte sie und trieb ihren Puls unentwegt nach oben. Um ihre Nervosität zu überspielen, räusperte sie sich kräftig.

»Kannst du dich eigentlich nicht richtig anziehen?« Ohne ihn weiter anzusehen, ging sie möglichst gelassen zum Schreibtisch, um ihren Rucksack darauf abzulegen. Gabriel sah ihr überrascht nach. Seine Gegenwart machte sie zappelig und das mochte sie nicht.

»So, ich wäre so weit.« Monica kam fröhlich ins Zimmer und ging, ohne es zu bemerken, mitten durch Gabriel hindurch. Sarah riss fassungslos den Mund auf.

»Ist was?« Ihre Freundin sah sie verdattert an. Verdrossen schüttelte Sarah leicht den Kopf und versuchte sich damit abzulenken, ihren Rucksack auf dem Tisch in eine bessere Position zu bringen.

»Ich schreibe!«, rief Monica hastig, schnappte sich den Laptop auf dem Schreibtisch und setzte sich grinsend aufs Bett. Sarah verdrehte kurz die Augen. Aber wenigstens musste sie ihr so nicht erklären, warum sie vorhin kurz erstarrt war.

»So euphorisch wie du möchte ich auch mal sein, wenn es um Geschichte geht!« Sie ließ sich seufzend neben ihre Freundin plumpsen. »Ich hasse dieses Fach!«

Gabriel stand weiterhin in der Mitte des Raumes und beobachtete die beiden Mädchen fasziniert.

»Hier«, sagte Monica und hielt ihr den Laptop hin. »Dein Kennwort ist gefragt.« Sie legte Sarah das Notebook auf die Oberschenkel. »Düdeldü«, Monica kicherte, »das wäre doch mal ein Passwort, nicht?«

»Hast du einen Clown verschluckt? Du bist ja richtig aufgedreht! Was ist denn plötzlich los mit dir?«

»Ich habe an morgen gedacht! Du weißt doch, was morgen ist, oder?« Monica klimperte vergnügt mit den Augenwimpern. Klar wusste Sarah es. Ihre Freundinnen hatten in den letzten Wochen pausenlos davon gesprochen.

»Ich bin mir sicher, diesmal wirst auch du einen heißen Typen finden, nicht nur Paula.« Monica verzog traurig das Gesicht. »Schade, dass ich nicht mitkann und stattdessen zum Geburtstag meiner Oma muss.«

Sarah durfte nur selten auf Partys. Ihre Mutter war der Meinung, dass sie durch Partys ihre mütterlichen Pflichten vergaß. Als ob sie das konnte, sie wurde ja schließlich täglich von ihr daran erinnert!

Es war ja nicht so, dass sie die Zeit mit ihrer Tochter nicht liebte. Aber sie war ein Teenager! Und als Teenager wollte man auch auf Partys! War ihr das so zu verübeln?

Beim letzten Discobesuch hatte Paula Kirk kennengelernt. Er war ein gutaussehender, großer, dunkelhäutiger Junge mit einem umwerfenden Lächeln. Ihre Freundin hatte sich Herz über Kopf verguckt und die ganze Zeit über, nur mit ihm geflirtet. Er schien ihr ebenfalls zugetan zu sein. Nicht, dass Sarah es ihrer Freundin missgönnte, doch beinahe den gesamten Abend alleine zu verbringen, war dann doch nicht so lustig. Einige der Typen sprachen auch sie an. Da die aber meisten entweder zu aufdringlich, zu angetrunken oder nicht ihr Typ waren, vergraulte sie die Jungs, indem sie ihnen erzählte, sie warte auf ihren Freund.

»Okay, ich schreibe, du erzählst.« Ohne eine Antwort abzuwarten, nahm Monica den Laptop von ihren Oberschenkeln und öffnete das Schreibprogramm. Sarah musterte sie skeptisch. Sie sollte erzählen? Sie hatte doch kaum eine Sekunde zugehört! Ihr Wissen über die Kirche stand bei null! Argwöhnisch ließ sie ihren Blick im Zimmer umherschweifen, wobei sie bei Gabriel hängen blieb. Wieso stand er immer noch wie angewurzelt im Raum? Sie zog die Stirn kraus. Und wieso war sein Hemd mit einem Mal vortrefflich zugeknöpft? Sogar die Ärmel hatte er nach vorne gekrempelt. So ordentlich angezogen hatte sie ihn noch nie gesehen.

Er streckte die Arme aus und drehte sich einmal um die eigene Achse. Sarah verzog belustigt den Mund.

»Mir ist ein guter Anfang eingefallen. Moment …« Monica ließ ihre flinken Finger über die Tastatur gleiten. Sarah hörte ihr allerdings nicht zu. Sie spähte immer wieder zu ihrem Beschützer, ja darauf bedacht, nicht zu lachen. Wie ein Model auf einem Laufsteg stolzierte er mit hoch erhobenem Kopf, ernstem Gesichtsausdruck und schwungvollen Hüften zum Bett und blieb stehen. Er drehte sich leicht auf die Seite, warf ihr einen tiefen Blick über die Schulter zu und wandte sich danach zwinkernd auf die andere Seite. Sarah presste grinsend ihre Lippen aufeinander. Mit kühler Miene stolzierte er anschließend zurück in die Zimmermitte.

»Gut, wie findest du das: Eine Kirche. Ein Ort an dem man lacht, weint, sich freut und trauert. Doch was steckt hinter den Gemäuern dieses alten Gebäudes? Mitten in der Barockzeit erbaut, ist dieses wunderschöne Gotteshaus unserem Dorf bis heute erhalten geblieben. Der Eingang befindet sich an der Westseite und wird von einer bewundernswerten, geschnitzten Holztür geprägt. Wie findest du es bis jetzt?« Sarah sah zu ihrer Freundin. Ihre Wangen waren leicht gerötet. Zusätzlich fühlte sie die Hitze in ihrem Körper.

»Klingt gut«, bestätigte sie. Sie hatte nicht zugehört und daher auch keine Ahnung, was ihre Freundin gerade erzählt hatte. So wie sie Monica jedoch kannte, war es bestimmt gut.

Monica musterte sie kritisch.

»Wieso strahlen deine Augen so. Hast du was eingeworfen?« Sarah stockte.

»Wie bitte? Was, bitteschön, sollte ich mir denn einwerfen?«

»Ohne Grund kriegt man kaum glänzende Augen und gerötete Wangen!« Sarah warf Gabriel einen kurzen Blick zu. Lauschend saß er rittlings auf dem Schreibtischstuhl und grinste spitzbübisch. »Was ist eigentlich mit dir los? Du bist so merkwürdig in den letzten Tagen.«

»Bin ich das?«

Monicas Augen weiteten sich. »Es ist doch nicht etwa wegen Luke, oder?«

Sarah verschluckte sich beinahe an ihrer eigenen Spucke. »Wie bitte?«

»Seit er aufgetaucht ist, werft ihr euch andauernd so merkwürdige Blicke zu. Denkst du, ich hätte das nicht bemerkt? Ich bin schließlich nicht blind!« Monica verengte die Augen zu schlitzen. »Läuft da was zwischen euch?«

»Sicher nicht!«, rief Sarah voreilig. »Du magst ihn vielleicht toll finden, weil er deiner Meinung nach Ire ist. Aber glaube mir, ich mag Luke nicht, auch wenn er O'Connell heißt!«

Sarah schaute hoch, als sie ein ersticktes Geräusch hörte. Verwundert blickte sie zur Tür, wo ihre Mutter wie zu einer Salzsäule, erstarrt mit einem Teller Keksen in der Hand im Türrahmen stand. Und sie hatte alles mitangehört!

Wie aus der Lähmung erwacht, taumelte sie rückwärts und verließ übereilt das Zimmer. Das war nicht gut! Gar nicht gut! Verzweifelt sprang Sarah vom Bett und rannte ihr in Windeseile nach. Sie musste mit ihrer Mutter reden und ihr erklären, dass alles nicht so schlimm war und das Luke nichts sagte. Gelänge ihr das nicht, würde erneut die Hölle über ihr zusammenbrechen!

Sarah fürchtete sich innerlich ob der Reaktion ihrer Mutter. Sie hätte Lukes Gegenwart noch viel länger vor ihr geheim halten wollen. Wer konnte schon ahnen, dass sie genau in der Sekunde mit Keksen in der Tür stand? Sie hatte doch bis dahin noch nie Kekse gebracht! *Verdammter Mist!*

Sarah fand ihre Mutter in der Küche. Den Kopf geneigt, presst sie die Hände auf die Küchenkommode. Sarah schnürte es bei diesem Anblick den Hals zu. Sie wollte mit ihr sprechen, ihr versichern, dass diesmal alles anders wird und er keine Gefahr ist. Doch sie konnte es nicht - sie konnte es einfach nicht! Aus dem einzigen Grund, weil da immer noch ein kleiner Haufen Zweifel an ihr nagte!

»Mum«, murmelte Sarah und ging auf sie zu. Diese schüttelte bloß stumm den Kopf. »Es tut mir leid. Ich hätte dir erzählen sollen, dass Luke in meiner Klasse ist.« Ihre Mutter drehte sich entrüstet um.

»Er ist in DEINER Klasse?« Sie warf entsetzt die Arme in die Luft.

»Herrgott und Maria! Womit habe ich das verdient!«

»Mum …«

»Er ist in unserem Dorf und du sagst mir kein Sterbenswörtchen? Hast du sie denn nicht mehr alle?« Sarah sah sie bestürzt an. Ihre Mutter sprach mit ihr nur so herablassend, wenn sie wirklich, wirklich wütend war.

Dabei konnte sie doch überhaupt nichts dafür! Zittrig strich sie sich aufgewühlt über den Kopf.

»Sie sind alle hier? Die ganze Familie?«

»Nein, nur Luke – er wohnt bei seiner Tante.«

»Warum hast du es mir nicht gesagt? Sie werden uns das Leben zur Hölle machen!«

»Er hat mir versprochen, es niemandem zu sagen.«

»Und du glaubst ihm? Hast du denn nichts gelernt? Du weißt doch, dass seine Versprechen nichts wert sind!« Sarah dachte über die Worte ihrer Mutter nach. Ja, er hatte ihr damals versprochen, niemandem etwas zu erzählen - und er tat es doch!

»Damals war es nicht zu übersehen, Mum. Jeder wusste, dass Luke und ich zusammen waren. Aber hier nicht!«

»Er hat unser Leben zur Hölle gemacht. Er und seine verfluchte Mutter!« Sie bekam feuchte Augen. »Und sie werden es wieder tun!« Sie schluchzte. »Wir haben uns ein neues Leben aufgebaut. Dein Vater hat gekämpft, um die Anstellung in der Praxis zu erhalten – du weißt wie rar Kinderarztanstellungen auf dem Lande sind. Wir gingen weit weg von dem, was war, und nun zieht er genau in das gleiche Dorf? Das IST kein Zufall!« Den letzten Satz schrie sie laut hinaus.

»Mum, bitte! Monica ist doch in meinem Zimmer. Sie kann noch alles mitanhören!« Bianca begann im Wohnzimmer zu weinen. Sarah sah bestürzt hinüber. Ihre Tochter saß in einem Laufgitter und heulte. »Ich komme gleich mein Schatz«, meinte sie liebevoll. »Können wir das später klären?«

»Später? Sie wollen unser Leben vernichten und du willst erst später darüber reden?« Die Mutter schüttelte entgeistert den Kopf. Es hatte keinen Sinn, noch irgendetwas zu sagen. In diesem Zustand war sie wie eine Hyäne, die Fleisch roch. Sie sah nur die Vernichtungsmaschine Luke, welcher ihr Leben ruinieren wollte. Sarah eilte zu ihrer Tochter und nahm sie zärtlich in den Arm.

»Ist ja gut, du brauchst nicht zu weinen. Ich bin ja da.«

»Ich kann das nicht mehr! Nicht ein zweites Mal! Verstehst du denn nicht? Ich kann das nicht!« Ihre Mutter schluchzte aufgelöst. Monica tauchte auf und schaute verdattert von einer zur anderen. Bianca drückte sich müde an Sarahs Brust. »Ähm…, ich geh wohl besser«, murmelte ihre Freundin und eilte zur Haustür um sich Schuhe und Jacke anzuziehen.

»Ich weiß nicht, wie ich das deinem Vater erklären soll, wenn er gleich nach Hause kommt!«, jammerte die Mutter wie betäubt weiter und ließ sich auf das Sofa plumpsen. Den Kopf in die Hände gelegt, begann sie zu weinen. Sarah schaute bedrückt zu Monica.

»Es tut mir leid, ich …«

»Lass uns telefonieren, okay?« Unsicher lächelte Monica und verließ eilig die Wohnung. Sarah atmete geräuschvoll aus. Sie konnte die Reaktion ihrer Freundin verstehen. Eine aufgelöste Mutter zu sehen war sicher nicht gerade toll. Kein Wunder, dass sie fluchtartig die

Wohnung verlassen hatte. Sie hätte es ihr gleichgetan. Trotzdem gab es nun etwas, was sie quälte. Was hatte Monica alles mitangehört?

Mit Bianca auf dem Arm setzte sich Sarah vorsichtig zu ihrer Mutter. Sie wusste nicht genau, was sie tun oder sagen sollte. Aber was konnte sie dafür, dass Luke hier aufgetaucht war?

»Mum?«, flüsterte sie leise. Diese hielt ihr Hände immer noch vor den Kopf.

»Lass mich in Ruhe! Lass mich einfach in Ruhe!« Sarah schluckte ihre aufkeimenden Selbstvorwürfe hinunter. »Lass mich in Ruhe! Bitte!«

»Schon gut«, erwiderte sie im Flüsterton und erhob sich bekümmert. Vorsichtig legte sie Bianca wieder in das Laufgitter. Erfreut begann sie sogleich, am Ohr ihres Plüschhasen zu lutschen. Als Sarah sich zum Flur hinwandte, bemerkte sie Gabriel, der neben dem Esstisch stand und sie mitfühlend anschaute. Beschämt senkte sie den Blick zum Boden. Sie wollte nicht, dass er ihren Kummer sah. Und unter keinen Umständen wollte sie, dass er ihr Geheimnis erfuhr.

Als wäre er Luft für sie, ging sie mit gesenktem Haupt an ihm vorbei zu ihrem Zimmer. Niedergeschlagen schloss sie die Tür hinter sich und setzte sich seufzend aufs Bett. Das Ganze nagte an ihr, wie ein Holzwurm an einem Stamm. Wieso konnte ihr Leben nicht einfach normal verlaufen? Verzweifelt schlang sie die Arme um ihre Beine und versuchte, ihren Schmerz hinunterzuschlucken. Eine vereinzelte Träne löste sich.

Schroff wischte Sarah sie weg. Gabriel kam schweigend durch die abgeschlossene Zimmertür und setzte sich ans Bettende.

»Möchtest du reden?«, fragte er einfühlsam. Sie schüttelte stumm den Kopf. Sie wollte nicht reden! Und schon gar nicht mit ihm! Bestimmt hatte er ein unkomplizierteres Leben geführt. Wie sollte er sie da also verstehen?

»Es tut mir leid«, flüsterte er nach einer Weile. Sie antwortete nicht und hielt den Blick weiterhin auf die Bettdecke gerichtet. »Es ist furchtbar, dich so leiden zu sehen.« Wütend sah Sarah auf. Er fand es furchtbar? Er hatte doch keine Ahnung!

»Lass dieses scheiß Gequassel! Du weißt nichts, überhaupt nichts über mich!« Eine Träne rollte über die Wange, doch sie schenkte ihr keine Beachtung.

»Auch wenn wir nicht das gleiche Schicksal teilen. Ich weiß, was es heißt, zu leiden. Ich weiß es nur zu gut! Und ich erkenne, wenn Menschen etwas quält. Ich sehe es in deinen Augen und ich sah es in den Augen von anderen.« Gabriel betrachtete sie mitfühlend. »Ich habe keine Chance, mein Schicksal zu ändern. Denn es ist unumstritten in Stein gemeißelt.« Todunglücklich starrte er auf seine Hände. »Auf dem Grabstein auf meinem Grab!« Sarah musterte ihn schweigend. Sie hatte sich nie Gedanken gemacht, wie es für einen Verstorbenen sein musste, den eigenen Grabstein zu sehen. Es musste unglaublich erschütternd sein.

Gabriel hob den Blick. Seine Augen waren ebenfalls nass. »Du hast die Möglichkeit, dein Schicksal zu ändern, auch wenn es dir momentan das Herz zerreißt. Du hast wenigstens noch eine Chance!« Seine Worte wurden von einer immensen Traurigkeit getragen. Energisch blinzelte sie die aufkeimenden Tränen weg.

Sarah spürte einen Schmerz in der Brust. Es war aber nicht nur ihr eigener, sondern auch der von Gabriel. Es war schrecklich! Sie fühlte nur noch Schmerz, Schmerz und nochmals Schmerz! Ihr war das nie wirklich aufgefallen, aber er schien eine unglaubliche Last auf seinen Schultern zu tragen.

»Nutze die Gelegenheit, dein Leben zu ändern. Irgendwann wird es zu spät sein!« Bedrückt stand er vom Bettende auf. »Gabriel?« Ihre Stimme war nicht mehr als ein Wispern. Verbittert blieb er stehen.

»Nutze sie! Nicht so wie ich!« Deprimiert drehte er sich wieder um und verließ das Zimmer durch die verschlossene Türe.

Sarah sah ihm seufzend nach. Er hatte recht. Sie hatte die Gelegenheit, die missliche Lage, in der sie steckte, zu ändern. Aber wie?

Kapitel 9

Nachdem Gabriel ihr Zimmer verlassen hatte, lag sie eine Weile auf dem Bett und starrte die Decke an. Er hatte so zerbrechlich gewirkt, so ganz anders als sonst. Was konnte einen Toten noch immer so bedrücken? Vielleicht der Unfall, den ihre Nachbarin bei ihrem Gespräch erwähnt hatte? Trug er allenfalls noch Schmerz davon? War das aber überhaupt möglich?

Es klopfte an der Tür. Sarah setzte sich auf.

»Ja?« Ihr Vater war kurz zuvor nach Hause gekommen und hatte seine aufgelöste Frau im Wohnzimmer angetroffen. Langsam öffnete er Sarahs Zimmertür.

»Darf ich reinkommen?« Sie nickte. Seine Miene wirkte angespannt, trotzdem schenkte er seiner Tochter ein Lächeln. Schweigend setzte er sich neben sie und strich ihr liebevoll über den Arm. Sarah legte ihm darauf die Arme um den Hals und umarmte ihn innig. Sie brauchte jetzt eine Schulter zum Ausweinen, einen Fels in der Brandung - einfach so jemanden wie ihren Vater.

Bittere Tränen liefen ihr über die Wangen. Die Erinnerungen, die Angst, die tief verletzten Gefühle preschten wie ein Wasserfall auf sie ein. Sie fürchtete sich, alles noch einmal durchstehen zu müssen. Und sie wusste nicht, ob sie die Kraft dafür hatte.

Sie fühlte sich wie damals. Von ihrer Mutter im Stich gelassen und schuld an der ganzen Misere.

Als die Tränen versiegt waren, nahm ihr Vater sie liebevoll an die Hand.

»Komm, lass uns beim Italiener bestellen. Ich glaube, wir brauchen eine gute Pizza.« Sarah wusste, dass er damit versuchte, das Ganze etwas zu beruhigen. Doch mit einer Ehefrau, die wegen dem Thema »Luke« immer hysterisch wurde, war es gar nicht so einfach.

Am Tisch herrschte eine beklemmende Stimmung. Keiner verspürte große Lust, mit dem anderen zu sprechen. Die Stille lastete wie ein schwerer Fels auf Sarahs Schultern. Die Augen ihrer Mutter waren rot und verquollen. Auch wenn sie es nicht aussprach, ihre Tochter wusste, dass sie ihr unbewusst an allem die Schuld gab. Hätte sie damals an Verhütung gedacht, wäre das alles nicht passiert, aber es war »leider« geschehen!

Ihr Vater war da ganz anders. Er hatte ein riesiges Herz, denn Familie war für ihn alles. Als er erfuhr, dass Sarah schwanger war, konnte man auch in seinem Gesicht den Schreck erkennen. Allerdings reagierte er so, wie es Eltern tun sollten, er stand Sarah in allem bei - schließlich war sie seine Tochter und er liebte sie. Er unterstützte sie, so gut er konnte, und versuchte, die Kluft zwischen ihr und ihrer Mutter möglichst gering zu halten, was ihm leider nicht wirklich gelang.

Am nächsten Morgen riss eine Kurznachricht Sarah aus dem Schlaf. Verschlafen blinzelte sie und tappte nach ihrem Handy auf dem Nachttisch. Gähnend gab sie ihr Passwort ein. Es war bereits nach Zehn. Unfassbar!

Sie hatte Zwölf Stunden durchgeschlafen! Die Erschöpfung des gestrigen Tages hatte seinen Tribut gefordert.

Sarah blinzelte erneut. Sie hatte eine Nachricht von Paula bekommen.

»Hey Sarah. Was ist mit der Party heute Abend? Kannst du nun mit?« Sie atmete geräuschvoll aus. Die Party! Eigentlich hätte sie ihre Eltern gestern noch um Erlaubnis fragen wollen, doch nachdem was geschehen war, glaubte sie nicht daran, dass sie zu dieser Party gehen durfte. Vermutlich gab es nun Hausarrest für den Rest ihres Lebens!

Sarah legte ihr Handy wieder zurück auf den Nachttisch und starrte zur Decke. Ihr Vater hatte für heute eine »Familieninterne-Krisensitzung« einberufen. Und die versetzte sie in Angst. Was, wenn ihre Mutter darauf bestand umzuziehen? Schon wieder? Sie seufzte schwer.

»Der war aber tief«, ertönte es vom Bettende. Sarah richtete sich auf und traf auf die sanften Augen von Gabriel. Er lächelte ihr mitfühlend zu. Sein Hemd war ordentlich zugeknöpft und die Haare gekämmt. Obwohl er sich Mühe gab, gelassen zu wirken, sah man ihm sein Unbehagen an. Er zupfte immer wieder am Kragen herum.

Sarah strich sich verlegen die Haare hinters Ohr. Bestimmt sah sie aus wie ein gerupftes Huhn.

»Deine Haare sind perfekt.« Gabriel grinste. Beschämt senkte sie ihren Blick. Seine Anwesenheit machte sie nervös. Er ist ein Geist! Aber ein außergewöhnlich menschlich wirkender und leider dazu noch gutaussehender Geist!

»Konntest du schlafen?«, fragte er aufrichtig interessiert. Sarah nickte stumm. Sie hatte wirklich gut geschlafen und vor allem tief. Sie konnte sich nicht einmal an ihre Träume erinnern. »Das ist gut.«

Er zupfte unruhig an seinem Hemdkragen.

»Du scheinst keine Kragen zu mögen.« Sie schmunzelte. Wie sich Gabriel abmühte war irgendwie süß.

»Nein«, erwiderte er, »ich hasse Kragen!«

»Und wieso öffnest du ihn dann nicht? Du hast dich doch bis jetzt nicht gescheut, deine blanke Brust zu zeigen.« Sarah zog verschmitzt die Augenbrauen hoch, hielt allerdings gleich inne. War sie schon wieder dabei, mit ihm zu flirten? Mit einem Toten? Sie schüttelte innerlich den Kopf. Na super!

Gabriel warf ihr einen verdutzten Blick zu.

»Ich dachte, es stört dich, wenn ich das Hemd offen trage. Das sagtest du doch gestern.«

»Und deswegen quälst du dich nun?« Sie lachte schallend. »Knöpf den Kragen auf. Es ist ja nicht mit anzusehen, wie du dich abmühst.« Sie kicherte.

»Deine Worte in Gottes Ohr!«, sagte er aufatmend und begann die obersten vier Knöpfe zu öffnen. »So ein Kragen ist unmöglich!«

»Und passt nicht zu deinem strengen Macho-Image«, fügte Sarah hinzu, während sie ihm zusah, wie er die Ärmel nach hinten rollte.

»Ich bin kein Macho.«

»Stimmt, sonst müsstest du einen cooleren Namen haben.«

»Sag nichts gegen meinen Namen!«, beschwerte er sich gespielt empört. »Ich trage schließlich den Namen eines Erzengels!«

»Der Engel, der Maria die Botschaft überbrachte.«

Gabriel nickte anerkennend. »Du scheinst dich auszukennen. Respekt.«

»Und Erzengel, hast du auch eine Botschaft für mich?« Sarah betrachtete ihn keck. Seine Gesichtszüge verhärteten sich augenblicklich.

»Das habe ich gestern schon.« Das Lachen war ihr ebenfalls aus dem Gesicht gewichen. Zwischen ihnen entstand eine beengende Stille.

»Darf ich dich etwas fragen?« Gabriel nickte stumm. In seinen Augen spiegelte sich sein tiefer Schmerz. »Ist Sterben so qualvoll?« Sie wusste nicht, ob sie ihm diese Frage stellen durfte, und ob Lebenden überhaupt das Anrecht hatten, die Antwort darauf zu erfahren. Vielleicht war es besser, nichts über den Tod und das danach zu wissen. Doch diese Bekümmertheit in seinem Blick und die Tatsache, dass er als verstorbene Seele bei ihr war und nicht im Himmelreich, gab ihr das Gefühl, dass die Zeit nach dem Tode nichts Schönes war.

Gabriel strich sich mit einem ausgedehnten Atemzug durch die Haare.

»Eigentlich habe ich dir doch erklärt, dass ich nicht über solche Dinge rede, aber ich werde eine Ausnahme machen – weil du es bist.« Er lächelte gequält. »Ich kann allerdings nur für mich sprechen. Der Tod an sich ist nichts Furchtbares. Mein Großvater, zum Beispiel, ist freudig in die andere Welt hinübergegangen. Er hatte sein Leben gelebt. Doch ich …«, er schüttelte den Kopf. »Ich war einfach nur dumm! Dumm, bescheuert und selbstsüchtig!« Zorn stieg in ihm auf. »Ich habe nur immer an mich gedacht! An mein Vergnügen, an mein Leben, an meine Wünsche! Ich war ein verdammter Egoist!« Er stand wutschnaubend auf und lief durch das Zimmer.

»Ist schon gut«, versuchte Sarah ihn zu beruhigen. »Du musst es mir nicht erzählen.«

»Ich habe gesagt, dass ich deine Frage beantworte!«

»Aber es verletzt dich!«

»Das ist nicht wichtig«, erwiderte Gabriel verbittert und setzte sich neben Sarah aufs Bett. Seufzend lehnte er seinen Oberkörper am Kopfende an die Wand und streckte seine Beine auf der Decke aus. Verdattert sah sie ihn an. So nah neben ihm zu liegen machte sie nervös.

»Ich möchte, dass du es weißt!« Seine Stimme bebte leicht. Den Blick ins Leere gerichtet erzählte er weiter. »Du sollst wissen, was geschah! Und was für ein verdammtes Arschloch ich war!« Sarah richtete sich auf und lehnte sich ebenfalls mit dem Oberkörper an die

Wand. Sie konnte nicht verleugnen, dass sie wirklich neugierig war, wie Gabriel gestorben war. War so ein Wunsch irgendwie verrückt oder so? Wie auch immer, sie sprach schließlich mit einem Geist – noch verrückter ging es ja fast nicht mehr!

»Ich war auf einer Party. Wie immer hatten mein Freund Dave und ich getrunken, wenn auch nicht viel, aber es hatte gereicht. Wir hatten Spaß mit Mädchen, rauchten Joints und haben das Leben genossen. Meine Eltern wussten nichts davon. Sie glaubten, wir wären bei Daves Freundin zum Abendessen eingeladen.« Er schnaubte laut. »Dabei hatte Dave gar keine Freundin. Wir hatten beide keine Freundin. Wieso eine haben, wenn man stattdessen zehn haben konnte?« Er schüttelte frustriert den Kopf. »Wir hatten auf jeder Party eine andere, aber nie wirklich was Ernstes. Wir waren der Meinung, dafür hätten wir noch Zeit …« Gabriel drehte sich zu Sarah. Sein Gesicht war schmerzverzerrt. »Du hattest recht, mich als Macho zu betiteln. Ich war nichts anderes als ein Frauenheld!« Sarah schüttelte den Kopf.

»Ich meinte das nicht böse, ich …« Gabriel schnitt ihr das Wort ab.

»Nein, du hattest wirklich recht. Ich wollte Spaß um jeden Preis. Mädchen, Alkohol, Drogen. Ich sah keinen Grund, warum ich darauf verzichten sollte.« Er strich sich eine Strähne aus dem Gesicht. »Jedenfalls fuhren wir nach der Party zurück nach Wanora.« Sarah sah ihn überrascht an.

»Du hast auch hier gewohnt?« Gabriel nickte.

»Ja, das habe ich.« Er betrachtete sie stumm. Ihre Wangen verfärbten sich zu einem leichten Rot. Beschämt sah sie auf ihre Hände.

»Und was geschah dann?« Gabriel seufzte leise.

»Wir waren wie so oft angetrunken, rauchten Joints und fühlten uns als die Größten der Welt ...« Er stockte und schluckte den Kloß in seinem Hals hinunter. »Ich fuhr viel zu schnell – viel zu schnell, und verlor in einer Kurve die Kontrolle über den Wagen.« Er biss sich mit schmerzverzehrtem Gesicht auf die Lippen. »Wir fuhren ungebremst in einen Baum!« Seine Stimme brach. Sarah war das Entsetzen anzusehen.

»Es ... es tut mir so leid!« Gabriel hob den Kopf und sah sie durch ein Meer von Wasser an. Bewegt betrachtete sie ihn liebevoll. Am liebsten hätte sie ihre Arme um ihn geschlungen und ihn tröstend an sich gezogen, so wie sie es bei Bianca tat, wenn sie weinte. »Das muss alles so schwer für dich sein!« Er verneinte.

»Mein Tod ist das Ergebnis meiner bescheuerten Handlung! Ich habe es nicht anders verdient!«

»Sowas darfst du nicht sagen!«

»Es ist die Wahrheit! Ich habe mein Leben achtlos für Alkohol und Joints weggeworfen! Ich bin selbst für meine Taten verantwortlich! Ich wusste es, wollte es aber nicht sehen!« Entmutigt starrte er auf die Bettdecke.

Sarah unterdrückte den Impuls, ihm ihre Hand tröstend auf den Arm zu legen. Es war das erste Mal, dass sie sich darüber ärgerte, dass er kein Mensch war, den man anfassen konnte. Sie hätte ihm so gerne gezeigt, dass sie für ihn da war.

»Dave hatte schwere Verletzungen davongetragen. Er musste ein dutzend Mal operiert werden. Aber er überlebte. Nach einer längeren Rehabilitation geht er mittlerweile wieder ganz normal zur Schule.«

»Er geht auf die Westhigh?«

»Nein, seine Familie ist in die Stadt gezogen, damit sie Dave täglich im Spital besuchen konnten.«

»Wie kannst du wissen, wie es ihm geht? Du bist doch … naja …« Sarah wusste nicht, wie sie es formulieren sollte. »Du bist doch tot …«, fügte sie vorsichtig hinzu.

»Ich könnte ihn jederzeit besuchen – genau wie bei dir. Aber ich tat es nie. Ich habe es in der Kirche erfahren, als sich meine Großmutter mit seiner Mutter unterhielt.«

»Seine Mutter war auch an der Beerdigung?« Er nickte.

»Ja, sie kannten meinen Großvater sehr gut.« Sarah warf ihm einen sorgenvollen Blick zu.

»Und … und was geschah mit dir?« Er presste frustriert die Kiefer zusammen.

»Ich war auf der Stelle tot.« Er spielte unglücklich mit den zwei ineinander verschlungenen Flammen an seiner Kette. »Den Anhänger hat meine Schwester mir geschenkt, ein paar Tage vor meinem Tod.« Sarah war betrübt. Was sollte man darauf sagen? Es tut mir leid? Das würde nicht annähernd das ausdrücken, was sie fühlte. Sie fand es einfach schrecklich, was ihm widerfahren war.

»Aber mein Schicksal ist nicht wichtig. Ich hätte es nicht verkraftet, ein weiteres Leben auf dem Gewissen zu haben!«

»Es waren noch mehr im Wagen?« Er schüttelte den Kopf.

»Nein, aber ich habe das Leben meiner gesamten Familie auf dem Gewissen!« Sarah atmete schwer. Die Ausmaße seines Todes wurden ja immer schlimmer! »Seit dieser Nacht waren meine Eltern nicht mehr die Gleichen. Obwohl sie dem anderen nie die Schuld für meinen Tod gaben, zerbrachen sie trotzdem daran.« Er nahm einen tiefen Atemzug. Er wirkte erschöpft und so verletzlich. »Sie ließen sich letztes Jahr scheiden. Mein Vater lebt nun im Nachbardorf, während meine Mutter und meine Schwester hiergeblieben sind.« Tränen traten in seine Augen. »Meine Mutter hat mir am Grab versprochen, mich nicht zurückzulassen. Auch wenn ich tot sei, würde sie immer bei mir bleiben.« Er wischte sich über die nasse Wange. Sarah strich sich ebenfalls eine Träne aus dem Gesicht. Seine Geschichte berührte sie zutiefst. »Sie kommt jede zweite Woche zum Grab und bringt mir frische Blumen. Und an meinem Geburtstag legt sie mir sogar ein Stück Kuchen mit einer Kerze hin.« Gabriel presste die Lippen aufeinander, während das Augenwasser wie Rinnsale über seine Wangen lief. »Ich habe ihr Leben zerstört«, flüsterte er zermürbt. »Das Leben meiner ganzen Familie!«

»Es tut mir so leid!« Sarahs Stimme war belegt. »Es tut mir so unendlich leid für dich!« Ihr schmerzte das Herz und je länger er erzählte, je schlimmer wurde es. Gabriel drehte sich ergriffen ab, um sich wieder in den Griff zu bekommen. Sarah betrachtete sein blondes Haar. So gerne hätte sie ihn tröstend in den Arm genommen. Stattdessen konnte sie nur stumm daneben sitzen und warten, bis der Schmerz nachließ.

»Ich würde alles tun, um die Zeit zurückzudrehen! Doch das ist nicht möglich! Ich hatte meine Chance und habe sie nicht genutzt!« Er senkte den Kopf und seufzte erschöpft. »Ich habe versagt.« Sarah hob ihre Hand und fuhr vorsichtig seinen Arm entlang. Sie wusste, dass er sie nicht spüren konnte, doch sie musste endlich ihrem Drang nachgeben, ihn zu berühren. Leidend sah er zu ihrer Hand. »Danke«, flüsterte er und schenkte ihr ein zaghaftes, aber von Dankbarkeit erfülltes Lächeln. »Du bist die erste Person, der ich das alles erzählen kann.« Sarah legte ihre Hand wieder zurück auf den Oberschenkel.

»Aber du hast doch deine Großmutter. Sie sieht dich doch auch.«

»Ja, aber auch sie trägt den Schmerz in sich, den Schmerz, den ich ihr angetan habe!« Er schüttelte heftig den Kopf. »Ich habe kein Recht, mich bei ihr auszuheulen. Ich habe ihr Leben genauso auf dem Gewissen, wie das aller anderen!«

»Das ist so … schrecklich!«, sagte Sarah bewegt. »Kann man denn nichts dagegen tun, damit du deinen Frieden findest?« Gabriel sah ihr direkt in die Augen.

»Doch …«

»Und, warum tust du dann nichts dagegen? Du kannst doch nicht in diesem Zustand bleiben wollen, oder?«

»Ich habe es verdient im Fegefeuer zu landen!«, erwiderte Gabriel matt, »aber nicht sie.«

»Ich würde dir so gerne helfen«, flüsterte Sarah verhalten.

»Das kannst du!« Er schaute sie flehend an. »Den Gefallen …« Sarah schluckte.

»Ich habe Angst davor!« Sie sagte es so leise, dass er sich hinüberbeugen musste, um sie zu verstehen.

»Wieso denn?« Er wirkte verwirrt. »Ich tue dir doch nichts!«

»Ich habe keine Angst vor dir - nicht mehr, sondern vor dem, was du von mir haben willst.« Sie biss sich kurz auf die Lippen. »Ich kann dir meine Seele nicht geben.«

»Deine Seele?«, wiederholte Gabriel stirnrunzelnd.

»Das ist es doch, was du von mir verlangst, oder nicht?« Er blinzelte einige Male, als müsste er zuerst verstehen, was sie ihm eigentlich zu sagen versuchte. Ein Lächeln huschte über sein unglückliches Gesicht.

»Du denkst, ich will deine Seele?«

»Das wollen Tote doch!« Das war jedenfalls immer in diesen doofen Horrorfilmen so. Gabriel lachte schallend.

»Du bist echt süß. Aber ich brauche deine Seele nicht.« Die Stirn in Falten, warf sie ihm einen bitteren Blick zu.

»Und was willst du dann?« Ausgelacht zu werden, das hasste sie wie die Pest.

»Etwas Weltliches.«

»Geht es auch etwas konkreter?«

»Es geht um meine Schwester. Sie …« Er hielt kurz inne. »Ich habe Angst, dass sie die gleichen Fehler macht wie ich.«

»Du meinst, Alkohol zu trinken und Drogen zu nehmen?«

»Nein, das nicht.« Gabriel zog die Knie an und schlang seine Arme darum. Gedankenversunken schaute er an die gegenüberliegende Wand. »Nachdem sie von meinem Tod erfuhr, war sie nicht mehr die Gleiche. Sie schottete sich vermehrt von ihren Freundinnen und Klassenkameraden ab. Ihrer großen Leidenschaft, die rhythmische Gymnastik, kehrte sie ganz den Rücken zu. Was meiner Schwester blieb waren nur noch ihre Bücher. Sie verkroch sich in ihrem Zimmer, las ein Buch ums andere und sprach nur noch so viel, wie es sein musste. Ihre schulischen Leistungen gingen rapide bergab und es war ihr auch egal. Es schien so, als hätte sie jegliche Motivation, weiter zu leben, verloren. Und ich habe Angst, dass sie irgendwann was Dummes tut und dabei stirbt.« Gabriel drehte sich Sarah zu und sah ihr flehend in die Augen. »Bitte hilf ihr! Ich habe wirklich Angst um sie. Sie soll nicht das gleiche Schicksal ereilen wie mir!«

»Und was soll ich tun?«

»Dich mit ihr anfreunden und sie da rausholen!« Sarah musterte ihn stirnrunzelnd.

»Haben ihre Freundinnen denn nicht versucht, ihr zu helfen?«

»Doch, aber sie ließ es nicht zu.«

»Und wieso denkst du, dass ich das ausgerechnet kann?«, fragte sie sanft. Gabriel sah sie flehend an.

»Ich weiß es nicht … aber du bist meine einzige Chance!«

Sarah glaubte nicht wirklich daran, dass seine Schwester ihre Hilfe wollte. So wie er erzählte, wollte sie niemandes Hilfe. Ihm seine einzige Hoffnung zu nehmen, brachte sie aber auch nicht übers Herz.

»Ich werde es versuchen«, murmelte sie. Gabriels Gesicht hellte auf.

»Danke!«, hauchte er. »Das werde ich dir nie vergessen!« Sie lächelte matt.

»Ich kann aber nichts versprechen, ja?«

»Natürlich.« Er wirkte so hoffnungsvoll. Es blieb zu hoffen, dass sie ihn nicht bitter enttäuschen würde.

»Danke Sarah, das bedeutet mir unheimlich viel.« Sie nickte.

»Würdest du mir einen Gefallen tun?«

»Klar!«

»Ich habe Hunger und möchte vorher duschen gehen. Außerdem möchte ich mich nicht sorgen müssen, dass du plötzlich im Bad stehst.« Neckisch verzog er den Mund zu einem grinsend.

»Ich leiste dir dabei gerne Gesellschaft.«

»Ich weiß! Deswegen sage ich es ja auch.« Sie lächelte zurück.

»In Ordnung. Aber nur, wenn du mir verrätst, welche Farbe dein BH hat.« Sarah schüttelte lachend den Kopf.

»Träum weiter!« Gabriel war wieder ganz der Alte! Als er ihr tief in die Augen sah, strich sie sich verlegen eine Strähne hinters Ohr. Auch wenn er es vorhin dementierte, sie sah bestimmt wie eine Vogelscheuche aus.

»Glaub es mir doch, du siehst toll aus«, flüsterte er ihr zärtlich ins Ohr. Sarah erschauderte über seine unerwartete Nähe. Augenzwinkernd stand er gemächlich auf. »Wir sehen uns«, sagte er.

»Wird kaum zu vermeiden sein«, erwiderte sie spöttisch und kicherte. Er grinste.

»Sarah?« Er machte eine kurze Pause. »Dass du mir hilfst, bedeutet mir wirklich unheimlich viel. Danke!« Sarah nickte und sah ihm nach, wie er durch die verschlossene Tür verschwand.

Kapitel 10

Nach einer ausgiebigen Dusche und einem reichhaltigen Frühstück, spielte Sarah eine lange Zeit mit Bianca, badete und wickelte sie. Ihre Mutter ging ihr gekonnt aus dem Weg, was ihr auch recht war. Sie wollte jeden weiteren Konflikt mit ihr verhindern. Als ihre Tochter schlief, setzte sie sich an ihren Schreibtisch und widmete sich den Hausaufgaben. Gabriel war leider seit dem Morgen nicht wieder aufgetaucht, was sie betrübte. Um sich etwas abzulenken, entschied Sarah, nach getaner Arbeit mit Bianca und Baxter einen Spaziergang durch den Park zu machen. Als sie vor dem Haus standen, musste sie aber feststellen, dass der Wind viel zu stark blies. Und die Kälte, die er mitbrachte, ging ihr durch Mark und Bein. Sie beschloss daher, nur eine kurze Strecke um den Block zu machen. So wie ihr Hund sie ansah, hatte er auch nichts dagegen. Er mochte keinen Wind; ganz im Gegensatz zu Wasser. Da brachte man ihn kaum mehr raus.

Paula hatte ihr eine weitere Kurznachricht gesandt, die sie lediglich damit beantwortete, dass es Zuhause Zoff gab, sie aber nicht näher darauf eingehen möchte. Die Frage, ob sie auf die Party konnte, ließ sie unbeantwortet.

Es war 18 Uhr, als ihr Vater von dem Samstags-Notdienst in der Praxis kam und sich mit Frau, Tochter und Enkelin an den Tisch setzte. Das Thema Luke beim

Abendessen zu bereden, fand Sarah nicht wirklich optimal. Allerdings brachte sie es lieber hinter sich, als dass sie noch länger ein ungutes Gefühl deswegen haben musste. Die Lippen aufeinandergepresst, band sie Bianca den Latz um, und setzte sich daneben. Die Luft zwischen ihrer Mutter und ihr wurde zunehmend angespannter. Was würde auf sie zukommen? Anderer Ort? Neue Schule? Schon wieder neue Freunde?

Ihr Vater schöpfte allen Spaghetti Bolognese auf die Teller. Er wirkte gelassen, doch sie wusste, dass dieses Thema auch ihn belastete. Sarah betrachtete ihre Tochter, die begeistert quietschte. Spaghetti war ihre Lieblingsspeise. Es war herrlich, sie so unbeschwert zu sehen. Sie hatte noch ihr gesamtes Leben vor sich. Hoffentlich würde es auch lange so unbelastet bleiben.

»Wir müssen nun endlich mal besprechen, was wir tun.« Die Stimme von Sarahs Mutter war eisig.

»Ich kontaktiere am Montag unsere Anwältin! Ich werde nicht zulassen, dass diese Familie alles zerstört!«

»Marie«, sagte ihr Mann behutsam. »Es ist den O'Connell's nicht verboten, ihren Sohn zu seiner Tante zu schicken.«

»Nimmst du sie etwa in Schutz?«, beschwerte sich seine Frau laut. Sarah wandte sich mit zusammengepressten Lippen ab, und schnitt Bianca die Spaghetti klein. »Sie werden uns genau wie damals das Leben zur Hölle machen! Und das Einzige, was wir tun können, ist, die Anwältin einzuschalten und uns eine neue Wohnung suchen!«

»Nein, bitte nicht schon wieder umziehen!«, mischte sich Sarah ein.

»Du hältst dich raus! Schließlich ist das alles deine Schuld!« Sarah sah ihre Mutter mit offenstehendem Mund an. Sie wusste, dass sie ihr die Schuld gab, doch es war das erste Mal, dass sie es auch wirklich aussprach.

»Marie!«, rief der Vater außer sich. »Wie kannst du nur so etwas sagen!« Er sprach eindringlich auf seine Frau ein. Sarah hörte seine Stimme in ihren Ohren, verstand aber seine Worte nicht. Regungslos starrte sie mit bebenden Lippen auf ihren Teller. Sie hatte nun den Beweis: Ihre Mutter gab ihr die Schuld! - die Schuld an allem!

Sarah schluckte den festhängenden Kloß in ihrem Hals hinunter. Aber sie hatte doch keine andere Wahl! Was hätte sie den sonst tun sollen? Abtreiben und Bianca vernichten? Sie presste die Kiefer zusammen, um die Tränen zu unterdrücken, als sie plötzlich stutzte. Was war denn das?

Sie blinzelte ein paar Mal und ging mit ihrem Gesicht näher an ihren Teller. Hatte sich da gerade etwas bewegt? Vorsichtig legte sie die Gabel auf die Stelle, und schob Nudel um Nudel bei Seite, bis sie den Tellerboden sah. Da war nichts! Sarah wollte gerade vor Erleichterung aufatmen, als sich alle Spaghetti gleichzeitig in Bewegung setzten. Fassungslos hielt sie die Luft an. Einige Spaghetti robbten auf das Tischtuch hinunter, wodurch sie eine rote Tomatenspur hinter sich herzogen. Einige wenige blieben auf dem Teller und begannen, sich zu verformen. Sarah wurde kreideweiß. Die Nudeln bildeten einzelne

Buchstaben! DU - GEHOERST - MIR. Ihr Herzschlag setzte einen Schlag aus. *Du gehörst mir!* Sie musste nicht fragen, von wem es stammte! Es gab nur eine Person. Nancy! Mit einem Schlag schlängelten sich alle Spaghetti wieder zurück auf den Teller. Sarah sah fassungslos auf den Tisch. Er sah schrecklich aus. Überall waren rote Striche. Sogar an den Gläsern haftete Tomatensauce. Verzweifelt, schaute sie zu ihren Eltern. Diese hatten die robbenden Nudeln nicht mal bemerkt. Sie diskutierten immer noch heftig miteinander. Sogar Bianca saß seelenruhig in ihrem Kindersitz und genoss ihr Essen. War Sarah die Einzige, die das sehen konnte?

Nancys Wort halten in ihrem Kopf. »Du gehörst mir!« Frustriert strich sie sich über den pochenden Schmerz hinter ihrer Stirn. Was war an ihr so wertvoll, dass die Anführerin des Gothics-Trios sie so terrorisierte?

Das Telefon klingelte und riss Sarah aus ihren Gedanken.

Ihr Vater stand auf und nahm den Anruf entgegen.

»Hallo? Oh, hallo Paula.« Seine Tochter horchte augenblicklich auf. Wieso rief ihre Freundin sie auf dem Festnetz an? Das tat sie sonst nie. »Paula möchte wissen, wann sie dich heute für die Party abholen soll.« Sarah runzelte verwirrt die Stirn. Sie hatte ihren Eltern extra nichts davon erwähnt, da es bei den Umständen in der sie steckte, sowieso aussichtslos war. Einen Besuch in der Disco würde ihre Mutter ihr momentan sowieso nicht erlauben. Und das bekam sie auch gleich zu hören.

»Denk ja nicht, dass du heute auf eine Party kannst! Und die nächsten vier Monate auch nicht!« Sarah senkte deprimiert den Blick auf den Teller. Wieso verstand sie nicht, dass sie für Lukes Auftauchen nichts konnte?

»Meiner Meinung nach sollte sie das!« Demonstrativ streckte der Vater Sarah den Hörer hin. Zögernd nahm sie ihn entgegen. Aus dem Augenwinkel aus sah sie, wie ihre Mutter zornig schnaubte.

»Sarah? Hallo?«, hörte sie Paulas Stimme aus dem Hörer.

»Ja, hallo?«, sagte sie verhalten.

»Was ist denn nun mit der Party heute Abend. Kommst du mit? Du hast mir den ganzen Tag nicht darauf geantwortet.«

»Ähm, ja, ähm wegen der Party …«, stotterte Sarah. Sie bemerkte, wie ihre Mutter sie wütend anschaute.

»Ab 22 Uhr kannst du gehen«, meinte ihr Vater und zwinkerte ihr lächelnd zu.

»Wie bitte?«, protestierte seine Frau entrüstet.

»Sie braucht ihren Freiraum, Marie! Sie ist noch so jung! Lass sie doch endlich mal leben!« Sarah hätte ihren Vater nach diesen Worten umarmen können. Wenigstens er verstand sie.

»Bist du noch dran? Hallo?«

»Ja klar, Paula, ich bin noch dran. Ist 22 Uhr ok?«

»Klaro! Nick nimmt uns übrigens mit. Er geht in die Stadt und lässt uns bei der Disco raus. Ich hoffe, es macht dir nichts aus, mit meinem geliebten Bruderherz zu fahren.« Sie hörte Paula kichern.

»Nein, überhaupt nicht.«

»Wir warten um 22 Uhr vor dem Haus.«

»In Ordnung, ich werde da sein.«

»Ach, und Sarah?«

»Ja?«

»Das du mir auch affengeil aussiehst.« Sarah verdrehte lächelnd die Augen. Typisch! So etwas konnte auch nur Paula sagen!

»Bis dann.«

Sarah stand mit kurzem, dunkelblauen Rock und einem enganliegenden, purpurnen Oberteil vor dem Spiegel und musterte sich.

»Da sieht aber jemand todschick aus.« Überrascht blickte sie zur Tür. Gabriel stand mit offenem Hemd in der Tür und lehnte gelassen an den Rahmen.

»Du kommst gerade recht, ich muss nämlich eine zweite Meinung haben.«

»Jetzt bin ich zu spät – schade!« Er lächelte süffisant. »Ich hätte dich liebend gern in Unterwäsche gesehen!« Er zog schelmisch die Augenbrauen hoch.

»Jungs!« Kopfschüttelnd widmete sie sich wieder ihrer Frisur. »Ich weiß einfach nicht, ob ich sie hochstecken soll.« Fragend drehte sie sich zu ihm um. »Was denkst du?« Gabriel löste sich von der Wand und trat ihr gegenüber. Liebevoll musterte er ihr Gesicht.

Nervös biss sie sich auf die Unterlippe. Er war so nah, dass sie seinen Atem spüren konnte - wenn er nicht tot wäre. »Du solltest die Haare offen tragen«, raunte er leise. Sie erschauderte. »Das sieht sexy aus.« Ihr Herz begann unkontrolliert zu hüpfen. Die Zärtlichkeit in seinen Worten löste ein gewaltiges Kribbeln in ihr aus.

»Ich nehme nicht an, dass du dich extra für mich so angezogen hast.« Sarah rückte einen Schritt von ihm ab. Sie brauchte Luft zwischen ihnen, sonst würde er sie noch mehr verwirren als jetzt schon.

»Ich gehe mit Paula auf eine Party. Sie hat ein Date mit Kirk.«

»Und du? Triffst du dich auch mit jemandem?« Er warf ihr einen direkten Blick zu.

»Nein, ich geh bloß tanzen.« Er verzog fragend das Gesicht.

»Sie hat ein Date und du nicht? Wieso nicht?« Sie blinzelte verwirrt.

»Wieso ich kein Date habe?« Was war das denn für eine eigenartige Frage?

»Ja!«

»Na, weil ich eben keins habe!« Gabriel legte den Kopf schief und musterte sie eingehend.

»Ich hätte dich um eine Verabredung gebeten.« Er schlenderte um sie herum, um sich auf den Stuhl zu setzen. »Und nicht nur um eine«, flüsterte er ihr beim Vorbeigehen leise ins Ohr.

Ein weiterer Schauer durchzog ihren Körper.

»Und wohin gehst du tanzen?« Er hockte rittlings auf dem Stuhl, die Arme auf der Lehne abgestützt und beobachtete sie interessiert.

»Wir gehen in einen Club«, versuchte sie möglichst gelassen zu antworten, als sie ihre eleganten Stilettos aus dem Schrank holte. »Ich weiß nicht, ob du den kennst. Er heißt Akropolis.«

Gabriel richtete sich unverzüglich auf. Verkrampft starrte er bestürzt zu ihr hinüber. Sarah bemerkte seine Reaktion allerdings nicht. Sie war damit beschäftigt, sich die Riemchen der Schuhe zuzubinden. »Er ist in Nearwot, also nicht besonders weit von hier.«, plauderte sie nichtsahnend weiter. »Sie spielen wirklich gute Musik.« Sie richtete sich lächelnd auf. Als sie Gabriels geschockten Ausdruck sah, hielt sie abrupt inne. Wie ein Häufchen Elend saß er mit zusammengepressten Lippen auf ihrem Stuhl. In seinen Augen spiegelte sich ein quälender Ausdruck.

»Nehmt ihr den Bus?«, fragte er matt.

»Nein, wir fahren mit Paulas Bruder. Er geht in die Stadt und lässt uns beim Club raus.« Unruhig strich sie sich den Rock glatt. Hatte sie etwas Falsches gesagt? Plötzlich fiel es ihr wie Schuppen von den Augen. Natürlich! Gabriel hatte erzählt, er wäre vor seinem Tod in einer Disco gewesen! Ihr wurde mulmig zumute. War das wirklich möglich? Handelte es sich etwa dabei um denselben Club?

»Trinkt er?« Seine Miene wurde immer gramerfüllter. Sarah zuckte unwissend mit den Schultern.

»Ich weiß es nicht.« Gabriels Augen verengten sich zunehmend. Auch wenn sie wusste, dass dieser beklemmende Blick nicht ihr galt, sondern den Erinnerungen, die ihn quälten, fühlte sie sich immer unwohler in ihrer Haut. Es musste einfach dieser Club gewesen sein. Was für einen Grund hätte er sonst, sie mit einem Gemisch aus Schmerz und Verbitterung anzustarren?

Das Handy surrte. Erschrocken darüber, zuckte Sarah zusammen. Sie eilte zum Sideboard und schaute auf das Display.

»Sie sind da«, sagte sie verhalten. Gabriel nickte, wobei er mit den Kieferknochen malmte.

»Bitte! Versprich mir, auf dich aufzupassen.« Seine Worte waren kaum hörbar.

»Das werde ich.« Sie schenkte ihm ein aufmunterndes Lächeln, um ihm zu symbolisieren, dass er sich keine Gedanken machen sollte. Er hingegen musterte sie nur befangen. Sie würde heil wieder zurückkommen.

»Gabriel?«, fragte sie vorsichtig, als sie sich ihre kleine Handtasche um die Schulter hing. »Diese Disco …«, sie stockte. Sollte sie ihn wirklich danach fragen? War es denn nicht offensichtlich? Wieso musste sie die Bestätigung aus seinem Mund hören? Sie wusste selbst nicht wieso!

Sie schüttelte kaum merklich den Kopf. Nein, es war nicht fair. Sie würde ihm dadurch nur noch mehr Schmerzen zufügen. »Ich … ich muss los«, sagte sie stattdessen leise und wandte sich ab. »Bis dann.«

Sie konnte ihn nicht mehr ansehen. Es zerriss ihr beinahe das Herz in so Leiden zu sehen.

»Ja!« Gabriels Stimme war schwach. Sarah drehte sich wieder zu ihm um. »Es ist DIE Disco!« Ihr Hals schnürte sich zu. Nun hatte sie die Antwort – und sie fühlte sich dabei beschissen. Sie ging an den Ort, an dem er seinen letzten Abend verbrachte! Gequält biss sie sich auf die Lippen. Sie wollte ihm versichern, dass er sich keine Sorgen machen müsste. Sie würde unversehrt zurückkommen! Aber sie konnte nicht. Jetzt, da sie Gewissheit hatte, dass es sich um den gleichen Club handelte, fühlte sie sich wie blockiert.

Das Handy surrte erneut. Sarah warf einen knappen Blick darauf. »Wo bist du?«, stand drauf.

»Ich werde auf mich aufpassen«, flüsterte sie matt. Gabriels Ausdruck wirkte immer gequälter. Zum Abschied lächelte sie gekünstelt und ließ ihn alleine im Zimmer zurück.

Kapitel 11

»Da bist du ja endlich!«, rief Paula, als Sarah aus der Eingangstür trat. »Wir dachten schon, du bist auf der Treppe eingeschlafen!« Ihre Freundin schenkte ihr ein herzhaftes Lächeln. »Dann lass dich mal anschauen!« Musternd betrachtete sie sie von oben bis unten. »Das sieht ja affenscharf aus!« Sie lachte. »Und wie findest du meins?« Paula drehte sich langsam um die eigene Achse. Zu ihrem schwarzen, enganliegenden Minirock trug sie ein tief ausgeschnittenes, blaues Shirt und kniehohe Stiefel. Ein brauner Herbstmantel rundete ihre Garderobe ab. »Meinst du, das wird Kirk gefallen?«, fragte sie unsicher.

»Steigt jetzt endlich ein!« Ihr Bruder rief aus dem wartenden Auto. »Ich möchte noch heute in die Stadt!«

»Wir kommen ja gleich!« Genervt verdrehte Paula die Augen. »Und? Was denkst du?« Sarah lächelte matt.

»Das wird ihm bestimmt gefallen. Du siehst klasse aus.«

»Dann nichts wie los!« Kichernd öffnete sie die Beifahrertür.

»Na, endlich! Ich dachte schon, ihr steigt nie mehr ein!«

»Sei doch nicht so ungeduldig! Dein Freund wartet auch noch fünf Minuten länger auf dich!« Ihr Bruder verzog das Gesicht zu einer Grimasse.

»Hi, Nick«, begrüßte Sarah ihn, als sie sich auf die Rückbank setzte. »Danke fürs Mitnehmen.«

»Wow, du siehst klasse aus!« Er zwinkerte ihr grinsend zu.

»Würdest du aufhören, mit meiner Freundin zu flirten?«, beschwerte sich seine Schwester gespielt empört. »Such dir gefälligst eine in deinem Alter!« Er warf Sarah über den Rückspiegel einen vielsagenden Blick zu. »Hast du nicht gehört, was ich gesagt habe!« Paula stieß ihm den Ellbogen in die Seite. Kichernd startete er den Wagen. Sarah schmunzelte. Sie mochte Paulas Bruder. Er war neunzehn und ging, wie sie, ebenfalls auf die Westhigh. Seine Schwester war aber penibel darauf bedacht, ihm nicht über den Weg zu laufen. Den eigenen Bruder im Flur zu treffen fand sie einfach nur peinlich! Schließlich hatte sie ihn schon Zuhause genug am Hals!

»Oh Mann, ich bin ja so was von nervös!«, meinte Paula und rutschte rastlos auf ihrem Sitz umher. »Denkst du, er ist da?« Sarah zog perplex die Stirn kraus.

»Ob er da ist? Ich dachte, ihr habt ein Date.«

»Ja schon, was aber, wenn er nicht auftaucht?«

»Solche Probleme können auch nur Mädchen haben«, mischte sich ihr Bruder kopfschüttelnd ein. »Wenn ein Typ sagt, er ist dort, dann ist er auch dort! Alles klar?« Sarah verzog belustigt den Mund.

»Hier hast du deine Antwort Paula.« Diese verzog den Mund zu einer Grimasse.

»Schon gut! Macht euch nur lustig über mich!« Gespielt ernst drehte sie sich wieder nach vorne.

»Gehst du in der Stadt ebenfalls auf eine Party?«, erkundigte sich Sarah interessiert. Gabriels Frage, ob Nick trank, kam ihr in den Sinn.

»Nein, keine Party. Ich treffe mich mit einem alten Schulfreund von früher.«

»Der nie wieder einen Fuß nach Wanora setzt«, fügte seine Schwester hinzu.

»Und wieso? Weil hier nie was los ist?«

»Damit hast du nicht unrecht, aber das ist nicht sein Grund«, erklärte Nick ernst. »Er war leider in einen schrecklichen Unfall verwickelt.« Sarah wurde aschfahl. Sie konnte sich vorstellen, um welchen Unfall es sich handelte. »Dave war mit einem Kumpel auf einer Party. Als sie nach Hause fuhren, krachte der Wagen ungebremst in einen Baum. Dave hat schwerverletzt überlebt. Sein Freund hingegen verstarb noch auf der Unfallstelle.« Sarah drückte sich die Hand auf ihren bebenden Magen. Irgendwie wurde ihr ob Nicks Erzählungen leicht übel.

»Gabriel war aber auch ein Arschloch!« Paula drehte sich zu ihrer Freundin um. »Er hatte viel zu viel Alkohol getrunken und dazu noch irgendwelche Drogen eingeworfen! So zu fahren ist doch bescheuert!«

»Du sprichst über einen Toten!«, rügte ihr Bruder. Seine Schwester warf ihm einen scharfen Blick zu.

»Ist mir doch egal! Er war ein Weiberheld und tat so, als wäre er der geilste Typ von allen!« Die Worte ihrer Freundin stachen in ihrem Herzen.

»Kanntet ihr den Fahrer?«, fragte Sarah matt.

»Wir besuchten die gleiche Klasse«, erklärte Nick. »Obwohl er nicht einer meiner engsten Freunde war, zockten wir ab und zu bei uns Zuhause. Dabei hat ihn auch Paula kennengelernt.«

»Und ihn hassen gelernt!«, fügte seine Schwester erzürnt dazu. »Er hat mich betatscht!« Sarah starrte sie mit offenem Mund an. Gabriel hatte ihre Freundin begrabscht? Das konnte sie kaum glauben.

»So ein Müll!«, blaffte Nick kopfschüttelnd. »Du warst nur gekränkt, weil du was von ihm wolltest und er dich nicht beachtete.« Sarah lauschte interessiert. »Klar, er mochte mehrere Mädchen gleichzeitig am Start gehabt haben, doch Grabschen war nicht sein Ding!«

»Er war trotzdem doof!«, fauchte Paula beleidigt und starrte demonstrativ aus dem Fenster.

Sarah begann zu grübeln. Ihre beste Freundin kannte ihn? Warum hatte sie ihr nie davon erzählt? Womöglich war es ihr peinlich, dass er sie zurückwies. Wäre sie an Paulas Stelle gewesen, hätte sie es vermutlich auch nicht erwähnt.

Während des Rests der Fahrt blieb es still im Auto. Die Stärke des Windes nahm erneut zu. Sarah beobachtete, wie der Wind die Blätter herumwirbelte, sie auf dem Boden aufsetzte, um sie kurz darauf wieder in die Luft zu katapultieren. Gedanklich war sie aber, wie oft in letzter Zeit, bei ihm.

Gabriel war ein Geist – ein Verstorbener, das war ihr bewusst. Trotzdem, wirkte er so außergewöhnlich menschlich. Sie wusste nicht mehr, wie oft sie ihn dabei erwischte, wie er ihr verstohlene Blick zuwarf. Auch wenn sie nur von kurzer Dauer waren – sie hatte sie trotzdem bemerkt – und genossen!

Bedauern flammte in ihr auf. Schade, dass sie sich zu seinen Lebzeiten nicht gekannt hatten. Nach Paulas Erzählungen war er zwar ganz anders, doch wer weiß, vielleicht hätte er sich geändert – für sie.

Sarah atmete geräuschvoll aus und schüttelte den Kopf. Solche Gedanken durfte sie sich nicht erlauben. Es war schon dumm genug von ihr, zuzulassen, dass sie für einen Toten mehr empfand als nur Freundschaft.

»Alles in Ordnung?«, fragte Paula und riss ihre Freundin damit zurück in die Realität. Sie schaute ertappt auf. »Zerbrichst du dir gerade den Kopf oder runzelst du einfach so die Stirn?«

Sarah lächelte gekünstelt. »Ach, ich habe nur über etwas nachgedacht. Nicht der Rede wert.«

»Ich lass euch hier raus.« Nick zeigte auf eine Nebenstraße. »Vor dem Club kann ich nicht parken.« Er hielt am Straßenrand. »Von hier sind es nur zwei Blocks bis zur Disco. Ich warte um 3 Uhr wieder hier.«

»Okay.« Paula warf ihm beim Aussteigen einen verschmitzten Blick zu. »Viel Spaß Bruderherz.« Nick zog vernichtend die Augenbrauen hoch. Sie kicherte.

»Schau mich nicht so an! Du liebst es doch, so genannt zu werden.«

»Ja klar!« Er grinste ebenfalls. »Seit brav und verdreht nicht jedem Jungen den Kopf!«

»Ja, Mama!« Seine Schwester schlug kopfschüttelnd die Wagentür zu. »Brüder!« Nick hob zum Abschied die Hand und fuhr los.

Paula hakte sich bei Sarah ein und zog sie die Straße entlang.

»Ich bin so aufgeregt! Meine Beine fühlen sich an wie Pudding. Hoffentlich falle ich deswegen nicht noch hin«, quasselte sie unruhig.

»Das wirst du bestimmt nicht.« Ihre Freundin blieb abrupt stehen.

»Was ist mit dir los?« Sarah schüttelte irritiert den Kopf.

»Nichts. Was sollte denn sein?« Auch wenn es nicht der Wahrheit entsprach, sie konnte ihrer Freundin ja schlecht erzählen, dass sie den Geist von Gabriel sah! Und von den Gefühlen, die sie für ihn empfand, ganz zu schweigen!

»Und das soll ich dir glauben?« Paula verschränkte demonstrativ ihre Arme vor der Brust. »Komm schon, was ist los!« Sarah seufzte innerlich. Auch wenn sie es nicht gerne tat, sie musste ihrer Freundin eine Lüge auftischen, sonst würde sie noch den ganzen Abend damit nerven.

»Na, ja«, begann sie zögernd, »du hast ein Date mit Kirk und ich sorge mich irgendwie, dass ich dabei das fünfte Rad am Wagen bin.«

»Ach, Sarah!« Paula nahm sie liebevoll in den Arm. »Ich glaube eher, wir werden dich nicht zu sehen kriegen. Die Jungs werden Schlange stehen bei dir! Du siehst einfach umwerfend aus heute!« Sarah lächelte. »Du musst ihnen allerdings auch eine Chance geben und sie nicht, wie beim letzten Mal, abblitzen lassen. Ich meine ja nicht, dass du mit jedem von ihnen sofort ins Bett musst«, Paula kicherte, »obwohl das sicherlich spaßig wäre.« Sarah verdrehte die Augen.

»Du bist unverbesserlich!«

»Ich meine doch nur, dass du auch mal etwas riskieren darfst. Knutschen und Fummeln in der Ecke ist nicht verboten.« Sie musterte ihre Freundin. In ihren Augen wirkte sie bestimmt unheimlich bieder. Doch seit der Sache mit Luke war sie vorsichtig. Rumknutschen war für sie einfach nicht mehr so harmlos. Was das anbelangte, konnte sie die Welt nicht mehr durch die rosarote Brille sehen. Paula schaute sie treuherzig an.

»Versprichst du mir, dass du es versuchst?« Sarah lächelte matt.

»Ich versuche es.«

»Dann los! Stürzen wir uns auf die Männerwelt!« Ihre Freundin lachte laut und zog sie mit sich.

Vor dem Club war wie immer eine wartende Traube an Menschen anzutreffen. Sarah verzog bei dessen Anblick das Gesicht.

»Hast du die Schlange gesehen? Bestimmt stehen wir über eine halbe Stunde an!«

»Tut mir leid, dich enttäuschen zu müssen«, erwiderte Paula gespielt hochnäsig, »aber es werden nicht mal fünf Minuten sein.« Mit einem Schmunzeln auf dem Gesicht zog sie Sarah zum VIP Eingang. Verwundert warf sie Paula einen Seitenblick zu. »Hi«, begrüßte ihre Freundin den Türsteher. »Paula Miller und Sarah Wood. Wir stehen auf der Gästeliste.« Der breitschultrige Mann sah die Liste durch, nickte kurz und trat zur Seite, um sie passieren zu lassen. Mit einem triumphierenden Lächeln zog Paula Sarah mit sich.

Als sie die Stufen emporgingen, drang bereits das Dröhnen der Bässe zu ihnen durch. Sarah lehnte sich zu ihrer Freundin hinüber, um die immer lauter werdende Musik zu übertönen.

»Wie sind wir auf die Gästeliste gekommen?«

»Kirk hat Beziehungen. Toll, nicht?«

»Und ob.« Sie nickte anerkennend und folgte Paula durch den rot gestrichenen Flur. Vereinzelt saßen einige Gäste auf dunklen Sofas und unterhielten sich. Die kleinen Tische vor ihnen waren noch leer. Am Ende des Abends würden sie von benutzten Gläsern nur so überfüllt sein.

Als sie sich dem Herz der Disco – den ganz in schwarz getunkten, riesen Tanzraum - näherten, blieb Paula unvermittelt stehen. Nervös umklammerte sie Sarahs Oberarm. »Da ist er!«, flötete sie mit einem Strahlen im Gesicht. Ein dunkelhäutiger, breitschultriger

Junge mit kurzen Haaren stand beim Eingang und sprach mit jemanden.

»Sieht er nicht umwerfend aus?« Sarah musste ihr recht geben. Kirk sah wirklich klasse aus und das wusste er auch. Sie hoffte für ihre Freundin, dass er es ehrlich meinte, und sie nicht irgendwann mit gebrochenem Herzen sitzen ließ.

Als hätte er ihre Blicke gespürt, schaute er zu ihnen hinüber. Vergnügt zwinkerte er ihnen zu, bevor er sich von seinem Freund verabschiedete. Sarah zuckte plötzlich zusammen, als Paulas Griff immer stärker wurde.

»Hey! Du drückst mir ja das Blut ab!« Entschuldigend ließ sie los.

»Oh Gott, ich bin so nervös!« Kirk schlenderte mit einem verschmitzten Grinsen auf sie zu. Sarah musterte ihn interessiert. Er war sich sehr bewusst, was er mit seinem Lächeln auslöste. Die Erregung ihrer Freundin war auch unübersehbar.

»Hey ihr beiden!« Besitzergreifend zog er Paula an sich und küsste sie innig. Sarah schaute verlegen auf die Seite. Na prima! Sie fühlte sich jetzt schon wie das fünfte Rad am Wagen! Warum bin ich nur mitgekommen? Sie überlegte, ob sie zur Bar gehen sollte. So könnte sie etwas trinken und die zwei Turteltäubchen unbeschwert rumknutschen. Die beiden hätten sicher nichts dagegen.

Kirk löste seine Lippen von Paula und begrüßte daraufhin auch Sarah.

»Ihr seht beide echt heiß aus! Ich glaube, ich bin heute der glücklichste Mann auf Erden!« Er trat zwischen die zwei jungen Frauen und legte beiden den Arm um die Schultern. »Darf ich meine Ladys auf einen Drink einladen?« Sarah schmunzelte. Seine unbefangene Art war irgendwie ansteckend. »Widersprechen ist verboten!«, meinte er gespielt trocken. »Das ist euch hoffentlich klar!« Paula warf ihrer Freundin einen begeisterten Blick zu. Ja, Kirk war wirklich ein Typ, den man einfach mochte.

Der Bartresen war über sieben Meter lang und lag etwas abgelegen im hinteren Teil der Disco. Zwei ganz in schwarz gekleidete Barkeeper mixten mit gekonnten Griffen verschiedene Drinks. Obwohl die Musik noch immer recht laut war, konnte man sich in diesem Bereich der Disco trotzdem gut verständigen.

»Was wollt ihr?«, fragte Kirk und zückte seinen Geldbeutel.

»Cuba libre«, flötete Paula hingerissen.

»Und für dich?«

»Eine Cola.« Er nickte und wandte sich dem Barkeeper zu, um ihn mit einem kumpelhaften Handschlag zu begrüßen.

»Eine Cola? Du hast doch sonst nie »nur« eine Cola getrunken.« Ihre Freundin runzelte fragend die Stirn. »Ist wirklich alles in Ordnung mit dir?« Sarah lächelte gekünstelt. Es gab nur einen Grund, warum sie nichts Hochprozentiges trinken wollte – Gabriel! Die Beichte über seinen Tod, steckte ihr immer noch in den Knochen.

»Der Abend ist noch jung! Ich kann später noch Alkohol trinken.« Paula stimmte zu.

»Da hast du auch wieder recht. Aber wenn irgendwas ist, wenn Kirk oder ich dir auf die Nerven gehen, dann sagst du es mir, ja?«

»Das werde ich. Mach dir keine Gedanken!« Ihre Freundin nahm sie zärtlich in den Arm.

»Da bin ich froh!« Sie anzulügen bereitete Sarah Magenschmerzen. Sie musste immerzu an Gabriel denken und daran, dass er kurz nach dem Verlassen dieses Clubs gestorben war. Hätte er doch nur besser auf sich aufgepasst!

»Das gibt es doch nicht!« Entsetzt sah ihre Freundin zur Seite. Irritiert drehte sich Sarah um und schaute umher. Zuerst bemerkte sie nichts Ungewöhnliches. Als ihr Blick allerdings an drei Mädchen mit Gothic Kleidern hängen bleib, gefror auch ihr das Blut in den Adern. Obschon sie ihnen den Rücken zukehrten, erkannten sie die Gruftschwestern auf Anhieb.

»Was tun die hier? Die passen doch überhaupt nicht in diesen Club!« Sie musste ihrer Freundin recht geben. Auch wenn die Wände und das Mobiliar ganz in Schwarz gehalten war, hatte dieser Ort keinen Bezug zur Gothic-Szene. Die drei Mädchen in ihren langen, dunklen, mit Rüschen versetzten Kleidern fielen hier deutlich auf. Stella, die Introvertierteste von den Dreien, schien sich irgendwie unwohl zu fühlen. Sie war rastlos, und sah sich immer wieder nervös um. Sarah schnürte es den Hals zu, als sie an die robbenden Spaghetti dachte. War das wirklich ein Werk von Nancy gewesen?

»So!« Kirk reichte den beiden Mädchen die Getränke.

»Dankeschön.« Paulas Augen leuchteten.

»Ich würde dir gerne jemanden vorstellen.« Er wandte sich entschuldigend an Sarah. »Dürfen wir dich kurz alleine lassen?«

»Klar.« Paula warf ihr einen dankbaren Blick zu. »Wir sind gleich wieder da!« Lächelnd nahm Kirk ihre Freundin in den Arm und verschwand mit ihr in der Menge.

Sarah lehnte sich mit dem Rücken an den Tresen und schaute zu den Gruftschwestern hinüber, die allerdings nicht mehr dort waren. Der Platz war leer! Suchend sah sie sich um. Wo waren sie hin? Sarah vermutete, dass sie nach draußen gegangen waren – das hoffte sie zumindest. Mit einem tiefen Atemzug versuchte sie, ihren erhöhten Puls zu beruhigen. Seit dem Aufeinandertreffen mit Nancy fühlte sie sich in ihrer Gegenwart unbehaglich. An ihrer Cola nippend ließ sie ihren Blick über die Gäste schweifen. Viele der Frauen trugen kurze Röcke und enganliegende Shirts, wohingegen die Männer in Jeans und Hemd ganz alltagstauglich aussahen.

Sie hielt abrupt den Atem an, als sie die drei Gruftschwestern in ihre Richtung kommen sah. Sie waren damit beschäftig auf Stella einzureden, die irgendwie verärgert wirkte. Sie hatte sich getäuscht – sie waren nicht draußen! Sarah schaute gehetzt umher. Sie musste sich irgendwo verstecken, bevor sie entdeckt wurde. Aber wo? Es gab keine Gelegenheit, hinter die sie sich verkriechen konnte. Dieser Raum bestand bloß aus einer riesen Tanzfläche und einer Bar! Die einzige Möglichkeit, die sich bot, war über den Tresen zu springen und sich darunter zu verstecken – was sie aber schlecht tun konnte!

Sarah drehte sich wieder nach vorne, und sah direkt in Nancys Augen. Um deren Mund spielte ein belustigtes Lächeln. Ihr Herz raste. Es war zu spät! Sie konnte nicht mehr fliehen! Nun hatten auch die anderen beiden Schwestern sie entdeckt. Von oben bis unten musterte die Gruppe sie.

Viel zu schnell standen sie direkt vor ihr. Sarah umklammerte krampfhaft ihr Cola-Glas. Wenn sie nicht aufpasste, würde sie es noch durch ihren Griff zerdrücken. Das Herz raste in ihrer Brust.

»Wenn das kein Zufall ist!« Nancy lehnte sich seitlich an den Tresen und taxierte sie geringschätzig. »Hallo Westen«, begrüßte Tracy sie spöttisch. Stella presste die Lippen zusammen, sagte aber kein Wort. »Und, hast du deine Meinung inzwischen geändert?« Sarah schüttelte den Kopf.

»Nein«, erwiderte sie matt. »Ich ändere sie nicht.«

»Hm …« Nancy tat so, als würde sie über ihre Worte nachdenken. »Mir scheint, ich muss dir helfen, dich richtig zu entscheiden.« Sie schaute ihr tief in die Augen. »Das, was du bis jetzt erlebt hast, war noch gar nichts.

Wir sind noch zu viel schlimmerem fähig!« Sie legte ihre Hand auf Sarahs Arm. »Sieh her!«

Ein schmerzender Blitz aus Nancys Händen durchzuckte ihren Körper, wobei es ihr kurz schwarz vor Augen wurde. Als sie ihre Lider wieder öffnete, war sie alleine. Irritiert sah sie sich nach den Schwestern um. Wo waren sie hin? So schnell konnten sie doch gar nicht verschwinden.

Ein Mädchen in engen Jeans und ärmellosem Shirt torkelte mit gesenktem Kopf an ihr vorbei. Als diese ihren Blick spürte, sah sie auf. Entsetzt ließ Sarah beinahe das Glas fallen. Die Augen der jungen Frau waren blutunterlaufen und die Iris schneeweiß. Ihre Lippen enthielten tiefe Schnitte, aus denen Blut floss und über das Kinn auf ihr Dekolleté tropfte. Die Haut an ihrem gesamten Körper war vollkommen vertrocknet und faltig, genau wie bei einer Mumie. An manchen Stellen hingen dicke Hautfetzen hinunter und ließen den Blick auf das blutende Fleisch frei. Starr vor Schreck hielt Sarah den Atem an und drückte sich gegen die Theke. Sah denn niemand dieses verstümmelte Mädchen? Als wäre nichts, tanzten die anderen Gäste weiterhin zur lauten Musik, unterhielten und vergnügten sich. Keiner bemerkte, wie ein Zombie durch die Disco torkelte!

Zitternd stellte Sarah das Glas auf dem Tresen, ohne dabei ihren Blick auch nur eine Sekunde abzuwenden. Sie befürchtete, wenn sie ihr nicht direkt ins Gesicht sah, würde die Untote sie gleich anspringen. Lieber beinahe brechen wegen dem, was sie sah, als sich von einem Zombie angreifen zu lassen.

Obwohl das Mädchen in der Zwischenzeit stehen geblieben war, stierte sie Sarah immer noch aus den leeren, blutunterlaufenen Augen an. Zeitweise drehte sie den Kopf, als würde sie sie mustern und abschätzen, was sie als Nächstes tun soll.

Sarahs Puls raste. Ihre Muskeln versteiften sich panisch. Sie wusste, sie musste weg. Sie musste sich dringend in Sicherheit bringen! Doch sie konnte nicht. Sie war viel zu starr vor Angst. Das Unterbewusstsein versuchte, ihr zu erklären, dass es eine Einbildung war, die durch Nancys Berührung ausgelöst wurde. Doch der Verstand gaukelte ihr genau das Gegenteil vor. Sie sah so unbeschreiblich real aus!

Plötzlich schüttelte das Zombie-Mädchen den Kopf und ließ einen Ton verlauten, dass an ein tiefes Schnaufen erinnerte. Das Unterlid ihres linken Auges erzitterte und eine kleine, braune Schabe trat zwischen Unterlid und Augapfel heraus. Sarah verzog angewidert das Gesicht. Die Kakerlake rannte dem Zombie über die Wange und verkroch sich ins linke Nasenloch. Sarah drehte sich würgend zum Tresen um. Auch wenn sie das Mädchen dadurch nicht mehr im Blickfeld hatte, sie konnte ihr nicht länger ins Gesicht sehen, ohne das ihr dabei der Mageninhalt hochkam.

Ein modriger Geruch stieg in ihre Nase. Angewidert schaute sie über die Schulter und erschrak, als das Zombie-Mädchen keinen halben Meter neben ihr stand.

Eiter lief ihr aus dem offenstehenden Mund. Sarah unterdrückte einen weiteren Brechreiz. Sie wusste, dass Nancy für diese Halluzinationen verantwortlich war, doch dieses Wissen reichte nicht aus, um sich von der schrecklichen Angst in ihr zu lösen.

Plötzlich schnellte die Hand des toten Mädchens vor und packte ihren Hals. Kakerlaken traten aus den Wunden an ihrem Arm und rannten alle wild durcheinander.

Sarah japste nach Luft, als sich der Griff immer mehr und mehr schloss. Auch wenn der Gedanke, ihren Schaben bedeckten Arm zu berühren sie beinahe zum Kotzen brachte, musste sie sich wehren. Erschrocken riss sie die Augen auf. Sie konnte sich nicht rühren! Egal, wie fest sie sich auch versuchte zu bewegen, es gelang ihr nicht! Sie war unbeweglich wie eine Statue. Panik stieg auf. Sie war dem Zombie-Mädchen regelrecht ausgeliefert!

Die Hand um ihren Hals drückte kräftiger zu, und das Atmen wurde immer beschwerlicher. Sie musste dagegen ankämpfen, denn sie wollte nicht machtlos aufgeben! Der Sauerstoffmangel in ihrem Kopf machte sich jedoch langsam bemerkbar. Angstschweiß lag auf ihrer Stirn. Schwarze Punkte tänzelten vor ihren Augen, während ihre Muskeln immer schlapper wurden. Japsend versuchte sie, an Luft zu kommen.

Fühlte sich so sterben an? Mit Angst und Qualen? Was hatte Gabriel gespürt, kurz bevor er hinübergegangen war?

Sarah schloss die Lider und eine vereinzelte Träne rann über ihre Wange. Sie fühlte, wie das Leben langsam aus ihrem Körper glitt.

»Gefällt es dir, vor der Schwelle des Todes zu stehen?«, raunte ihr Nancy ins Ohr. Sarah verfiel abrupt in einen mächtigen Hustenanfall. Das Zombie-Mädchen war verschwunden und sie stand wie vorhin vor dem Tresen. Im Halbkreis stehend, beobachteten die Gruftschwestern, wie Sarah sich die Lungen aus der Brust hustete.

»Siehst du nun, zu was ich alles fähig bin? Dich oder deine kleine Schwester zu töten ist ein Klacks für uns! Das solltest du nie vergessen!« Sarah sah kraftlos zu, wie Nancy noch etwas näherkam. »Ich werde deinen Verstand so lange massakrieren, bis ich das habe, was ich will!« Sie machte eine theatralische Pause, »Nämlich Dich!« Mit Tracy und Stella im Schlepptau, machte sie auf dem Absatz kehrt und verlor sich im Getümmel der tanzenden Menge.

Mit stockendem Atem sah Sarah ihnen kreidebleich nach. Nancy hätte sie beinahe umgebracht! Die war definitiv verrückt! Eindeutig verrückt!

»Alles in Ordnung?« Angespannt kam Paula angerannt und legte ihr besorgt die Hand auf die Schulter. »Ich habe die Gruftschwestern gehen sehen. Haben sie dir was angetan?« Sarah schüttelte wortlos den Kopf. Sie war nicht fähig zu antworten. Der Schock, der sich in ihrem Körper ausgebreitet hatte, hielt sie immer noch gefangen. Sie war viel zu aufgepeitscht, um ihr zu erzählen, was geschehen war.

»Nancy ist eine abscheuliche Person! So jemanden kann man nicht mal als Freundin bezeichnen! Sie ist einfach asozial und nur auf Zerstörung aus! Ganz zu schweigen von ihrem schlechten Modegeschmack! Wer trägt in der heutigen Zeit noch Rüschen?« Paula verzog den Mund. »Wenn du mich fragst, hat die nicht nur eine Schraube locker, sondern alle! Wie konnten sich Stella und Tracy ihr nur anschließen? Ja, ich weiß, gleich und gleich zieht sich an, aber trotzdem … die ist doch asozial!« Sarah war dankbar über den Redeschwall ihrer Freundin. Ihr zuzuhören verbot ihre Gedanken, sich an das soeben Erlebte zu erinnern.

»Gut, ich muss mich korrigieren. Bei Tracy mag ich ja recht haben, doch bei Stella war es anders. Sie war ja schon immer eine unscheinbare Person. Sich Nancy angeschlossen hat sie sich aber erst nach Gabriels Tod.« Bei seinem Namen schoss Sarahs Kopf ruckartig in Paulas Richtung.

»Gabriel?«, wiederholte sie kraftlos.

»Ja, der Typ, von dem wir dir im Wagen erzählten.« Gabriel, Tod, Stella, Gruftschwestern? Irgendwie ging ihr langsam ein Licht auf. Und das, was sich dabei enthüllte, gefiel ihr überhaupt nicht.

»Sie waren verwandt!«, sagte sie mehr zu sich selbst als zu Paula. Was ihre Freundin nicht einmal bemerkte.

»Ja, Stella war seine Schwester!« Sarah senkte ermattet die Lider. Ihr Herz hämmerte heftig gegen ihre Brust. Sie war so dumm! So unglaublich dumm! Gabriel hatte erwähnt, dass sie ebenfalls aus Wanora stammten. Wieso war ihr nie in den Sinn gekommen, dass sie mit seiner Schwester auf die gleiche Schule ging? Stella war seine Schwester! Sie konnte es immer noch nicht fassen! Sie sollte Stella helfen, das hatte sie Gabriel versprochen! Einer Gruftschwester? Hatte er sie nicht mehr alle?

Benommen klammerte sie sich an der Theke fest, bis ihre Knöchel ganz weiß wurden. Sie hatte das Gefühl, der Boden wurde ihr unter den Füssen weggerissen. Nein, es ging nicht! Sie konnte Gabriel unmöglich bei dieser Sache helfen!

»Na, meine Schönen? Wollen wir das Tanzbein schwingen?« Kirk schlenderte lächelnd zu ihnen hinüber und legte Paula verliebt den Arm um die Schulter. »Alles in Ordnung?«, fragte er besorgt, als er Sarahs aschfahles Gesicht sah. »Nancy ist mit ihren Anhängseln hier.« Kirk zog fragend die Augenbrauen hoch.

»Müsste ich sie kennen?«

»Ist eine lange Geschichte, ich erzähle sie dir ein andermal«, meinte Paula kurz und wandte sich gleich wieder ihrer Freundin zu. »Willst du an die frische Luft? Ich kann dich nach draußen begleiten.« Sarah schüttelte den Kopf. »Geht ihr nur tanzen. Ich werde mir etwas Wasser ins Gesicht spritzen und komme dann nach.«

»Bist du sicher? Du wirkst echt blass um die Nase.«

»Es geht schon. Geht ruhig.« Paula verzog den Mund zu einem freudlosen Lächeln.

»Okay, aber wenn du in zehn Minuten nicht wieder hier bist, komme ich dich suchen!« Sarah nickte.

»Einverstanden.« Auf schwachen Beinen ging sie angeschlagen davon. Sie brauchte unbedingt einen Moment für sich selbst, um ihre Gedanken neu zu ordnen und um überhaupt zu verstehen, was gerade geschehen war.

Als Sarah den Flur betrat, hämmerte ihr Herz immer noch heftig gegen ihre Brust. Der Club füllte sich zunehmend und immer mehr Menschen schwirrten Richtung Tanzfläche. Erschöpft setzte sie sich auf eines der schwarzen Sofas. Es war unfassbar! Gabriels Schwester war eine Gruftschwester! Hatte er ihr bewusst nichts davon erzählt, in der Angst, sie würde ihm nicht helfen? Und er hatte damit auch recht!

»Ist hier noch frei?«, fragte ein Junge mit gelockten, braunen Haaren und lächelte schüchtern. Sarah nickte wortlos und ließ ihren Blick lustlos über die anderen Gäste schweifen. Hoffentlich tauchten die Gruftschwestern nicht noch ein weiteres Mal auf.

»Bist du alleine hier?« Ihr Sitznachbar musterte sie eingehend. Sarah schnaubte innerlich. Sah er denn nicht, dass sie keine Lust auf eine Konversation hatte? »Oder bist du mit Freunden hier?« Sie nickte stumm. Wenn sie ihm keine Antwort gab, würde er vielleicht begreifen, dass sie ihre Ruhe wollte. »Die Musik ist echt toll. Magst du sie?« Sie seufzte. Nein, er hatte es nicht begriffen! »Möchtest du tanzen?« Diese Fragerei zerrte an ihren Nerven! Wie eine Furie drehte sie sich um und wollte gerade zu einer spitzfindigen Äußerung ansetzen, als sich eine weitere Person einmischte.

»Zieh Leine!« Sarah sah überrascht hoch, presste daraufhin aber gleich wieder erzürnt die Kieferknochen zusammen. Ihr Ex stand breitschultrig neben dem braunhaarigen Jungen und taxierte ihn feindselig.

»Nur kein Stress! Ich geh ja schon!«, erwiderte dieser eingeschnappt und ging davon. Irgendwie konnte er einem richtig leidtun!

Mit einem triumphierenden Lächeln setzte sich Luke ungefragt neben Sarah. Entgeistert starrte sie ihn an. Was tat er hier?

»Hat es dir gleich die Sprache verschlagen, aus Freude mich zu sehen?« Er zwinkerte belustigt. »Oder macht dich mein Anblick sprachlos?« Konfus schüttelte sie den Kopf. Wenn sie jemanden hier nicht erwartete, wäre es ihr Ex und die Gruftschwestern. Hatte das Schicksal im Sinn, ihr den heutigen Abend so richtig zu vermiesen?

»Was tust du hier?«, fragte sie, als sie wieder aus ihrer Starre erwachte.

»Na, was man in einem Club so tut - tanzen, trinken, Mädchen anbaggern ...« Er musterte sie ausführlich. »Alles klar bei dir? Du bist etwas blass um die Nase. Geht es dir nicht gut?«

»Kein Wunder, du bist ja da!« Es war nicht wirklich fair, ihm gegenüber so zickig zu sein. Schließlich hatte er den aufdringlichen Jungen verscheucht. Doch sie hatte einfach keine Nerven mehr – für Nichts und Niemanden!

Luke hob überrascht die Augenbrauen. Dem Anschein nach, hatte er nicht mit dieser Antwort gerechnet. Sarah strich sich seufzend über die Stirn. Dieser Abend war einfach der reinste Albtraum!

»Kaum zu glauben! Du hast dich zu einer kalten und niederträchtigen Person entwickelt!« Gekränkt stand Luke auf. Eilig hielt sie ihn am Arm zurück.

»Warte!«, sagte sie mit belegter Stimme. Sie war nicht kalt oder niederträchtig - auch wenn sie sich nicht immer ganz fair ihm gegenüber verhielt. Er war lediglich im falschen Moment aufgetaucht. »Es tut mir leid«, murmelte sie kleinlaut. »Momentan ist alles so verrückt!« Sie biss sich auf die Unterlippe. »Meine Mutter hat herausgefunden, dass du hier bist … glaube mir, die Hölle ist nichts dagegen!«

»Du hast es ihr erzählt?« Luke warf ihr einen überraschten Blick zu.

»Nein, sie hat dummerweise mitgekriegt, wie Monica und ich über dich gesprochen haben.« Lukes Mundwinkel zuckten belustigt. »Sag jetzt kein Wort, oder ich hau dir eine runter!« Beschwichtigend hob er wortlos die Arme. »Das in der alten Schule, die Fehde zwischen unseren Familien, der Wegzug, der Neuanfang - das alles war so schmerzvoll.« Sie blinzelte ein paar Mal, um die aufkeimenden Tränen zu unterdrücken. Sie wusste nicht, warum sie ihm das gerade jetzt erzählte. Vielleicht musste sie sich die Last von der Seele reden - oder sie würde vor lauter Kummer platzen.

»Ich mache mir Sorgen um dich«, äußerte Luke vorsichtig. »Ich weiß, dass du von mir denkst, ich sei kaltherzig und hätte dich deswegen mit einem Kind sitzen lassen. Du hast aber nie versucht, meine Sicht der Dinge zu sehen.«

»Es gibt aber keine andere Sicht der Dinge! Du wolltest, dass ich das Kind abtreibe! Das ist Mord!«

»Kannst du mir nicht einmal zuhören, ohne gleich in die Luft zu gehen?« Sarah funkelte ihn wütend an. »Mit dir kann man nicht über dieses Thema sprechen. Es war früher nicht möglich und jetzt auch nicht! Für dich gibt es nur deinen Standpunkt. Jemanden mit einer anderen Meinung lässt du nicht zu!« Er schüttelte entrüstet den Kopf.

»Andere Meinung? Denkst du, ich könnte mit irgendwem über diese Angelegenheit reden? Hä?«, fragte Sarah zornig. »Ohne dabei zur Dorf-Hure ernannt zu werden? Das Mädchen, welches sich ein Kind machen lässt und von dem Typen anschließend verlassen wird?« Wütend malmte sie mit den Zähnen. »Das ist bestimmt der Traum jeder Frau!«

Verdrossen atmete er geräuschvoll aus. »Ich möchte nur einmal mit dir normal reden! Nur einmal!«

»Dafür hast du dir den ungeeignetsten Ort von allen ausgesucht, Luke!«

»Ich hatte nicht die Absicht, hier mit dir über dieses Thema zu sprechen. Ich wollte dir nicht mal begegnen!« Sarah sah getroffen auf. Seine Worte verletzten sie. Luke strich sich ausgelaugt übers Gesicht. »Ich bin vorhin die

Treppe hochgekommen und wollte unauffällig an dir vorbeigehen. Als ich aber bemerkte, wie schlecht du aussiehst und wie genervt du von dem Typen bist, wollte ich dir helfen.«

»Ich wäre ihn auch ohne dich losgeworden.«

»Daran habe ich keine Zweifel! Schließlich kenne ich dich nur zu gut!« Sarah öffnete den Mund, um zu protestieren, kam aber nicht zu Wort. »Vielleicht bemerken es die anderen nicht, aber ich kann sehen, dass es dir nicht gut geht.«

Sie wusste nicht genau, ob sie es positiv oder negativ fand, dass sich ihr Exfreund um sie sorgte. Sie hatte ihn, nach all dem, was geschehen war, aus ihren Gedanken verbannt. Seitdem sie wieder gemeinsam die gleiche Klasse besuchten, war alles wieder zurückgekehrt. Die Frustration, der Hass, die Wut, die Verzweiflung, die Enttäuschung ... Sie konnte ihm einfach nicht verzeihen.

»Und ich sorge mich um dich, dabei sitzt du seelenruhig mit Luke auf einem Sofa!« Paula stand, die Fäuste in die Taille gestemmt, mit Kirk vor ihr und kicherte belustigt. »Schön dich zu sehen Luke.«

»Hi Paula.«

»Kommt ihr zwei mit auf die Tanzfläche?« Ihre Freundin warf Sarah einen vielsagenden Blick zu. Genervt, rollte diese mit den Augen. Freundinnen konnten manchmal echt nervig sein!

»Ich fühle mich nicht besonders.« Vorsichtig rieb sie sich den Bauch. »Ich glaube, ich habe mir den Magen verdorben.« Paula wirkte überrascht. »Ich denke, es ist am besten, ich geh heim.«

»Das kannst du mir nicht antun!« Der Ton ihrer Freundin war leicht vorwurfsvoll.

»Keine Angst, du musst nicht mit. Ich nehme ein Taxi.«

»Wenn du gehst, werde ich natürlich auch gehen. Ich lasse dich doch nicht alleine!«

»Soll ich sie nach Hause bringen?«, mischte sich Luke in die Diskussion. Paulas Miene hellte sich auf.

»Mit deiner Begleitung würde ich sie natürlich alleine gehen lassen.« War ihre Freundin gerade dabei sie mit ihrem Ex zu verkuppeln?

»Nicht nötig!« Sarah warf ihr einen missgelaunten Blick zu. »Ich kann alleine nach Hause! Kapiert?« Paula musterte Luke forsch.

»Was ist denn los? Hast du sie geärgert?«

»Wieso sollte ich schuld an ihrer schlechten Laune sein?«

»Weil sie erst so ist, seit du aufgetaucht bist!«

»Hört auf und lasst mich einfach in Ruhe!« Sarah stand abrupt auf. »Ich krieg das alleine hin!«

»Sarah!«, rief ihr Paula anklagend nach.

»Geh tanzen und lass mich in Ruhe!«, fauchte Sarah und eilte Richtung Ausgang.

Die Schlange vor der Disco war nun doppelt so lang wie zuvor. Sarah war das allerdings egal. Sie war fix und fertig, dabei war es erst kurz nach Mitternacht. Die Lust auf Party war ihr gänzlich vergangen.

Seufzend sah sie sich nach einem Taxi um. Natürlich war kein Einziges in Sicht! Sie schnaubte naserümpfend. Ihr blieb nichts anderes übrig, als zur Hauptstraße zu gehen. Vorhin hatte sie einige Taxis dort stehen sehen. Oder wer weiß, vielleicht hatte sie an diesem Abend auch mal Glück und der Bus fuhr noch.

»So alleine?«, fragte plötzlich eine betrunkene Stimme neben ihr. Erschrocken blieb Sarah ruckartig stehen. Ein großgewachsener Mann mit verzottelten Haaren und langem, ungepflegten Bart bewegte sich aus dem Schatten auf sie zu. Seine Kleidung war verdreckt und roch nach Alkohol. Sie rümpfte die Nase. »Du bist hübsch«, säuselte er. »Willst was trinken?« Er reichte ihr eine halbleere Flasche Weißwein. Angewidert schüttelte sie den Kopf.

»Nein, danke!« Unruhig ging sie weiter. Der Obdachlose kriegte allerdings ihren Arm zu fassen, und zog sie grob zurück.

»Bleib hier!«, lallte er mit einem Mal zornig.

»Ich rede mit dir!«

»Lass mich los!«, zischte Sarah. Von einem Betrunkenen angefasst zu werden, war das Sahnehäubchen dieses beschissenen Abends! Adrenalin schoss durch ihren Körper. Sie musste sich aus seinem starken Griff befreien!

»Lass mich los!«, wiederholte sie schreiend. Angst kroch ihr langsam den Rücken hoch. Was, wenn er ihr die Flasche aus Zorn über den Kopf zog?

»Lass sie los, du Penner!« Luke kam angerannt und schlug dem Obdachlosen auf das Handgelenk. Stöhnend zog dieser die Hand zurück.

»Spinnst du?«, beschwerte sich der Betrunkene lallend.

»Verschwinde!« Zu seiner vollen Größe aufgerichtet, sah ihr Ex sein Gegenüber vernichtend an. Der Herumtreiber brummte ein paar nicht verständliche Worte, welche wie »Dummes Arschloch« klangen, und ging torkelnd die Straße entlang. Sarah rieb missmutig den schmerzenden Arm. Musste ausgerechnet er sie retten? Luke betrachtete besorgt ihren Arm. Von außen wirkte er ruhig und überlegen, doch in seinen Augen konnte sie einen Anflug von Furcht erkennen.

»Alles in Ordnung?«, fragte er fürsorglich. Sie nickte stumm. »Ich bringe dich heim.«

»Nicht nötig, ich brauche keinen Begleitschutz! Ich möchte nur meine Ruhe!«

»Damit dich der nächste Penner betatscht?«, meinte Luke mit hochgezogenen Augenbrauen.

»Ich glaube nicht, dass an jeder Ecke ein Obdachloser steht!« Sie war so müde, so unglaublich müde! Wieso konnte sie nicht schon im Bett liegen und schlafen?

»Vielleicht nicht viele, aber sicher einer!« Luke sah in die Richtung, wo der Herumtreiber verschwunden war.

»Ich möchte nach Hause – nichts anderes! Ist das so schwer zu begreifen?«

»Und ich möchte mich lediglich vergewissern, dass du sicher zu einem Taxi kommst. Nichts anderes.«

Sarah seufzte laut. Sie kannte diesen Ausdruck. Das war sein »ich lasse mich nicht abschütteln, egal was du sagst«-Gesicht.

»Du bist genau so hartnäckig wie früher, weißt du das?« Er grinste.

»Da stimme ich dir zu.«

»Okay, bis zum Taxi. Danach lässt du mich in Ruhe!« Er nickte.

»Einverstanden!«

Während sie beide wortlos nebeneinander zur Hauptstraße gingen, betrachtete er sie heimlich von der Seite. Sarah bemerkte es trotzdem.

»Was willst du?«, maulte sie.

»Gib mir die Chance, dir meine Ansicht über alles zu erklären. Ohne, dass du mich unterbrichst und wutentbrannt davon stürmst.« Nicht schon wieder dieses Thema! »Bitte, Sarah!« Ausgelaugt blieb sie stehen. Ihre Augen strahlten etwas Verletztes und Trauriges aus.

»Warum schon wieder alles auffrischen? Es ändert doch nichts an der Situation. Oder hast du deine Meinung geändert?« Luke senkte den Blick.

»Nein«, erwiderte er leise, »das habe ich nicht.«

»Wieso soll ich dich dann anhören. Nur, um noch mehr Schmerz zu fühlen? Ist es das, was du willst?«

»Nein, sicher nicht. Ich möchte nur, dass du versuchst, auch meine Seite zu verstehen.«

»Hast du denn je versucht, meine zu verstehen?«, unterbrach sie ihn bitter.

»Sarah …«

»Nein, Luke! Ich begreife deine Ansicht nicht und will das auch gar nicht! Du hast dich gegen mich und gegen unser Kind entschieden. Damals, so wie heute noch. Also lass es einfach!« Sie stapfte gereizt davon. Sie hätte am liebsten den gesamten Schmerz in ihrer Brust hinausgeschrien, so wütend war sie.

Die Hauptstraße war trotz Dunkelheit und fortgeschrittener Zeit immer noch vielbefahren. Die Leuchttafeln oberhalb der Bars und Restaurants blinkten um die Wette, um möglichst viele potentielle Kunden anzulocken. Sarah schaute sich suchend um und entdeckte nur ein paar Meter weiter einen Taxistand. Ohne darauf zu achten, wo ihr Ex war, steuerte sie geradewegs darauf zu. Schon bald würde sie in ihrem warmen Bett liegen, und den schrecklichen Abend hinter sich lassen. Wie sie sich darauf freute!

Der Taxifahrer, ein älterer Mann mit grauen Haaransatz und Dreitagebart, zog genüsslich an seiner Zigarette. Als er Sarah auf sich zukommen sah, schnippte er den Glimmstängel hastig weg und zauberte ein Lächeln auf seine Lippen. »Guten Abend. Taxi?«

»Ja gerne.« Der Taxifahrer öffnete galant die hintere Tür seines Wagens. Seufzend ließ sich Sarah in den Sitz fallen.

»Sie auch?«, fragte der Fahrer an Luke gewandt, der neben dem Wagen stand.

»Nein, nur ich allein!«, rief Sarah von innen. Wieso war es eigentlich so schwierig, etwas Ruhe zu bekommen?

Der Fahrer wollte gerade die Türe zuschlagen, als ihn Luke daran hinderte.

»Nur noch einen Moment, bitte.« Der Herr nickte und ging um den Wagen zur Fahrerseite. Sarah schnaubte. Was war eigentlich sein Problem? War es so schwierig, sie alleine zu lassen?

»Ich hatte Angst, genau wie du. Aber nicht die Kraft, damit fertig zu werden. Meine Mutter hatte auch eine Teenagerschwangerschaft.« Sarah sah überrascht auf. Das wusste sie nicht. »Ich weiß, das habe ich dir nie erzählt. Mein Bruder hatte Krebs und starb, als er zwei war. Und das brach meiner Mutter das Herz. Es war schrecklich für sie! Sie war verstoßen, alleine mit einem Kind, bei dem man wusste, dass es irgendwann stirbt. Ihre Eltern, ihre Familie, niemand half ihr! Sie war ganz allein!« Er schluckte schwer. »Ich hatte Angst! Ich fürchtete mich, dass mir das gleiche Schicksal blüht!«

»Aber …« Sie hatte keine Ahnung, was sie darauf sagen sollte.

»Tut mir leid Sarah, ich kann das nicht. Ich kann die Verantwortung, Vater zu sein, nicht tragen! Es tut mir leid!« Ohne ein weiteres Wort schloss er die Wagentüre und eilte die Seitenstraße zurück.

Sarah sah ihm befangen nach. Seine Worte hatten sie innerlich erschüttert. Nun konnte sie ihn irgendwie verstehen – zum Teil jedenfalls.

Kapitel 12

Müde stapfte Sarah leise die Treppen zu ihrer Wohnung hinauf. Da ihre Eltern meist früh zu Bett gingen, würde sie unbemerkt hineinschleichen können und geriet nicht in Gefahr, unangenehme Fragen wegen ihrer frühen Rückkehr zu beantworten.

Vorsichtig schloss sie die Haustür auf und schlüpfte in die Dunkelheit der Wohnung. Der Schein der Straßenlampen leuchtete in das Wohnzimmer. Baxter, der neben dem Sofa schlief, trottete nun schwanzwedelnd herbei, um sie zu begrüßen.

»Hallo mein Guter«, flüsterte Sarah und kraulte ihm kurz den Kopf. »Hast du schon geschlafen?« Als würde er ihr antworten, gähnte er herzhaft. Sie lächelte. »Mir geht es genau gleich. Gute Nacht, mein Lieber.« Langsam wandte sich Baxter ab und legte sich wieder auf seinen Platz. Sarah hing ihre Jacke auf und schlich mit den Stilettos in den Händen durch den Flur. Alles war ruhig.

Abgespannt schloss sie die Tür ihres Schlafzimmers hinter sich und legte seufzend die Schuhe vor den Schrank. Endlich! Sie hatte es geschafft!

»Wenn jemand schon so früh nach Hause kommt, sollte man eigentlich lieber nicht fragen, aber ich tu es trotzdem.« Gabriel lag auf dem Bett und lächelte kokett. »War die Party so scheiße, oder hattest du einfach Sehnsucht nach mir?« Sarah drehte sich ihm zu und musterte ihn, ohne etwas zu sagen. Irgendwie hätte sie es sich ja denken können, dass sie nicht mal in ihrem Zimmer die gewünschte Ruhe fand. Andererseits verspürte sie eine innere Freude, ihn zu sehen.

»Möchtest du mir nicht Gesellschaft leisten?«, fragte Gabriel mit seinem süffisanten Unterton, und klopfte neben sich auf die Matratze des Bettes. Sarah zögerte. Sollte sie ihm gleich jetzt an den Kopf werfen, dass sie nun wusste, wer seine Schwester war und ihm dadurch nicht mehr half? Sie seufzte. Sie wusste es selber nicht. Stumm ging sie zum Bett hinüber. Seltsamerweise war es das erste Mal an diesem Abend, dass sie sich irgendwie gut fühlte.

Mit einem tiefen Atemzug setzte sie sich auf die Decke, den Rücken an die Wand gelehnt und starrte zur gegenüberliegenden Seite. Eine Zeitlang sagte keiner ein Wort, bis schließlich Gabriel die Stille zwischen ihnen beendete.

»Ich bin froh, dass du wieder da bist.« Sarah sah zu ihm hinüber. Seine Worte besaßen keinen sarkastischen Unterton und auch das Lächeln, welches er ihr schenkte, war ehrlich - vielleicht sogar etwas zaghaft. »Auch wenn das vermutlich heißt, dass dein Abend nicht wirklich toll war.« Sie schüttelte leicht den Kopf.

»Er war schrecklich!«

»Das tut mir leid.« Seine Stimme klang so mitfühlend, dass sie die Worte, die ihr seit einer Stunde im Kopf herumschwirrten, eigentlich nicht aussprechen wollte. Doch die Frage des »Warums« ließ sich einfach nicht abschütteln. »Warum hast du mir nicht gesagt, dass deine Schwester eine Gruftschwester ist?« Sie wollte nicht so klingen, doch in ihrem Unterton schwang ein leichter Vorwurf. Gabriel strich sich geräuschvoll durch die Haare.

»Hättest du mir helfen wollen, wenn du es gewusst hättest?« Sarah verneinte.

»Hast du mich absichtlich hinters Licht geführt? Weißt du denn nicht, dass die Anführerin total verrückt ist?«

»Ich weiß, und genau deshalb musst du meine Schwester da rausholen!« Sarah setzte sich auf.

»Hast du sie nicht mehr alle? Keine Zehn Pferde bringen mich je wieder in die Nähe dieser Psychopathin!«

»Nancy führt irgendetwas im Schilde und dafür benötigt sie meine Schwester.« Sarah hörte ihm allerdings nicht wirklich zu.

»Sie haben mir echt den Abend versaut!«, schimpfte sie leise. Gabriel runzelte irritiert die Stirn.

»Sie waren im Club? Du meinst, sie alle drei?« Sarah nickte.

»Ja, alle drei!« Fassungslos setzte er sich kerzengerade hin.

»Stella? Stella war auch da?«

»Habe ich doch gerade gesagt!«

»Aber wieso? Sie hatte mir versprochen, nie einen Schritt in diese Disco zu setzen!« *Und mir mit den anderen beiden Verrückten ein Zombie-Mädchen auf den Hals zu hetzen?* Stattdessen sagte sie etwas anderes.

»Anscheinend hat sie ihre Prinzipien vergessen!«

»Sie hat es geschworen, auf meinem Grab!« In seinen Augen standen Tränen. Sarah biss sich auf die Lippen. Hätte sie doch bloß nichts gesagt.

»Sie sah nicht gerade glücklich aus, wenn dir das hilft.« Gabriel stierte sie entgeistert an. »Ich meine nur ...« Verlegen schaute sie auf die Bettdecke hinunter. Am besten, sie sagte nichts mehr. Ihre Worte schienen nicht gerade hilfreich zu sein. Die Vorstellung, dass jemand ein Versprechen, welches auf dem Grab gemacht wurde, einfach mal so über den Haufen warf, war eigenartig. Wurde sie dazu gezwungen? Setzte Nancy bei Stella möglicherweise die gleichen schrecklichen Halluzinationen ein, um an ihr Ziel zu kommen?

»Nancy tut irgendetwas ...«, flüsterte Sarah kaum hörbar. Gabriel warf ihr einen fragenden Blick zu. »Sie tut etwas in meinem Kopf!« Verlegen strich sie dem Muster der Bettdecke nach. »Und es wäre gut möglich, dass sie das gleiche mit Stella macht.«

»Nancy ist hinter dir her?« Sarah schaute auf und zuckte kurz zusammen, als sein Gesicht nah an ihrem war. Wahrscheinlich hatte er sich hinübergebeugt, um sie besser verstehen zu können. »Was genau tut sie mit dir?« Seine Stimme klang gepresst und in seinen Augen erkannte sie eine leichte Besorgnis. Sie schluckte. Nicht gerade ein gutes Zeichen!

»Sie schleicht sich in meinen Kopf und tut irgendwas, dass ich halluziniere. Aber ich weiß, dass ich nicht verrückt bin, das musst du mir glauben!«

»Natürlich!« Er sah so aus, als wäre ihm gerade ein Licht aufgegangen. »Wer bist du?«

»Wer ich bin?«

»Ja! Nennt sie dich bei einer Himmelsrichtung?« Wie konnte er davon wissen?

»Westen«, antwortete sie mit belegter Stimme.

»Stella ist Süden. Na ja, so viel ich jedenfalls noch weiß!«

»Süden?«

Gabriel starrte auf die Bettdecke, als würden sich darauf seine Gedanken spiegeln. »Sie waren vor ein paar Wochen auf meinem Grab. Stella, Tracy und Nancy. Ich war irritiert, denn mit den beiden letzteren hatte ich zu Lebzeiten nicht wirklich zu tun. Tracy und Nancy waren schon immer Freundinnen und schräg drauf. Das interessierte aber keinen. Man ging ihnen aus dem Weg und beachtete sie einfach nicht. Daher war ich umso mehr erstaunt, gleich alle an meinem Grab stehen zu sehen. Ich hatte Stella seit dem Begräbnis nie wiedergesehen. Zuerst wollte ich mich abwenden, damit die Wunde in meinem Herzen nicht wieder blutete, doch ich hatte Sehnsucht nach ihr – und ich machte mir Sorgen. Ich spürte, dass irgendetwas nicht gut war an dieser Konstellation.« Gabriel strich wie in Trance, über die Decke.

»Sie sah so traurig aus, so vollkommen fertig. Ich brachte es nicht übers Herz, sie so hilflos bei diesen Freaks stehen zu lassen.« Er sah zu Sarah hinüber. »Tracy und Nancy erklärten ihr, dass sie Süden sei und sie noch auf der Suche nach dem fehlenden Stück wären – und das wäre Westen. Als Ganzes hätten sie die Möglichkeit, etwas Großes zu vollbringen!« Sarah verlor sich im Grau seiner Augen. Hitze durchfuhr ihren Körper, und sie lechzte danach, die Hand nach ihm auszustrecken und sein wunderschönes Gesicht zu berühren. Ihm schien es genau gleich zu gehen. Ihr Puls beschleunigte sich, als sie sich beide so intensiv ansahen. Die Welt um sie herum verschwamm – es gab nur noch sie beide!

Gabriel riss seinen Blick von ihr und räusperte sich verlegen. Sarah versuchte ebenfalls, die Fassung wieder zu finden. Das Herz hämmerte gegen ihre Brust. Oh Mann! Dieser Junge war einfach atemberaubend!

Gabriel fand als erster seine Stimme wieder. »Nancy plant irgendetwas, Sarah. Ich habe es am Grab gehört.« Er sah sie wieder direkt an. »Du musst mir helfen, Stella da rauszuholen, bevor es zu spät ist!« Sarah blieb stumm. »Ich weiß, ich verlange das Unmöglichste von dir, aber ohne dich bekomme ich es nicht hin! Niemals!« Verzweifelt presste er die Kieferknochen zusammen. Seine Stimme wurde weich und flehend.

»Bitte!«

»Ich …« Sarah schloss die Augen, um sich zu sammeln. Wenn sie ihm in die Augen sah, konnte sie einfach nicht klar denken. Auf die Decke schauend, öffnete sie ihre Lider.

»Ich habe Angst! Angst vor Nancy und davor, was sie in meinem Kopf tut!«

»Ich weiß«, erwiderte er matt. »Und Stella geht es vermutlich ähnlich. Aber im Gegensatz zu ihr bist du stark. Du hast die Kraft, sie da rauszuholen!« Die Lippen zu einem Strich gepresst, sah Sarah zweifelnd hoch.

»Ich bin nicht stark, Gabriel! Ich habe bloß Angst, das ist das Einzige was ich habe!«

»Bitte, versuche es!« Seine Stimme wurde immer flehender. »Denkst du eigentlich, ich trete freiwillig diesem Psycho-Club bei?«

»Ich denke nicht, dass du eine andere Wahl haben wirst, du steckst wahrscheinlich schon zu tief drin!« Zorn kroch in ihr hoch. Woher nahm er sich das Recht, ihr zu sagen, was sie tun musste?

Sarah stand auf und massierte sich ihre pochende Stirn. Sie wollte doch nur in ihr warmes Bett und alles vergessen, was diesen Abend geschehen war. Doch stattdessen diskutierte sie mit einem Toten! War die Welt wirklich so ungerecht?

»Geh!«, presste Sarah enttäuscht heraus, während sie sich weiterhin die Schläfe rieb. »Bitte geh Gabriel! Ich will ins Bett, ich will diesen Abend abschließen und alleine sein!« Er machte jedoch keine Anstalten aufzustehen. Mit zusammengekniffenen Augen wandte sie sich zu ihm. Konnte oder wollte er ihre Privatsphäre nicht respektieren? Langsam wurde sie wirklich sauer.

»Hast du nicht verstanden? Geh jetzt!«, fauchte sie hinter zusammengebissenen Zähnen.

Gabriel musterte sie mit malmenden Kiefer, nickte allerdings kurz darauf und stand auf.

»Es tut mir leid, wenn ich dich mit meinen Worten verletzt habe. Das wollte ich nicht.« Er warf ihr einen innigen Blick über die Schultern zu. »Du bist die einzige Rettung die es gibt, bevor es für Stella zu spät ist!«

Mit hängenden Schultern drehte er sich wieder nach vorne und ging, wie immer, durch die geschlossene Tür hinaus.

Sarah seufzte. Dieser Abend war definitiv der bescheuertste ihres gesamten Lebens! Sie konnte nur noch hoffen, dass sie wenigstens eine ruhige Nacht hatte, ohne irgendwelche Zombie-Albträume. Mit einem geräuschvollen Ausatmen schüttelte sie den Kopf um sich von diesen Gedanken zu befreien.

»Das einzige was ich jetzt werde, ist schlafen, und nichts anderes!«, versicherte sie sich selbst und zog ihren Pyjama an.

Nach Abschminken, Gesicht waschen und Zähne putzen, schlich sie leise in Biancas Zimmer. Sie wollte nur einen kurzen Blick auf ihre schlafende Tochter werfen. Wie so oft lag sie auf der Seite und atmete tief und langsam. Wenigstens hatte Bianca einen guten Schlaf. Lächelnd verließ Sarah auf Zehenspitzen das Kinderzimmer und huschte zu ihrem eigenen hinüber. Gähnend legte sich Sarah ins Bett und zog die Decke über ihren Körper. Sie war so was von müde!

Als sie kurz vor dem Einschlafen war, gellte ein Schrei durch die Stille. Wie von der Tarantel gestochen setzte sich Sarah auf und starrte in die Dunkelheit. Ihr Herz pochte wie wild und ihre Hände zitterten vor Schreck. Sie lauschte. Nichts! Alles war ruhig. Hatte sie sich den Schrei nur eingebildet? Oder war er womöglich von draußen hineingedrungen? Geräuschvoll stieß sie die Luft aus ihren Lungen. Was für eine Nacht!

Plötzlich schrie es erneut, und diesmal war sie sich sicher, dass es real war!

Eilig sprang sie aus dem Bett, riss die Tür auf und rannte zu Biancas Zimmer hinüber. Angstschweiß stand ihr auf der Stirn, als sie ihre kleine Tochter in ihrem Bettchen um ihr Leben schreien hörte. Panisch fuchtelte sie mit ihren kleinen Patschhändchen in der Luft herum, so als würde sie irgendetwas abwehren wollen. Nancy! Sie vergriff sich erneut an Bianca! Sarah zerriss es das Herz. Sie konnte nur ahnen, wie schrecklich es für ihre kleine Tochter war! Im Halbdunkeln beugte sie sich über das Bett und hob sie vorsichtig hinaus. Als Bianca die Hände ihrer Mutter an ihrem Körper spürte, schrie sie noch panischer.

»Ich bin es doch Bianca, deine Mama!« Während sie am liebsten vor Schmerz und Wut heulte, versuchte sie, ihre Stimme möglichst ruhig zu halten. Sie hatte alle Hände voll zu tun, um ihre immens zappelnde Tochter nicht fallen zu lassen. »Hörst du nicht? Ich bin es doch!«

Sarahs Mutter tauchte rastlos in der Zimmertür auf.

»Was ist passiert?« In Angst und Schrecken versetzt, drückte sie auf den Lichtschalter. Sarah blinzelte wegen der plötzlichen Helligkeit, zuckte aber sogleich zusammen, als sie in Biancas Gesicht sah. Ihre Pupillen waren nach hinten gerichtet und nur das Weiß der Augen war zu sehen. Sarah hielt voller Angst die Luft an. Das konnte nur Nancys Werk sein!

»Oh Gott, was ist mit ihr?«, rief die Mutter fassungslos, als sie ihre Enkelin sah.

»Georges!«

»Ich bin schon da«, rief er und eilte hinein.

»Hilf ihr!«, schrie Sarah hysterisch, während sie weiterhin versuchte, ihre tobende Tochter zu beruhigen. »Dad!«

»Gib sie mir«, befahl er mit ernster Stimme und nahm ihr seine Enkelin aus den Händen.

»Hat sie einen epileptischen Anfall? Oder einen Albtraum?«, fragte seine Frau beunruhigt. Sarah biss sich besorgt auf die Unterlippe, als ihr Vater die zappelnde Bianca untersuchen wollte. Da war diese Falte auf seiner Stirn, die nicht Gutes verhieß.

»Das ist Nancy, nicht wahr?« Sarah warf ihren Kopf zur Seite und starrte in Gabriels bleiches Gesicht. »Ich spüre die gleiche Dunkelheit, wie damals, als die drei an meinem Grab standen.«

»Hilf ihr! Bitte!«, flehte Sarah aufgelöst. »Bitte!«

»Dein Vater tut sein Bestes!«, versuchte ihre Mutter, sie zu beruhigen. Tröstend nahm sie ihre Tochter in den Arm. »Es wird alles gut!« Es war Monate her, seit ihre Mutter ihr das letzte Mal den Arm umgelegt hatte. Zu einem anderen Zeitpunkt hätte sie diese Geste geschätzt, doch sie musste mit Gabriel reden. Vorsichtig löste sie sich und trat etwas zur Seite, damit sie näher bei ihm stand.

»Hilf ihr, bitte!«, flüsterte sie leise. Langsam schüttelte er den Kopf.

»Ich kann nicht!«

»Bitte! Ich tu auch alles, was du willst! Wirklich!« Er warf ihr einen verzweifelten Blick zu.

»Ich kann nicht. Nur die Person, die das begonnen hat, kann es auch wieder beenden.« Tränen der Verzweiflung kullerten über ihre Wangen.

»Was soll ich nur tun?« Ihre Tochter schrie immer noch aus voller Kehle und schlug mit ihren Armen in der Luft herum. Sarahs Herz zerriss immer mehr vor Schmerz. Sich so hilflos zu fühlen war schrecklich.

»Stell dir Nancy vor deinem inneren Auge vor und sprich mit ihr. Wenn es ihr gelingt, in deinen Kopf zu kommen, kann sie dich bestimmt auch hören.« Sarah schloss die Augen und stellte sich vor, wie die Gruftschwester in ihrem schwarzen Gothickleid vor ihr stand.

»Ich mach alles, aber bitte lass sie nicht sterben!«, flehte Sarah leise mit nassen Augen. »Lass Bianca in Ruhe …«, sie biss sich auf die Unterlippe bis es schmerzte. »… dann bin ich Westen!« Gabriel warf ihr einen überraschten Blick zu.

Kaum hatte sie die Worte ausgesprochen, schloss ihre Tochter die Lider und fiel in sich zusammen.

»Bianca!« Sarah rannte verzweifelt zu ihrem Vater. »Was ist mit ihr? Was ist los?«, schrie sie hysterisch. »Bianca? Bianca kannst du mich hören?« Sie rüttelte mit zitternden Händen an ihrem Arm. Diese öffnete verschlafen ihre Augen und sah sich verwundert um. Erleichtert legte der Vater seine Enkeltochter in Sarahs Arme.

»Sie hat es überstanden«, sagte er glücklich.

»Gott sei Dank!«, fügte seine Frau mitgenommen hinzu. »Oh, meine Liebe!« Sarah drückte sie zärtlich an ihre Brust. »Ich hatte ja so Angst um dich!«

»Was hatte sie denn, Georges? Eine Art Anfall?« Ihr Mann zuckte mit den Schultern.

»Ich weiß es nicht genau.« Sarah wechselte einen wissenden Blick mit Gabriel. Sie wussten, wer die Verantwortliche für diese Anfälle war! Die Lippen zu einem Strich verdünnt, wandte sie sich wieder Bianca zu. Irgendwann würde Nancy für das bezahlen – das schwor sie sich!

Der Vater strich seiner Enkeltochter liebevoll über den Kopf.

»Mein Arbeitskollege hat morgen Sonntagsdienst, so kann ich mit Bianca kurz in die Praxis um sie dort gründlich zu untersuchen. Ist das für dich in Ordnung?«

»Ja natürlich. Vielen Dank, Dad!« Sarah lächelte, obwohl ihr überhaupt nicht danach war. Sie war froh, dass es Bianca wieder gut ging. Für das Wohl ihrer Tochter war sie bereit einen hohen Preis zu bezahlen. Auch wenn es hieß, dass sie nun Nancy gehörte.

Sarah schluckte beklommen. Nun war sie eine von ihnen, eine Gruftschwester!

Kapitel 13

Nachdem sich die Aufregung gelegt hatte und Bianca friedlich eingeschlafen war, hatten sich ihre Eltern zurückgezogen. Sarah hingegen setzte sich in den Sessel neben dem Babybett und beobachtete ihre schlafende Tochter. Ihr Vater hatte ihr noch eine Decke gebracht, in die sie sich dankend einkuschelte.

»Es tut mir leid, dass es so gekommen ist!« Gabriel saß mit seitlich aufgestützten Händen auf dem Wickeltisch.

»Ich dachte, du bist froh, wenn ich mich ihr anschließe«, meinte Sarah bitter. »Ist es nicht das, was du wolltest?« Leichtfüßig sprang er hinunter und kniete sich neben ihr auf den Boden.

»Ich bin dankbar, dass du mir hilfst, verabscheue aber gleichzeitig, dass Nancy deine Tochter gequält hat, um an dich ranzukommen.« Augenblicklich verspannte sie sich und sah ihn perplex an.

»Wieso weißt du, dass Bianca meine Tochter ist?«

»Ist das so wichtig?«

»Sag schon! Woher weißt du es?« Gabriel sah zum Babybett hinüber.

»Ich spüre es.« Er zuckte mit den Schultern, »und ...« Er setzte ein Lächeln auf, »und habe gehört, wie deine Mutter sagte, du müsstest mehr Mutterpflichten übernehmen.«

»Denkst du, Nancy weiß es auch?« In Sarahs Worten schwang Angst und Verunsicherung mit. Gabriel zuckte unwissend mit den Schultern.

»Keine Ahnung. Aber eins ist sicher, sie ist sehr mächtig. Es benötigt viel Wissen, andere in ihren Träumen zu manipulieren. Obwohl sie nicht hier war, hörte sie, wie du dich zu ihnen bekannt hast.« Sarah versuchte, den Kloß in ihrem Hals hinunter zu schlucken. Nun gab es wirklich kein Zurück mehr. Sie war nun Westen. Nummer vier der Gruftschwestern!

Müde rieb sich Sarah mit geschlossenen Augen abgeschlagen über die Schläfen.

»Du solltest dich hinlegen.«

»Ich gehe nicht ins Bett!«, widersprach sie.

»Solltest du aber!« Gabriels Mundwinkel zuckten belustigt. »Wenn ich das sagen darf, du siehst echt scheiße aus.« Stirnrunzelnd öffnete sie ihre Lider und warf ihm einen »ach was du nicht sagst«-Blick zu.

»Ich geh hier nicht weg.«

»Musst du auch nicht. Es wäre ja nicht das erste Mal, dass du im Sessel schläfst. Ich werde auf Bianca achtgeben und dich aufwecken, wenn was ist.« Er zwinkerte. »Ich muss dich im Traum ja lediglich anschreien, dann erwachst du.«

»Ich weiß nicht, warum jeder einfach in meine Träume spazieren kann.« Sie schnaubte grimmig! »Das ist zum Kotzen!«

»Aber mit dem Unterschied, dass ich es nur getan habe, um dich zu warnen, sonst war ich nie drin!«, stellte

Gabriel richtig. Sarah nahm einen tiefen Atemzug, um sich wieder zu beruhigen.

»Gabriel?«, flüsterte sie zögernd. »Wegen Nancy ... Weißt du, was sie mit mir tun wird?« Sie wirkte verängstigt. Langsam beugte er sich über die Armlehne und kam ihrem Gesicht ganz nahe. Eindringlich betrachtete er sie.

»Ich werde nicht zulassen, dass dir etwas geschieht. Für dich und Stella werde ich alles tun!« Sarah schluckte die Furcht in ihr hinunter. Sie war sich seiner Nähe genau bewusst. Hätte sie gekonnt, hätte sie sich an ihn angelehnt. Eine tröstende Schulter – ja, das war genau das, wonach sie sich momentan sehnte.

»Denk daran, du bist nie allein! Ich werde bei dir sein, auch wenn du mich nicht siehst! Mach dir also keine Sorgen, du weißt doch, mich wirst du nicht los! Schlaf jetzt, du hast es wirklich nötigt.« Sie betrachtete ihn müde. Er hatte recht. Als wäre es das Selbstverständlichste auf der Welt, setzte er sich neben das Babybett und lehnte sich mit dem Rücken an die Wand.

»Gute Nacht«, sagte er leise. »Und weck mich, falls du von mir träumst.« Er grinste. Sarah rollte mit den Augen und kuschelte sich in ihren Sessel. Ihr Körper sehnte sich nach Ruhe und Schlaf - etwas, dem sie nur zu gerne nachgab.

Obwohl es eine kurze Nacht war, fühlte sich Sarah ziemlich erholt. Als sie die Lider öffnete, saß Bianca in ihrem Bettchen und spielte mit einem Stofftier. Sie gluckste und war rundum zufrieden. Das schreckliche Erlebnis schien sie nicht mehr zu quälen. Mit einem tiefen Gähnen streckte sich Sarah genüsslich.

»Guten Morgen!« Sie sah auf und erblickte Gabriel, der die Arme vor der Brust gekreuzt hielt, und sich seitlich an den Türrahmen lehnte. Mit seinem üblichen Lächeln im Gesicht schlenderte er hinüber und kniete sich neben ihren Sessel.

»Und, wie viele Male hast du von mir geträumt? Einmal? Zweimal oder sogar dreimal?« Er grinste.

»Du hältst dich anscheinend für den Traum aller Frauen.« Gabriel kam noch etwas näher und sah ihr tief in die Augen. Sarahs Puls schoss in die Höhe. Seine Nähe machte sie nervös.

»Nein, nicht von allen. Ich hoffe allerdings, dass ich es bei einer Speziellen bin.« Ein Kribbeln ging durch ihren Körper. Wie schaffte er nur, sie so hibbelig zu machen?

Sarah betrachtete seine grauen Augen, die hohen Wangen und den vollen Mund. Sie hatte das dringende Bedürfnis, ihre Hand in seinen Nacken zu legen und ihre Lippen auf seine zu drücken, auch wenn ihr bewusst war, dass dies nicht ging.

»Guten Morgen!« Sarah zuckte sichtlich zusammen und schnellte mit ihrem Kopf herum. Ihr Vater stand in der Tür und musterte sie überrascht.

»Alles in Ordnung?« Sarah strich sich durchs zerzauste Haar und versuchte sich wieder zu sammeln. Als sie zur Seite schaute, war Gabriel verschwunden. »Alles in Ordnung?«, wiederholte ihr Vater besorgt. Sie nickte.

»Ja, mir geht es gut. Ich bin nur noch nicht ganz wach.«

»Tut mir leid, dass ich dich erschreckt habe.« Er legte ihr entschuldigend die Hand auf die Schulter.

»Und wie geht es Bianca?« Er trat ans Kinderbett und hob seine lächelnde Enkelin hinaus. »Hast du gut geschlafen?«, fragte er und kitzelte sie am Bauch, bis sie quietschte. »Hast du etwas dagegen, wenn ich kurz unter die Dusche gehe?« Sie war immer noch ganz kribbelig von Gabriels Nähe. »Klar, geh ruhig, und genieß es. Der heutige Tag soll besser beginnen, als der letzte geendet hat.« Lächelnd wandte er sich seiner Enkelin zu. »Und wir zwei Hübschen werden zusammen die Küche stürmen, ja?« Bianca quietschte ein weiteres Mal. Sarah schaute ihnen zu, wie sie aus dem Zimmer gingen. »Als der letzte geendet hat …« – er hatte geendet, indem sie sich den Gruftschwestern angeschlossen hatte. Keine Frage, sie liebte ihre kleine Tochter und war bereit, alles für sie auf der Welt zu tun. Trotzdem hatte sie Angst.

Nach einer ausgiebigen Dusche, zog Sarah sich an und eilte in die Küche. Sie musste etwas essen, ihr Magen knurrte schon wie verrückt. Als sie eintrat, saß ihre Mutter am Tisch und lass die Zeitung. Sie sah kurz auf und warf ihr einen ernsten Blick zu. Sarah seufzte innerlich. War ihre Mutter schon wieder beim Thema Luke? Mit einem knappen Lächeln murmelte sie ein unverständliches »Morgen« und setzte sich an den Tisch.

»Wo ist Dad?«, fragte sie beiläufig, als sie sich ein Brötchen aus dem Korb schnappte und es mit dem Messer in der Mitte aufschnitt.

»Er wickelt Bianca - was eigentlich deine Aufgabe ist.« Wie toll! Dieser Tag konnte ja heiter werden! Am liebsten hätte sie sich gleich mit Kaffeetasse und belegten Broten im Zimmer verschanzt. Da aber eigentlich Essverbot im Zimmer herrschte, blieb ihr nichts anderes übrig, als am Tisch zu bleiben. Innerlich hoffte sie, dass ihr Vater mit Bianca bald zurückkehrte. »Ich will, dass du ihm den Mund stopfst! Ein weiteres Mal werde ich mich nicht vertreiben lassen!« Sarah verschluckte sich beinahe an ihrem Brötchen. »Den Mund stopfen?« So hatte sie ihre Mutter noch nie reden hören. »Hörst du mir eigentlich zu?« Ihr Ton wurde immer schneidender.

»Natürlich!«, erwiderte sie gereizt, »Ich weiß nur nicht, wie ich das tun soll.« Ihre Mutter zuckte kurz mit den Schultern.

»Das ist nicht mein Problem! Du hast dich schließlich von dem Kerl schwängern lassen!« Sarah starrte sie mit offenstehendem Mund an. »Also krieg es wieder hin!« Was war nur los mit ihr? Wenn es um Bianca ging, war ihr die Angst ins Gesicht geschrieben. Ging es hingegen um ihre eigene Tochter, war sie der reinste Eisberg!

»Unsere kleine Lady ist nun auch wieder sauber.« Mit Bianca auf dem Arm trat der Vater hinein. Augenblicklich blieb er stehen. »Ihr streitet doch nicht schon wieder, oder?« Sarah warf ihm einen zornigen Blick zu.

»Nach was sieht es denn aus?«, fragte sie scharf. Er seufzte hörbar.

»Schon wieder das Thema Luke?« Er schüttelte ungläubig den Kopf. »Echt jetzt? An einem Sonntagmorgen?«

»Es ist wichtig, dass wir endlich etwas tun!«, keifte seine Frau zurück.

»Wir werden eine Lösung finden!«, versuchte er, möglichst ruhig zu erklären, während er Bianca in ihren Hochsitz setzte.

»Das Einzige, was wir tun können, Georges, ist umzuziehen!«

»Ich denke nicht, dass dies die optimale Lösung ist.«

»Es gibt keine andere Lösung! Sie werden sich genau wie letztes Mal die Münder über uns zerreißen. Du weißt doch, wie schrecklich das für uns war!«

»Dich ließen sie ja in Ruhe, aber mir haben sie in der Schule das Leben zur Hölle gemacht, und das wusstest du!« In Sarahs Augen standen Tränen. »Es hat dich aber keinen Tick interessiert! Das einzige um was du dich sorgst, ist das Getratsche hinter DEINEM Rücken. Aber im Gegensatz zu dir haben sie mich behandelt wie den letzten Dreck!«

»Sarah.« Tröstend legte ihr Vater die Hand auf ihre Schulter. Zornig stieß Sarah sie weg.

»Es vergeht kein einziger Tag, an dem du mich nicht daran erinnerst. Aber trotzdem liebst du Bianca genau

wie ich! Aber gib es zu, du hasst deine eigene Tochter!«
Ihrer Mutter fiel der Kinnladen hinunter.

»Sarah«, versuchte es der Vater ein weiteres Mal.

»Weißt du was?«, fragte sie provokant und warf ihre
Arme in die Luft. »Tu, was du nicht lassen kannst! Suche
einen anderen Ort zum Wohnen. Alles andere ist dir eh
egal!« Wütend schob sie ihren Stuhl zurück und rannte
aus der Küche. Ihr Vater rief ihr noch ein paar Mal
vergebens hinterher, doch Sarah war bereits in ihr
Zimmer gestürmt und hatte die Tür hinter sich
zugeschlagen.

Mit einer Mischung aus Wut und Schmerz warf sie
sich auf ihr Bett und schrie in ihr Kissen, bis ihre Stimme
nur noch ein herzzerreißendes Weinen war. All der
Seelenschmerz, den sie in sich hineingefressen hatte,
brach aus ihr heraus. Unverdaute Bilder tauchten vor
ihrem geistigen Auge auf: Luke, der ihr nicht beistehen
wollte, ihre Mitschüler, die hinter ihrem Rücken über sie
tratschten, ihre Freundinnen, die ihr aus dem Weg
gingen, und ihre Mutter, die ihr die Schuld an allem gab.
Wütend boxte Sarah auf die Matratze ein.

»Sarah«, flüsterte es zaghaft neben ihrem Ohr.
»Verschwinde, Dad!«, brüllte sie, den Kopf immer noch
ins Kissen gedrückt. »Lass mich in Ruhe!« Seine Hand
legte sich sanft auf ihren Rücken. Zornig schlug Sarah sie
ihm weg. »Lass mich in Ruhe!« Ihr Gesicht war
tränenüberströmt und aufgequollen. Rote Flecken
verteilten sich über beide Wangen. Gequält stand er
hilflos neben ihrem Bett.

»Lass uns darüber reden, bitte.« Seine Stimme war leise.

»Hast du mir nicht zugehört? Du sollst verschwinden! Ich will meine Ruhe!« In den Augen ihres Vaters spiegelte sich ihr Schmerz. Vermutlich war es nicht fair, gerade ihn anzuschreien, schließlich war er immer auf ihrer Seite. Doch der ganze Frust in ihr ließ sich nicht bremsen, er musste endlich raus!

»Ich bin für dich da, wenn du mich brauchst!«, flüsterte ihr Vater und drehte sich traurig um. Sarah beobachtete ihn, wie er die Tür leise hinter sich schloss. Schluchzend warf sie sich ein weiteres Mal auf das Kissen und weinte bitterlich. Sie hatte es die ganze Zeit verdrängt, doch nun ließ sie ihrer Qual endlich freien Raum.

Nach einer Weile versiegten ihre Tränen. Als sie sich erschöpft und mit geschwollenem Gesicht zur Seite drehte, entdeckte sie Gabriel. Er saß auf der Bettkante und betrachtete sie voller Mitgefühl.

»Kannst du mich nicht endlich in Ruhe lassen?«, keifte Sarah. Betont schüttelte er langsam den Kopf.

»Nein«, erwiderte er sanft, »das kann ich nicht.« Schnaubend setzte sie sich genervt auf und strich sich über die nassen Wangen. »Möchtest du reden?« Seine Stimme war behutsam, beinahe lieblich. Stumm verneinte sie. Sie wollte nicht reden. Nicht über Luke, nicht über ihre Mutter, nicht über die verdammte Situation in der sie steckte! Das Einzige, was ihr eigenartigerweise guttat, war seine Nähe! Auch wenn sie es sich nicht eingestehen wollte, dank seiner Anwesenheit fand sie endlich Ruhe!

Seufzend zog sie die Beine an ihren Körper und legte das Kinn auf ihre Knie. Sie wollte ihn nur bei sich wissen. Das war alles, mehr brauchte sie nicht.

»Wenn du leidest, dann leide ich mit dir.« Sarah hob den Kopf und sah zu ihm hinüber. Ohne sie aus den Augen zu lassen, setzte er sich dicht neben sie.

»Ich möchte nicht, dass du leidest.« Gabriel sprach so leise, dass Sarah ihn fast nicht verstand. Behutsam hob er die Hand und strich ihr mit den Fingerspitzen über die Wange. Sie wusste, dass sie ihn nicht spürte, aber sie hätte es sich in dem Moment aus tiefstem Herzen gewünscht. Als sie allerdings einen kühlen Hauch an ihrer Wange fühlte, zuckte sie unwillkürlich zusammen.

»Du hast mich berührt!« Er bejahte.

»Es gelingt mir sehr selten und nur kurz.« Sie wirkte verwirrt. »Einen Menschen zu berühren, ist nicht unmöglich, aber sehr anstrengend. Es funktioniert auch nicht immer.« Er lächelte liebevoll. »Umso schöner, dass es mir jetzt gelang.«

»Es fühlte sich so ... irgendwie ... es war schön.« Sie lächelte verlegen.

»Möchtest du mehr davon?« Ihre Wangen röteten sich. Konnte er neuerdings auch noch Gedanken lesen? »Es gibt einen Weg, wie ich dich ohne jede Anstrengung berühren kann.« Ein überraschter Ausdruck huschte über ihr Gesicht. »Und du es auch kannst«, fügte er leise hinzu.

»Wie?« Sie hauchte die Frage mehr, als das sie es aussprach.

»Vertraust du mir?« Sarah nickte stumm. Gabriel lächelte. »Dann leg dich hin und schließ die Augen.«

»Und das soll nützen?« Er grinste.

»Ja.«

»Sicher?«, fragte sie skeptisch. Sein Grinsen wurde noch größer.

»Ganz sicher.« Nicht genau wissend was sie erwartete, legte sie sich langsam hin und schloss die Lider. Ihr Herz klopfte bis zum Hals. Sie hatte keinen blassen Schimmer, wie er es zustande brächte, dass sie sich spüren. Die Vorstellung davon war für sie so weit entfernt wie die Chancen, je auf den Mond zu fliegen. Aber lediglich der Gedanke daran, ließ ihren Körper kribbeln.

»Konzentrier dich auf deinen Atem, genauso wie du es bei der Beerdigung meines Großvaters getan hast«, wies Gabriel sie an. »Tief und langsam einatmen, und dann wieder tief und langsam ausatmen. Ja, genau so.« Er lächelte. »Und gleich wieder, tief und langsam einatmen und tief ausatmen.« Obwohl Sarahs Pulsschlag wie verrückt hämmerte, versuchte sie, sich auf die Atmung zu konzentrieren. »Siehst du schon etwas?«, fragte er leise neben ihrem Ohr. Seine Nähe brachte sie zum Erbeben. »Nein, nur schwarz.«

»Okay, dann atme weiter tief ein und aus und versuche jede Faser von dir zu entspannen. Du bist ruhig und gelassen. Ruhig und gelassen.« Sarah zog den Sauerstoff tief in ihre Lungen und stieß ihn langsam wieder aus.

Dabei versuchte sie sich vorzustellen, wie Körper und Geist zur Ruhe kamen. Was, wenn Gabriel sie auf die Schippe nahm? Innerlich verbannte sie den Gedanken aus dem Kopf. Nein, auch wenn er sie teilweise auf den Arm nahm, bei der Sache schien er es ernst zu nehmen. Zudem hatte sie das Gefühl, dass er mehr wollte, als sie nur für einen kurzen Hauch zu berühren. Obwohl noch immer alles Schwarz um sie herum war, konzentrierte sie sich weiterhin auf ihren Atem. Zweifel regten sich in ihr. Machte sie vielleicht etwas falsch? Gabriels ruhige Stimme, die wie ein Mantra klang, erfüllte sie mit neuem Mut. Es musste klappen, sie wünschte es sich so sehr!

Als ob sich vor ihren Augen ein schwarzer Vorhang löste, sah sie ein helles Licht. Sie blinzelte ein paar Mal. Als sie allerdings bemerkte, dass sie auf die gegenüberliegende Wand ihres Schlafzimmers schaute, sah sie sich verständnislos um. Sie lag ausgestreckt auf der Bettdecke. Gabriel daneben. Er lächelte keck. Enttäuscht presste sie die Lippen zusammen. Er hatte sie also doch reingelegt!

»War es wirklich nötig, mich zu verarschen?« In ihrer Stimme lag ein Hauch Schwermut. Sie hatte sich wahrlich gewünscht, es hätte geklappt.

»Berühr mich«, forderte er sie auf.

»Wieso? Damit du dich noch mehr über mich lustig machen kannst? Ha, super toll!« Sie rollte mit den Augen.

»Tu es!«, verlangte er mit einem energischeren Unterton. Sarah schüttelte verständnislos den Kopf.

»Ich finde deinen Sinn für Humor nicht wirklich witzig! Was sollte schon daran lustig sein, wenn ich durch dich hindurchfasse?«

»Tu es einfach!«, sagte er langsam und ruhig. »Bitte!« Sie drehte sich augenrollend auf die Seite und musterte ihn. Sein Hemd war wie so oft nur zur Hälfte zugeknöpft. Sein silberner Anhänger glitzerte auf seiner blanken Brust. Sie hob die Hand und bewegte sie auf seinen Brustkorb zu. Wie würde es sich anfühlen, durch einen Geist hindurchzufassen? Würde sie so etwas wie ein Kribbeln spüren oder vielleicht rein gar nichts? Als ihre Fingerspitzen ungebremst gegen den Anhänger prallten, riss sie erschrocken die Hand zurück. Ihre Fassungslosigkeit zauberte ein breites Lächeln auf Gabriels Gesicht.

»Was war das?«, flüsterte sie verwirrt.

»Das nennt man ‚Berührung‘«, belehrte er sie belustigt. »Aber das ist nicht möglich! Du bist doch tot!« Wieso konnte sie ihn auf einmal spüren? Zögerlich hob sie ein weiteres Mal die Hand. Sie musste ihn nochmal berühren, sonst würde sie es nicht glauben.

Die Situation war so surreal! Ihr Verstand wollte es einfach nicht für bare Münze nehmen. Mit zitternden Fingern betastete sie vorsichtig den silbernen Anhänger.

Die Oberfläche war kühl und glatt. Mit der Fingerkuppe strich sie die Form entlang. Unglaublich! War das alles etwa nur ein unvorstellbar realer Traum? Sarah biss sich auf die Unterlippe, als sie Gabriels Brust musterte. Wie fühlte sich seine Haut an? Warm wie ein

Körper eines Lebewesens, oder eher kalt, wie die einer Leiche? Ein unangenehmer Schauer kroch ihren Rücken empor.

»Berühr mich, ich weiß, dass du es willst.« Ihre Wangen glühten, als sie ihm in die Augen sah. War es so offensichtlich, was sie wollte? Gabriel lehnte sich etwas vor, um in ihr Ohr zu flüstern.

»Los, worauf wartest du? Ich beiße nicht.« Sarahs Herz hämmerte gegen die Brust. Sie war nervös. Was, wenn sie wirklich ihn und nicht bloß den silbernen Anhänger spüren konnte?

Zaghaft löste sie ihre Finger von dem kühlen Schmuckstück. Sie wollte in berühren, und zwar mit jeder Faser ihres eigenen Körpers.

»Na los, kleiner Angsthase. Worauf wartest du noch?« Sarah stieß ihren Atem aus, den sie, ohne es zu bemerken, angehalten hatte. »Warte, ich helfe dir«, raunte er leise und drückte seinen Oberkörper gegen ihre Finger. Sarah zog scharf die Luft ein. Ihr Gehirn kämpfte gegen jede Logik, denn sie konnte es einfach nicht fassen! Sie berührte Gabriel!

Ein überraschtes Lächeln huschte über ihr Gesicht. Vorsichtig legte sie immer mehr von ihrer Hand auf, bis sie komplett auf seinem Brustkorb lag. Sein Körper fühlte sich warm und muskulös an. Als sie begann, über seine Brust zu streichen, erschauderte er. Es war so unwirklich und gleichzeitig so wundervoll! Sie berührte wirklich Gabriel!

Gabriel ließ ihr Zeit, seine Brust zu erkunden. Als sie allerdings über sein Schlüsselbein fuhr, legte er eilig seine Hand auf ihre. Verwundert hielt sie inne. War sie irgendwie zu weit gegangen?

Seine Augen leuchteten ungewohnt hell und auf seinem Gesicht lag ein Ausdruck, den sie nicht deuten konnte.

»Es ist lange her«, begann er heiser, »dass mich jemand berührte.« Er lächelte verlegen. »Vor allem so zärtlich.« Sarah errötete. Sie hatte ihn nicht absichtlich liebevoll angefasst. Ihr war es nicht mal bewusst gewesen. Sie hatte sich ausschließlich darauf konzentriert, wie sich seine Haut anfühlte.

»Wie ist das möglich?«, wisperte sie im Flüsterton.

»Ist das denn so wichtig? Reicht es nicht, die Berührung des anderen zu spüren?« Langsam strich er ihr mit den Handrücken von der Schläfe bis zum Kinn hinunter. Um jede Faser seiner Zärtlichkeit aufsaugen, schloss Sarah ihre Lider. Als sie allerdings ihre Reaktion bemerkte, riss sie beschämt die Augen wieder auf. Sie war knallrot! Oh Mann, war das peinlich!

Gabriel strich ohne darauf zu reagieren weiter über ihren Hals.

»Als ich dich in der Kirche das erste Mal sah, habe ich mir gewünscht, dich zu streicheln. Und je länger wir uns kannten, je größer wurde das Verlangen.« Er näherte sich. »Und dann gibt es da noch etwas, was ich möchte.« Seine Stimme war voller Liebe. Sarah ertrank in seinen wunderschönen Augen. Die Hitze in ihr wich einem

Kribbeln, welches sich über den ganzen Körper ausbreitete.

Hingebungsvoll legte Gabriel seine Lippen auf ihre. Er küsste sie sanft, beinahe zurückhaltend. Den Atem anhaltend hielt sie inne, um aber gleich in der nächsten Sekunde seinen Kuss zärtlich zu erwidern. Langsam drückte er sie sanft auf die Matratze. Während seine Küsse immer begehrender wurden, vergrub sie ihre Hand in seinem blonden Haar. Ihr Verstand war wie ausgeschaltet. Sie war nicht mehr imstande, zu denken, nur noch zu fühlen – ihn zu fühlen! Liebevoll fuhr sie mit ihrer Hand über den Stoff seines Hemdes. Es war so weich. Seine Rückenmuskeln darunter waren hingegen stark und wohl definiert. Stöhnend vergrub sie ihr Gesicht in seinem Hals, als er hingebungsvoll ihr Schlüsselbein küsste.

Im gegenseitigen Verlangen zogen sie sich immer mehr aneinander. Sie genossen die Küsse, die zärtlichen Streicheleinheiten, aber sie wollten beide mehr.

Sarah öffnete die Knöpfe seines Hemdes. Sie wollte seine Wärme spüren, seinen herben Duft in ihr aufnehmen und in seinen immer wiederkehrenden Küssen versinken. Ja, sie verzehrte sich nach ihm!

Ein Klopfen durchdrang die Stille und riss Sarah aus ihrer Ekstase. Erschrocken fuhr sie augenblicklich hoch. Das Herz raste in ihrer Brust. Verwirrt sah sie zu Gabriel, der neben ihr auf dem Bett saß und ebenfalls benommen zur Tür schaute. Es klopfte erneut.

»Sarah? Bist du da?«, hörte sie ihre Mutter rufen, »du hast Besuch!« Verwundert krauste sie die Stirn. Besuch an einem Sonntag? Paula und Monica wussten doch, dass niemand anderes als die Familie geduldet wurde. Dieser Tag war ihrer Mutter heilig. Wieso hielten sich ihre Freundinnen plötzlich nicht mehr daran?

Sarah strich über das Gesicht. Sie musste sich zuerst sammeln, um überhaupt einen klaren Gedanken zu fassen. Sie spürte noch immer Gabriels warme Lippen auf ihren. Ihre Wangen begannen erneut zu glühen, wenn sie daran dachte.

»Sarah?« Die Stimme ihrer Mutter war gereizt. »Ich komm jetzt rein!« Bevor Sarah etwas erwidern konnte, platzte sie bereits hinein. Peinlich berührt, huschte ihr Blick zu Gabriel hinüber, der allerdings verschwunden war.

»Erkläre deinen Freundinnen die Regeln! Ich dulde das kein weiteres Mal«, reklamierte ihre Mutter mit spitzer Zunge. »Und das gilt für alle!« Ohne dem etwas zuzufügen, drehte sie sich auf dem Absatz um und rauschte hinaus. Benommen sah Sarah ihr hinterher. Sie fühlte sich immer noch wie in einem Traum. Es war so herrlich gewesen mit Gabriel. Wieso musste ausgerechnet in diesem Moment eine ihrer Freundinnen hineinplatzen?

»Klopf, klopf!« Nancys Stimme riss sie aus ihren Gedanken. Sarah gefror das Blut in den Adern. Mit einem hämischen Grinsen trat die Anführerin der Gruftschwestern ins Zimmer und schloss die Türe hinter sich. War das die Realität, oder träumte sie? Konfus schüttelte Sarah den Kopf. Was um alles in der Welt tat Nancy hier!

Mit ihrem kurzen Tüllrock, der ihr bis zu den Knien reichte und mit einer Kette verziert war, kam sie langsam näher. Ihr Oberteil war eine Korsage mit Kragen, welche ihre üppige Oberweite in Szene setzte. Eine weitere Kette mit einer großen Kobra als Anhänger, fingerlose Netzhandschuhe die ihr bis zu den Ellbogen reichten und schwarze Kunstleder-Stiefeletten mit Nieten daran, rundeten das Bild der perfekten Gothic Braut ab. Sarah rann kalter Schweiß über ihren Rücken.

»Hallo Westen«, begrüßte Nancy sie wie immer mit ihrer enormen Selbstsicherheit. Musternd schlenderte sie im Raum umher. In Sarahs Kopf hallten Biancas Schreie von letzter Nacht nach. Wütend strich sie sich über die pochende Stirn.

»Ätzend!« Die Gruftschwester verzog das Gesicht und schüttelte dabei den Kopf. »Wie kann man nur so leben!«

Sarah saß stumm auf dem Bett. Sie konnte nicht aufstehen, ohne dass sie zusammenbrach - ihre Knie fühlten sich wie reinster Pudding an. Sie wollte auch nicht, dass Nancy das Unbehagen, das ihre Anwesenheit auslöste, zu sehen kriegte; aber wahrscheinlich war sich die Gruftschwester ihrer Ausstrahlung nur zu gut bewusst.

»Was willst du?« Sarahs Stimme klang hoch und piepsend. Spätestens jetzt war klar, dass sie sich vor ihr fürchtete. Die Anführerin trat lächelnd zum Bettende.

»Du bist gestern im Club so unerwartet schnell abgehauen.« Sie zog die Netzhandschuhe stramm. »Viel zu früh, finde ich.« Sie grinste. »Das Beste hast du dadurch leider verpasst!« In Sarah zog sich alles zusammen. Sie wollte es nicht, doch sie musste die Fragen einfach stellen. Schließlich hatten sich ihre Freunde in der Disco aufgehalten. Ihr Puls schoss in die Höhe. Hatte sie ihnen etwas angetan?

»Was denn?« Sie versuchte, möglichst belanglos zu klingen, was ihr auch besser gelang, als sie dachte.

Nancy strich übers Korsett und drückte sich ihre Brüste zurecht. Mit einem lüsternen Blick sah sie zu Sarah. Ihre Mundwinkel zuckten.

»Tja, ich sagte doch, du bist viel zu früh gegangen. Aber keine Angst, du wirst es noch früh genug erfahren.« Sie zeigte eine Reihe strahlendweiße Zähne und schlenderte zum Schreibtisch.

»Echt jetzt?« Nancy hob eine Musikzeitschrift hoch, auf dem eine Boygroup abgebildet war. »Du liest solchen Schund?« Sarah biss die Zähne zusammen. Und wenn auch – das ging sie nichts an! Sie hasste es, wenn Fremde in ihrem Zimmer herumschnüffelten!

Wackelig stand sie auf. Sie begrüßte die Wut in ihr, denn sie gab ihr Kraft sich gegen die Gruftschwester durchzusetzen.

»Du bist hier nicht willkommen!« Sarah funkelte sie an. Nancy hob überrascht die Augenbrauen.

»Du bist Westen - du hast selbst zugesagt. Also ist es mir auch jederzeit erlaubt, mich in deinem Zimmer aufzuhalten! Nicht, dass ich nicht andere Orte vorziehen würde, aber ein Hoheitsbesuch der Anführerin gehört zur Aufnahme in die Gruppe!« Sie lächelte spöttisch.

»Wieso weißt du, was ich gesagt habe?«, fragte Sarah konfus. »Wie ist so was überhaupt möglich?«

»Oh Sarah, Sarah. Du musst noch viel lernen!« Die Gruftschwester kicherte. »Wieso denkst du, habe ich Tracy und Stella?« Sie warf Sarah einen fragenden Blick zu. »Weil ich ihre Mächte benutze – wie zum Beispiel das Hellhören!«

»Hellhören?«

»Ja, Tracys kleiner Mann im Ohr hat geraunt, dass du dich zu uns bekannt hast.«

»Das ist doch alles Hokuspokus!« Nancy kam näher.

»Auch du wirst es noch verstehen. Was ich beherrsche, ist reinste Magie!« Sie umrundete Sarah wie ein Raubtier seine Beute. »Du bist mit der Vorstellung aufgewachsen, dass Hexen und Zauberei nur in Büchern und Fernseher existieren. Oder irre ich mich da?« Ganz so unrecht hatte sie nicht. Genau das hatte sich Sarah immer versucht einzureden, damit sie nicht an den Vorfall in der Kirche denken musste. In ihrem Innern wusste sie aber, dass es da noch etwas anderes gab - sie hatte es ja schließlich am eigenen Leib erlebt! Auch wenn sie es nicht wahrhaben wollte.

»Arme, arme Westen. Du hast dich die ganze Zeit geirrt.« Die Anführerin strich Sarah über die Schultern und löste ein Schaudern aus. Sie ließ sich allerdings nichts anmerken. Sie musste stark wirken, wenn sie sich gegen die Gruftschwester behaupten wollte - auch wenn in ihr eine riesengroße Angst herrschte.

»Hexen sind real, denn ich bin eine, und beherrsche die dunkle Magie wie das Einmaleins.« Nancy kam noch näher und flüsterte ihr ins Ohr. »Hüte dich also davor, mich zu ärgern. Sonst vernichte ich dich!« Eiskalt lief es Sarah über den Rücken. Wieso war diese Person nur so grausam? »Bist du nun fertig? Dann solltest du gehen!« Ihre Stimme klang weniger schneidend als gehofft, doch sie verfehlte ihre Wirkung nicht. Nancy trat vor sie und inspizierte sie von Kopf bis Fuß.

»Glaube mir, ich kann es kaum erwarten, aus diesem Dreckloch von einem Zuhause zu fliehen!« Die Anführerin verzog angewidert das Gesicht. »Aber der Grund meines Aufenthaltes ist ganz einfach. Westen wird benötigt!«

»Westen hat aber keine Zeit!«, erwiderte Sarah knapp. Die Gruftschwester warf ihren Kopf in den Nacken und lachte laut.

»Du bist irgendwie witzig mit deiner Art.« Sie wurde augenblicklich wieder ernst. »Trotzdem, widersetz dich nicht meinen Befehlen!«

»Nur, weil ich zugesagt habe, Westen für dich zu spielen, heißt das noch lange nicht, dass ich nach deiner Pfeife tanze! Und jetzt verlasse mein Zimmer!« Ihr war klar, dass es wahrscheinlich keine gute Idee war, die Anführerin der Gruftschwestern zu verärgern, doch sie hatte auch nicht vor, sich ihr zu beugen.

»Du willst dich wirklich gegen mich stellen? Hast du vergessen, was mit der Kleinen war? Wir wollen doch nicht, dass ihr so etwas Schreckliches wieder geschieht, oder?« Sarah presste wütend die Zähne aufeinander. Sie kochte beinahe vor Wut. Sie würde nicht zulassen, dass ihre kleine Tochter je wieder von Nancy benützt wird! Nie wieder!

»Wenn du mich willst, dann lässt du sie in Ruhe, für immer! Oder du hast keine Westen mehr!« Die Gruftschwester grinste ihr selbstgefälliges Lachen.

»Als ob mich das hindern würde, dich zu kriegen. Nun gut, ich werde die Kleine in Ruhe lassen. Aber nur, wenn du genau das tust, was ich von dir will!« Sarah verspürte ein ungutes Gefühl.

»Und das wäre?«

»Du bist heute Abend um 20 Uhr vor der Kirche.«

»Heute Abend?«, wiederholte sie skeptisch. »Was willst du denn dort?«

»Und zieh dir etwas Schwarzes an! Vergiss nicht, du bist jetzt eine von uns!« Mit diesen Worten drehte sich Nancy ruckartig um, riss die Tür auf und verließ mit klackernden Schuhen das Zimmer.

Sarahs Knie flatterten. Mit letzter Kraft setzte sie sich auf die Bettkante. Sie war bereit für ihre Tochter alles zu tun. Auch wenn sie der Gedanke, heute Abend ein Werkzeug von Nancy zu sein, zu Tode ängstigte.

»Sarah?« Sie sah auf und erblickte ihren Vater, der in der Tür stand. Er betrachtete sie besorgt. »Kann ich mit dir reden?« Musste das sein? Sie hatte keine Kraft schon wieder über das Thema Luke zu sprechen!

Ihr Vater kam näher und setzte sich neben sie.

»Du siehst mitgenommen aus.« *Ach, ja?, was du nicht sagst! Es bricht ja auch nur gerade meine Welt zusammen!* »Dieses Mädchen von vorhin …«, begann er vorsichtig, »geht sie mit dir zur Schule?«

»Du meinst Nancy?« Er nickte.

»Ich weiß, dass du momentan eine schwierige Zeit durchmachst. Das in der alten Schule, der Wegzug, Bianca und nun Luke … das ist alles nicht einfach für dich.« Worauf wollte er hinaus? »Aber sich vor allem zu verschließen und jemanden wie dieses Mädchen von eben als Freundin zu …«

»Nancy ist nicht meine Freundin!«, unterbrach ihn Sarah schroff. Ihr Vater krauste die Stirn.

»Und wer ist sie dann?« Sie hatte keine Ahnung, wie sie es erklären sollte.

»Ich gebe ihr Nachhilfe. In Geschichte!«

»In Geschichte?«, wiederholte er. »Das ist nicht gerade dein bestes Fach.« Na toll! Das kam heraus, wenn man ohne darüber nachzudenken sprach.

»Du solltest mal Nancys Noten sehen!« Sie lächelte matt, »Da sind meine echt gut!« Ihr Vater legte ihr den Arm um die Schultern.

»Ich möchte nicht, dass du auf den falschen Weg kommst. Egal was war oder sein wird. Ich verspreche dir, es kommt alles wieder in Ordnung. Ich werde morgen mit Lukes Familie das Gespräch suchen.« Sarah hob skeptisch die Augenbrauen. Ob das gut kam? Er schmunzelte. »Ohne deine Mutter, sonst kratzt sie ihnen noch die Augen aus.« Sie lachte leise. »Ob nun Luke hier ist oder nicht. Wir kriegen das wieder hin!« Er gab seiner Tochter einen Kuss auf die Stirn. »Ich bitte dich nur um eins.«

»Und das wäre?«

»Ich bin für dich da, wenn dich etwas bedrückt. Du kannst mit mir über alles reden.« *Ja, außer darüber, dass Nancy eine verrückte Hexe ist, welche Magie beherrscht, oder das ich tote Menschen in Kirchen sehe.*

»Alles gut?«

Sarah lächelte. »Alles gut.«

Er nickte. »Dann leg dich noch etwas hin. Du siehst müde aus. Ich gehe jetzt mit Bianca in die Praxis.« Da hatte er nicht unrecht. Sie fühlte sich wirklich gerädert. Mit einer liebevollen Umarmung verließ er ihr Zimmer und schloss die Tür hinter sich.

Kapitel 14

Sarah hatte bis tief in den Nachmittag friedlich geschlafen. Erst als eine kühle Schnauze ihre Nase ableckte, erwachte sie.

»Oh Mann, Baxter!« Sie strich sich angeekelt über das Gesicht. »Du weißt doch, dass ich das hasse! Und überhaupt, was tust du in meinem Zimmer?«

»Dir sagen, dass du dich nützlich machen sollst und mit ihm Gassi gehst!« Sarah öffnete ihre Augen und erblickte ihre Mutter, die im Türrahmen stand und mit der Leine in der Hand herum wedelte. Innerlich stöhnend setzte sie sich auf. Dem Gesichtsausdruck nach war sie immer noch sauer auf sie - obwohl sie ja im Grunde genommen nicht viel dafür konnte.

»Gib mir 10 Minuten, okay?« Ihre Mutter nickte und ging, gefolgt von Baxter wieder hinaus. Nachdem sich Sarah kaltes Wasser ins Gesicht gespritzt hatte, eilte sie in die Küche, gab ihrer Tochter einen liebevollen Kuss auf die Stirn und schnappte sich ein paar Kekse. Obwohl ihr Magen schon wieder knurrte, wollte sie trotzdem zuerst mit dem Hund hinaus. Nicht dass sie es liebte, bei dem Wetter draußen zu sein, aber sie wollte ihrer Mutter keinen Grund geben, erneut an ihr herumzumeckern. Sarah zog Mantel und Stiefel an und nahm die Leine vom Hacken.

»Na los, Baxter! Gassi gehen!« Schwanzwedelnd tänzelte der Hund aufgeregt neben ihr herum. »Halt doch mal still!«, lachte Sarah, als sie versuchte die Leine am Halsband zu befestigen. »Wenn du so herumhüpfst, brauche ich noch Stunden dafür. Wir sind draußen«, rief sie laut und verließ die Wohnung. Baxter zog voller Freude und Sarah konnte ihm nicht schnell genug die Stufen hinuntergehen. Sie kicherte.

»Für einen Hund im höheren Alter ziehst du wie ein junger Welpe. Ich glaube, du benötigst wiedermal etwas Hundeschule«, neckte sie ihn. Gerade als sie aus der Haupttüre wollte, trat Frau Benner von außen hinein.

»Oh, hallo Sarah«, begrüßte ihre Nachbarin sie.

»Hallo.«

»Da scheint jemand ganz aufgeregt zu sein.« Sie streichelte Baxter über den Kopf.

»Ja, er benimmt sich wie ein junger Hund, wenn er Gassi gehen darf.« Die alte Witwe nickte.

»Dann viel Spaß.« Sie wollte gerade die erste Stufe erklimmen, als Sarah sie an der Schulter berührte.

»Frau Benner«, fragte sie vorsichtig.

»Ja?«

»Ich, ähm …« Sie wusste nicht genau, ob es eine gute Idee war, aber sie musste mit jemanden reden, der sie verstand, sonst würde sie noch verrückt werden.

»Ich hätte da ein paar Fragen.« Ihre Nachbarin lächelte. »Das kann ich verstehen. Hast du das Buch schon gelesen?« Sarah schüttelte den Kopf. Sie hatte ganz vergessen, dass es in ihrer Schreibtischschublade lag.

»Ähm nein, aber es geht trotzdem um solche Dinge. Na ja, sie wissen schon ...« Frau Benner nickte wissend.

»Komm doch nach deinem Spaziergang auf eine Tasse Tee hinauf. Baxter darfst du gerne mitnehmen.« Sarah seufzte erleichtert.

»Danke.« Es tat gut zu wissen, dass sie mit jemanden reden konnte. In ihrem Kopf schwirrten so viele Fragen herum, auf die sie keine Antwort hatte. Da Gabriel seit Nancys Erscheinen nicht mehr aufgetaucht war, brauchte sie die Hilfe ihrer alten Nachbarin. »Also dann, bis später!«, verabschiedete sich Sarah erfreut und trat mit Baxter in den herbstlichen Nachmittag hinaus.

Obwohl die Sonne schien, war der Wind relativ kühl. Sarah schlug den Kragen hoch, doch das schützte sie nicht wirklich vor der kalten Brise. Baxter schien das Wetter ausnahmsweise mal nichts anzuhaben. Er war froh, dass er draußen war. »Wir machen aber nur eine kleine Runde, sonst erfrier ich, ja?« Sie zog fröstelnd die Schultern hoch und schlang die Arme um ihren Körper. Frierend musterte sie die Menschen, die an ihr vorbeigingen. Wie konnte man nur freiwillig bei dem Wetter hinausgehen? »Also, wenn ich die wäre, dann würden mich keine zehn Pferde rauskriegen«, murmelte sie leise vor sich hin. »Komm Baxter, lass uns hier abbiegen, dann sind wir schneller wieder daheim.« Dem Hund gefiel die Idee allerdings überhaupt nicht. Er stemmte sich gegen die Leine und wollte geradeaus gehen. Sie verstand ihren Hund ja, aber sie fror. Zudem hatte er sein Geschäft auch schon erledigt.

»Können wir nicht später nochmal raus? Dann ziehe ich mir auch eine extra Schicht an. Einverstanden?« Aus dem Augenwinkel bemerkte sie plötzlich eine ganz in schwarz gehüllte Person, welche die Straßen entlangging. Das Erste, was ihr durch den Kopf schoss, war Nancy. Beim genaueren Hinsehen bemerkte sie, dass sich die Person weniger anmutig bewegte. Es musste sich um eine der anderen Gruftschwestern handeln! Von hinten konnte sie aber nicht erkennen, um welche es sich dabei handelte. Stella oder Tracy? Ihr kam eine Idee. Wenn es Gabriels Schwester war, hätte sie so endlich die Gelegenheit mit ihr alleine zu sprechen. Ihr Puls beschleunigte sich. Vielleicht konnte sie Gabriels Versprechen einlösen und sie überzeugen, sich von den anderen abzuwenden. Eilig überquerte Sarah die Straße und folgte der Gruftschwester. Baxter, der annahm, er habe durch sein Ziehen an der Leine gewonnen, trottete erfreut neben ihr her. Sie hatte Glück, es handelte sich um Stella! In Sarahs Kopf kreisten Dutzende von Fragen. Was genau sollte sie ihr sagen? Sollte sie ihr von Gabriel erzählen? War es sinnvoll, einfach mal Small Talk zu führen? Sie hatte keine Ahnung. Stella war für sie wie ein verschlossenes Buch, dessen Inhalt man nicht kannte. Sie war weder laut, aufsehenerregend noch gesprächig. Ob sie vor Gabriels Tod anders war? In ein paar Metern hätte sie sie eingeholt. Und was dann?

»Hat es einen bestimmten Grund, warum du mir nachläufst?«, fragte Stella, als sie sich unvermittelt umdrehte. Ihre Augen musterten ihre Verfolgerin misstrauisch. Ertappt blieb Sarah erschrocken stehen. Obwohl ein Abstand von zwei Metern zwischen ihnen lag, fühlte sie sich unbehaglich. Jede der Schwestern hatte irgendetwas dunkles, unheimliches an sich. Kein Wunder, dass sie von allen in der Schule gemieden wurden.

»Ich habe dich gefragt, was du von mir willst!«, fragte Stella erneut, diesmal in einem schärferen Ton. Misstrauisch zog sie die Augen zusammen. Sarah fühlte eine Art Mitleid. In ihrem Gesicht spiegelte sich etwas, was Sarah traurig machte, sie sah so geknickt aus. Gabriels Schwester wirkte auch nicht wie ein Mädchen, das sich nur um gute Schulnoten, Jungs und Klamotten sorgte. Mit ihren angespannten Gesichtszügen sah sie viel älter aus, als sie war. Sie konnte einem wirklich leidtun!

»Ich bin Westen«, sagte Sarah, ohne zu wissen, wie sie das Gespräch sonst beginnen sollte. Stella taxierte sie wortlos. »Ich nehme an, Nancy hat dir schon erzählt, dass ich jetzt bei euch dabei bin?«

»Bei uns dabei bist?« Gabriels Schwester krauste spöttisch die Stirn. »Für was hältst du uns, für einen verdammten Verein oder was?« Gut gemacht Sarah! Sie hatte nicht die Absicht gehabt, sie zu verärgern. So würde sie ihrem Ziel nicht näherkommen.

»Nein, natürlich nicht!« Sie lächelte gekünstelt. »Ich wollte damit nur sagen …«

»Was auch immer, erspar es dir! Ich will es nicht wissen!« Stella rollte mit den Augen, als sie Sarahs verblüfften Blick sah.

»Nur, weil du Westen bist, heißt das noch lange nicht, dass ich mit dir rede … oder dich mag! Also hör auf, mich zu verfolgen!«

Genervt drehte sie sich um und ging mit eiligen Schritten um die nächste Ecke. Sarah lehnte sich an die nebenstehende Hauswand und schloss seufzend die Augen.

»Das war ein Desaster!«, sagte sie enttäuscht, als sie sich die Hände gegen die Stirn presste. »Ich krieg das einfach nicht hin! Gabriel wird mich hassen!«

»Woher kennst du Gabriel?« Ein erstickter Schrei drang aus Sarahs Kehle. Wieso war sie plötzlich wieder neben ihr? War sie nicht gerade um die Ecke gebogen?

»Woher kennst DU Gabriel!«, fragte seine Schwester erneut. In ihren Augen flackerte etwas, was Sarah noch nie an ihr gesehen hatte. Teile von Angst vermischten sich mit Anspannung. Wann hatte sich dieses Mädchen das letzte Mal so richtig unbefangen gefühlt?

Die Hand, an dem sie einen Armour mit Totenschädel trug, griff plötzlich nach Sarahs Kinn. Erschrocken hielt sie den Atem an. Sie fühlte sich in die Mangel genommen.

»Nun ja …«, begann Sarah langsam. Ihr Hirn ratterte im Schnelltempo verschiedene Ausreden durch. Von »Ich meinte einen anderen Gabriel« über »du hast dich verhört, ich sagte Daniel«, bis zu der Wahrheit »ich kann Tote sehen« war alles dabei. Schließlich entschied sie sich für eine möglichst, einfache und neutrale Antwort: »Man hat mir erzählt, was mit deinem Bruder passiert ist.« Über Stellas Gesicht huschte ein kurzer Ausdruck von

Schmerz, so als würde sie sich an das schreckliche Ereignis erinnern. Die Gruftschwester wirkte weniger angsteinflößend als Nancy, doch Sarah traute sich trotzdem nicht, die Hand von ihrem Kinn zu ziehen.

»Hast du vorhin nicht gesagt, dass du nichts von mir wissen möchtest?« Sarah atmete erleichtert auf, als Gabriels Schwester die Hand von ihr nahm und einen Schritt zurückging. »Nenn mir deine Fähigkeit!« Stella sah sie auffordernd an.

»Hä?« Von welchen Fähigkeiten sprach sie. Genervt verdrehte Stella die Augen.

»Wenn du zu uns gehörst und Westen bist, dann musst du wissen, was du kannst!« Sie trat näher. »Ich frage dich daher nochmals: Was sind deine Fähigkeiten?« Ihr Augenlid zuckte nervös. Auch sonst wirkte sie sehr mitgenommen. Wie fest hatte ihre Psyche unter dem Tod ihres Bruders gelitten?

Um etwas Zeit zu schinden, räusperte sich Sarah laut. Sie hatte keine Ahnung, was sie antworten sollte. Nancy hatte ihr nicht gesagt, dass sie eine Fähigkeit brauchte. Auf der anderen Seite musste sie irgendetwas haben. Ohne Grund hätte die Anführerin der Gruftschwestern nicht alles daran gesetzt, sie zu überzeugen. Und der einzige Grund, der ihr in den Sinn kam, war ihr Fluch: Den Unsegen tote Menschen zu küssen! Sie räusperte sich verlegen, als sie an Gabriel dachte. Sie meinte natürlich, tote Menschen zu sehen!

»Na ja, Ich sehe so Leute …« Sarah kratzte sich befangen am Hals. Darüber zu sprechen war nicht gerade leicht. Es klang einfach so verrückt - so unglaublich verrückt.

»Du siehst? Das kann nicht sein!«

»Doch!«, entgegnete Sarah mit pochendem Herzen. Jetzt oder nie – das war ihre Chance! »Ich sehe Leute wie ...« Ihr Hals fühlte sich an wie ausgetrocknet. »... Gabriel!« Stella kniff verbittert ihre Lippen zusammen.

»Das ist nicht witzig!« Sie wollte gerade gehen, als Sarah sie am Arm zurückhielt.

»Ich kann ihn sehen! Und ich weiß von seinem Unfall!« Die Gruftschwester blieb stehen und warf ihr einen vernichtenden Blick zu.

»Jeder weiß davon!«, zischte sie zwischen zusammengepressten Zähnen. Stella entriss sich ihrem Arm. »Gabriel hat einen Anhänger!« Aufhorchend sah sich seine Schwester wieder um. »Es sind zwei ineinander verschlungene Flammen!« Sarah schluckte, als sie den Schmerz in Stellas Augen sah. »Er hat den Anhänger ein paar Tage vor seinem Tod von dir erhalten!«

Die Gruftschwester presste ihre bebenden Lippen zusammen, als sie gegen die Tränen ankämpfte.

»Du kannst ihn sehen?«, hauchte sie kaum hörbar. Sarah nickte. »Geht es ihm gut?« Sie bejahte.

»Es geht ihm gut.« Wenn man tot sein als gut bezeichnen konnte. »Er wirkt ... fröhlich.« Ein Lächeln huschte über das tränenbenetzte Gesicht von Stella. Sarah log absichtlich, aber sie konnte nicht anders. Niemand wollte hören, dass ein geliebter Mensch sich heftige Vorwürfe über seinen Tod und dessen Folgen machte. Sarah strich sich über die nasse Wange. Ein unangenehmer, leichter Nieselregen setzte ein. Stella schüttelte fassungslos den Kopf.

»Ich verstehe das nicht! Du kannst Gabriel sehen? Aber… aber…« Sie atmete geräuschvoll ein. »Ich verstehe das einfach nicht! Zu sehen ist Tracys Begabung, nicht deine!« Sarah schaute skeptisch auf Stella. Anscheinend wusste sie über ihre Fähigkeit besser Bescheid, als sie selber. Aber was sollte sie sonst können?

»Und was ist dein Talent?« Stella wischte sich das Gemisch aus Tränen und Regentropfen aus dem Gesicht.

»Schutz und Telekinese.«

»Telekinese?« Sie hatte das Wort schon mal gehört, wusste aber nicht mehr, was es bedeutete.

»Die Fähigkeit Dinge zu bewegen.«

»Ach so.« Sarah nickte. Ob das für Stella auch mehr Fluch als Segen war?

»Erzähl mir von Gabriel, bitte!« In ihrem Blick lag etwas Flehendes. Was wollte sie denn von ihr hören?

»Durchnässt im Regen zu stehen ist nicht gerade toll«, wich sie ihr aus. Unerwartet nahm sie Stella an der Hand und zog sie zu einem gedeckten Eingang in der Nähe. »Bitte, beantworte mir nur ein paar Fragen. Ich bitte dich!« Ihre Stimme war voller Flehen und tiefer Sehnsucht nach ihrem Bruder.

»Ich weiß nicht, ob ich Antworten habe«, erwiderte Sarah vorsichtig. Sie wollte ihr keine Hoffnung machen und doch hoffte sie innerlich, dass es ihr damit gelang, möglichst nah an sie heranzukommen. Vielleicht konnte sie sie bewegen, bei den Gruftschwestern auszusteigen. Die leicht geröteten Wangen, die offenen, leider nun schmerzverzerrten Augen sowie der volle Mund ... Stella war ein bildschönes Mädchen. Nur konnte man es hinter der schwarzen Schminke und dem tieftraurigen Blick nicht mehr erkennen.

»Wo genau ist er jetzt und was tut er dort? Ist Großvater bei ihm? Was hat er die Monate seit dem Unfall getan? Hatte er Schmerzen? Sind seine Erinnerungen an seine Familie verblasst oder kennt er uns noch?« Stellas Fragen prasselten wie ein Wasserfall auf sie herab.

»Sieh an! Wen haben wir denn hier?« Sarah zuckte zusammen, als Nancy auftauchte. Woher zum Teufel kam sie? Mit einem überlegenen Lächeln Schritt sie um die stockstef stehende Stella. Anscheinend fühlte sie sich in der Nähe der Anführerin nicht wirklich gut.

»Über was unterhaltet ihr euch denn? Schuhe, das Wetter oder ...« Sie sah abschätzig auf Baxter hinunter, der es sich in der Zwischenzeit am Boden gemütlich gemacht hatte. »... Hunde?«

»Sie kann auch sehen. Genau wie Tracy!«, antwortete Gabriels Schwester aufgewühlt. Nancy zog missbilligend die Stirn kraus.

»Das ist nicht ihre Fähigkeit!«

»Sie kann es aber!« Die Anführerin drehte sich langsam zu Stella. Ihre eiskalten Augen durchbohrten sie zornig. Sie sprach zu ihr wie zu einem kleinen Kind.

»Bist du so leicht zu Täuschen? Westen ist die Anruferin! Das hat Tracy vorhergesagt!« Sarah warf ihr einen interessierten Blick zu. Sie war die Anruferin? Was aber bedeutete das genau? Nancy reckte überheblich das Kinn. »Erklär mir, wie du auf die Idee kommst, deine Begabung sei es zu sehen?«

»Na ja …« Sarah stotterte. Durch Nancys durchbohrenden Blick lief es ihr eiskalt den Rücken hinunter. Stella von Gabriel zu erzählen war eine Sache, doch es der Anführerin der Gruftschwestern anzuvertrauen eine ganz andere. Sie wollte ihr nicht davon erzählen, wer konnte schon wissen, was sie ihm allenfalls antun würde!

»Nun, sie fragte mich nach meinen Fähigkeiten, und da ich nicht wusste, was mein Talent ist, sagte ich, ich würde Tote sehen.«

»Du hast aber von Gabriel gesprochen!«, rief seine Schwester empört. In ihre Augen trat wieder dieser tiefe Schmerz. Sarah brach es fast das Herz, sie so Leiden zu sehen. »Du hast von ihm gesprochen!«, wiederholte Stella kaum hörbar. Verbittert biss sie sich auf die Lippen. Es tat so weh, aber verstand sie denn nicht? Sie konnte Nancy doch nicht von ihrem Bruder erzählen. Ihr Bauchgefühl sagte ihr, dass das viel zu gefährlich war. Konnte sie das denn nicht spüren?

»Es tut mir leid«, erwiderte Sarah stattdessen und senkte den Blick. Stella schüttelte den Kopf.

»Aber du hast …«

»Ich habe gelogen«, unterbrach sie sie schroff und hoffte damit, Stella zum Schweigen zu bringen. Sie durfte auf keinen Fall auf Gabriels Anhänger zu sprechen kommen.

»Siehst du, da haben wir's! Das Miststück hat gelogen!« Die Anführerin warf Sarah einen kalten Blick zu, der ihr das Blut in den Adern gefrieren ließ.

»Sie wollte sich nur wichtigmachen! Geh nach Hause und zieh dir etwas Schwarzes an!« Ihre Stimme war schneidend. »Ich sehe dich später bei der Kirche!« Nancy trat näher um ihr ins Ohr zu flüstern. »Wenn nicht, dann setze ich Stella auf deine kleine Schwester an.« Sie lächelte boshaft. »Eine zweite Holzkugel in ihrem Hals wird sie nicht überleben!« Sarah stierte ungläubig zu Gabriels Schwester. Sie war dafür verantwortlich? Ausgerechnet SIE? »Das wäre also geklärt.« Nancy hakte sich besitzergreifend bei Stella unter. »Amen.« Sarah verzog das Gesicht. Hatte die Gruftschwester wirklich gerade Amen gesagt? »Das ist unser Abschiedsgruß. Toll nicht?« Die Anführerin kicherte. »Da du nun eine von uns bist, hast du auch dich so zu verabschieden.« Sie setzte ihr süffisantes Lächeln auf. »Amen Sarah.« Sarah schüttelte innerlich den Kopf. Eine größere Gotteslästerung ging wohl nicht mehr, oder? Sie fand es so bescheuert, verabschiedete sich aber trotzdem wie gewünscht.

»Amen«, murmelte sie leise. Mit einem zufriedenen Gesichtsausdruck drehte sich die Anführerin um und verschwand mit Gabriels Schwester im Schlepptau um die nächste Ecke.

Sarahs Herz raste, als sie ihnen nachsah. Sie konnte es immer noch nicht fassen; auf der anderen Seite war es aber so logisch! Telekinese! Die Fähigkeit, Dinge zu bewegen! Tränen traten in ihre Augen. Stella war verantwortlich dafür, dass ihre Tochter fast gestorben war! War es vielleicht schon zu spät, um sie zu retten? Wie sollte sie Gabriel bloß erklären, dass seine Schwester beinahe ein Kind auf dem Gewissen hatte? Sarah schluckte den Schmerz hinunter. Sie durfte es ihm nicht erzählen. Er würde sich nur selber die Schuld darangeben und das wollte sie nicht. Sie musste es für sich behalten, es in der hintersten Ecke ihres Gedächtnisses ablegen. Und das tat sie, auch wenn es ihr beinahe das Herz zerriss!

Kapitel 15

Als Sarah die Tür zur Wohnung aufschloss, waren Baxter und sie platschnass. Dem Nieselregen war ein starker, heftiger Regen gefolgt, der ihre gesamte Kleidung durchnässte.

»Da ist aber jemand mehr als nur etwas nass.« Ihr Vater nahm ein Handtuch aus einer Schublade und begann Baxter trocken zu rubbeln. »Willst du ein Bad nehmen? Du siehst durchfroren aus.«

»Nein, ist schon gut«, erwiderte seine Tochter, während sie sich aus der tropfenden Jacke schälte. »Ich zieh mich nur kurz um und gehe zu Frau Benner. Ich habe sie vorhin angetroffen.«

»Siehst du, Marie? Wie du gewünscht hast, kümmert sie sich um unsere alte Nachbarin.« Seine Frau stand in der Tür zur Küche und nickte.

»Das ist nett«, erwiderte sie leise und zwang sich sogar zu einem schmalen Lächeln. Sarah warf ihr einen Blick über die Schultern zu, als sie zu ihrem Zimmer eilte. Ihr Vater musste in der Zwischenzeit mit ihr geredet haben. Ihre Mutter wirkte jedenfalls ruhiger als vorhin.

Fröstelnd schloss Sarah die Zimmertür und zog eilig ihre nassen Kleider aus. Bibbernd ging sie zu ihrem Schrank um frische, warme Kleidung herauszunehmen. Ein kurzer, aufreizender Pfiff drang durch den Raum. Nur in Unterwäsche drehte sie sich geschockt zum Bett.

Gabriel lag auf der Seite und beobachtete sie mit leuchtenden Augen. Seine Lippen kräuselten sich zu einem süffisanten Lächeln.

»Na, das ist ja mal ein Anblick!« Er zwinkerte ihr belustigt zu.

»Hey!«, rief Sarah empört und rannte zu ihrem Bademantel, der hinter der Tür hing. Um sich vor seinen Blicken zu schützen, legte sie ihn hastig um. Gabriel verzog verzückt die Mundwinkel, als er ihre erboste Miene bemerkte.

»Was denn?«, sagte er mit einer Unschuldsmiene. »Darf man etwas Schönes nicht ansehen?« Sie errötete ein wenig wegen seinen schmeichelnden Worten, ließ es sich aber nicht anmerken.

»Hast du sie noch alle, mir beim Umkleiden zuzusehen?« Er stand mit einer schwunghaften Bewegung auf und grinste schelmisch.

»Ich hätte auch warten können, bis du fasernackt bist.« Er hob verschwörerisch ein paar Mal die Augenbrauen. Sie schnaubte verächtlich und rollte gespielt verärgert die Augen. »Im Bikini sieht man genau so viel nackte Haut. Wo ist also das Problem?« Sarah warf ihm einen argwöhnischen Blick zu. Gabriel lachte schallend. »Du solltest dein Gesicht sehen, echt zum Totlachen.« Schmunzelnd machte sie eine Grimasse. Am liebsten hätte sie ihm den nassen Pullover, der zu ihren Füssen lag in seine grinsende Visage geschmissen.

»Du bist selber blöd!«

»Sag das noch einmal«, forderte er sie gespielt ernst auf und trat näher. Seine Augen funkelten genauso, wie vor ein paar Stunden, als sie sich auf dem Bett innig küssten. Hitze strömte durch ihren Körper und sie spürte, wie ihr die Röte ins Gesicht schoss. Er grinste, als ob er wüsste, was sie dachte. Beschämt biss sie sich auf die Lippen. Sie verstand das Ganze immer noch nicht. Es hatte sich so real angefühlt, als wäre es wirklich echt gewesen.

»Ich habe dich berührt.« Sarah sagte es mehr zu sich selbst als zu Gabriel. Fragend schaute sie in seine leuchtenden Augen. »Wie ist das möglich? Ich dachte, Tote kann man nicht anfassen.« Er nickte zustimmend.

»Das stimmt. Hier ist es nicht machbar. In der Zwischenwelt, in die du mir gefolgt bist, aber schon.« Sie runzelte zweifelnd die Stirn.

»Ich war in der Zwischenwelt?«

»Ja. Durch deine Entspannung konnte dein Geist wandern und mir in die Anderswelt folgen. Es ist wie eine Reise, die du unternimmst. Es ist aber nicht dein Körper, die sie antritt, sondern nur deine Seele. So kannst du in die Ferne wandern und so war es uns auch möglich, uns zu küssen.« Er lächelte verlegen. Sarah errötete noch mehr.

»So leicht soll das sein? Einfach mal entspannen und schon kann man einen Toten anfassen?«, fragte sie spitz um nicht daran zu denken, wie sanft seine Lippen sie berührt hatten.

»Nein, so ist es nicht. Nicht bei jedem ist die Fähigkeit, in die Zwischenwelt zu reisen, so ausgeprägt wie bei dir. Für deine Seele ist es eine Leichtigkeit, aus dem Körper in die Ferne zu gehen und wieder zurück. Sie benötigte lediglich einen kleinen Anstoß in Form von körperlicher Entspannung.« Er betrachtete sie zärtlich. »Ich wusste nicht, ob es klappen würde.« Er biss die Kieferknochen zusammen. »Aber ich habe mir so sehnlichst gewünscht, dass du mich berührst!« Sarahs Blick wanderte augenblicklich hinunter zu seinem Mund. Seine sanften Lippen die sie geküsst hatten und die sie immer noch auf ihren spüren konnte. Sie fühlte sich wie auf Drogen, denn sie wollte mehr davon! Gabriel räusperte sich und drehte sich leicht von ihr ab, um seine Aufmerksamkeit auf die Mitte des Zimmers zu richten. Er fühlte sich genauso gefangen in seinen Gefühlen wie sie. Kurzatmig strich er sich durchs Haar und ging zum Schreibtisch. Mit einem kurzen Stups auf die Lehne drehte sich der Stuhl. Sarah öffnete überrascht den Mund. Stolz setzte er sich rittlings auf den Stuhl und legte seine Arme auf die Rückenstütze.

»Es benötigt viel Energie und Übung so etwas zu tun. Aber es ist nicht unmöglich. Genauso wie jemanden in dieser Welt zu berühren, wenn auch nur für ein paar Sekunden.« Sarah dachte an den kurzen, kühlen Hauch, als er ihre Wange mit der Hand gestreift hatte. Er lächelte. »Ich habe auch schon mal ein paar Buchstaben auf ein Blatt geschrieben, aber danach war ich fix und fertig.

Doch das mit dem Stuhl ist in der Tat mein Meisterstück. Das habe ich bereits Tausende von Male geübt.«

»Geübt?« Sie warf ihm einen fragenden Blick zu. »Wo denn?« Er kicherte leise.

»In der Sakristei des Pfarrers.« Sie presste den Mund zusammen, um nicht hinaus zu prusten.

»In der Kirche?« Gabriel zuckte unschuldig mit den Schultern.

»Was hätte ich denn sonst tun sollen? Mir war langweilig.« Nun konnte sie ihr Lachen nicht mehr verkneifen.

»Der Pfarrer denkt bestimmt, in seiner Kirche spukt es!« Und er hatte ja auch irgendwie nicht unrecht damit.

Gabriel stand auf und kam wieder näher, ohne sie auch nur eine Sekunde aus den Augen zu lassen. Er trat so nah an sie heran, dass sie – wäre er ein Mensch gewesen - seinen Atem auf ihrer Haut hätte spüren können.

»Ich wollte wissen, wie es ist, dich zu küssen.« Ein angenehmer Schauer durchströmte ihren Körper, während sie ihm tief in die Augen sah. »Und jetzt hungere ich nach mehr.« Er neigte sich vor, um ihr ins Ohr zu flüstern. »Ich möchte JETZT mehr davon!« Sarah senkte die Lider. Nur zu gerne hätte sie seinem Wunsch nachgegeben, denn es war das, was auch sie wollte. Doch ihr Verstand, der sich wiedermal zum falschen Zeitpunkt einmischte, ermahnte sie, sich gehen zu lassen und ihm stattdessen von Stellas Begegnung zu erzählen.

Sie atmete tief ein und aus. Sie sehnte sich so nach ihm, nach seiner Berührung, seiner Wärme, seinen Küssen… »Gabriel«, flüsterte sie heiser. »Ich möchte dich küssen!« Sarah presste die Lider zusammen, als sie seine Worte hörte. Er machte es ihr so verdammt schwierig und ihr Drang war so groß, so unglaublich groß!

»Ich will dich!« Ihr Herz raste. Dieser Typ brachte sie noch um den Verstand!

»Stella!« Sie brachte das Wort kaum über ihre Lippen. Einige Sekunden herrschte Stille. Vorsichtig öffnete Sarah ihre Augen. Gabriel stand weiterhin dicht vor ihr. Obwohl noch immer Verlangen aus seinem Blick sprach, war da auch Anspannung und sogar Besorgnis zu erkennen.

»Geht es ihr gut?«, fragte er belegt. Sie biss sich die Zähne zusammen. Sollte sie ihm sagen, dass es nicht so wirkte? Würde er sich dadurch aber nicht noch mehr Vorwürfe machen? Gabriel wandte sich schmerzerfüllt ab. »Deine Stille ist Antwort genug!«

»Ich habe ihr erzählt, dass ich dich sehe.« Seine Augen weiteten sich. »Sie hat mir zuerst nicht geglaubt, doch dann habe ich ihr von deinem Anhänger erzählt.« Seine Hand glitt augenblicklich zu dem Amulett.

»Ihr Geschenk.«

Sarah nickte. »Obwohl sie der Meinung war, ich hätte eine andere Fähigkeit, begann sie mir trotzdem zu glauben. Doch dann tauchte wie aus dem Nichts Nancy auf und machte alles kaputt!« Sie verzog missbilligend den

Mund. »Sie erzählte Stella, ich sei eine Anruferin und keine Seherin! Um dich zu schützen, gab ich zu, gelogen zu haben und …«

»Moment mal!« Gabriel stutzte. »Nancy hat gesagt, du seist die Anruferin?«

»Ja. Anscheinend haben die Gruftschwestern das Gefühl, dass alle irgendwelche Fähigkeiten besitzen. Tracy könnte sehen, mein Talent wäre das Anrufen – was auch immer das sein soll und Stella kann Telekinese.« Der Gedanke an die kleine Holzkugel in Biancas Hals kam ihr in den Sinn, welche sie aber schroff beiseiteschob. Das es das Werk seiner Schwester war, würde er nie erfahren!

Gabriel ging grübelnd im Zimmer umher. Seine Stirn lag in Falten und er wirkte äußerst angespannt.

»Willst du mir etwas sagen?« Er schaute verwirrt auf, als hätte sie ihn aus einer anderen Welt gerissen.

»Ich glaube, ich weiß, was das zu bedeuten hat!«

»Und was? Weißt du irgendwas, was ich nicht weiß?« Sarah wusste nicht, ob sie sich darüber freuen sollte. So wie er dreinsah, verhieß es nichts Gutes.

»Wir müssen zu meiner Großmutter! Sie muss dir helfen!«

»Helfen?« Das klang wirklich nicht gut. »Wobei?«

»Zieh dich an! Wir treffen uns oben!« Ohne eine Antwort abzuwarten, rauschte er an ihr vorbei und verschwand durch die verschlossene Tür.

Nachdem sich Sarah eilig trockene Kleidung übergezogen hatte, eilte sie die Treppen hinauf. Angespannt drückte sie mit zitterndem Finger auf die

Klingel. Sie war nervös. Was hatte Gabriel herausgefunden und wieso war er der Meinung, dass seine Oma ihr helfen sollte? Irgendwie klang das alles nicht gerade toll!

Nach einigen Sekunden öffnete Frau Benner die Tür. Obwohl sie freundlich lächelte, war auch ein Ausdruck von Besorgnis zu erkennen. Was ging hier vor?

»Hallo, Sarah.« Die Nachbarin trat zur Seite, um sie hineinzulassen. »Gabriel hat mir schon einiges erzählt.« Und was? Anscheinend war sie die Letzte, die informiert wurde! Gabriel stand mit verschränkten Armen neben dem Tisch und presste die Kiefer aufeinander. Unruhig warf sie ihm einen fragenden Blick zu. Irgendwas war nicht in Ordnung – und es schien mit ihr zu tun zu haben!

»Setz dich doch, bitte.« Frau Benner zeigte auf den Stuhl. »Möchtest du etwas trinken?« Sarah verneinte. Sie wollte nichts trinken, sondern endlich wissen, was hier los war. Wieder warf sie Gabriel einen fragenden Blick zu, doch der senkte bloß stumm den Kopf. Mit hämmernder Brust setzte sie sich ihrer Nachbarin gegenüber. »Möchtest du dich nicht auch setzen Gabriel?«

»Nein!« Seine Stimme war schneidend. Eine Anspannung lag in der Luft. Sarah sah gespannt von einem zum anderen.

»Gabriel hat mir von dieser Nancy erzählt und davon, dass sie behauptet du seist die Anruferin.« Sarah sah rastlos zu Frau Benners Enkel hinüber. Wieso war es so wichtig, dass sie davon wusste?

»Ich kenne dieses Mädchen nur flüchtig.« Die alte Witwe schaute zu ihrem Enkel hinüber.

»Und ich weiß auch, dass Stella sich ihr angeschlossen hat.« Gabriel entwich jegliche Farbe im Gesicht. »Dachtest du, das wüsste ich nicht? Ich weiß mehr, als du denkst!« Frau Benner wandte sich wieder Sarah zu. »Ich habe Stella vieles über Magie und die Schattenwelt gelehrt.« Sie lächelte, als ob sie sich an etwas erinnern konnte. »Sie war so wissbegierig, nicht so wie Gabriel. Ihn interessierte dieses Thema nur am Rande!« Sie räusperte sich und wurde wieder ernst. »Jedenfalls zieht es diese Nancy auf die dunkle Seite. Und so wie ich sie spüre, ist sie dort sehr mächtig.« Die Nachbarin schaute Sarah durchdringend an. »Es benötigt großes Können, um Traummanipulation und mentale Beeinflussung einzusetzen. Es ist wirklich nicht einfach, eine imaginäre Schlange ins Bett zu zaubern.« Sarah sah überrascht zu Gabriel.

»Du wusstest davon?« Ertappt presste er die Lippen zusammen. »Aber wie? Ich habe dir nie davon erzählt!«

»Ich habe gesehen, was sie mit der Schlange und den Maden getan hat.« Wut stieg in ihr auf.

»Du bist mir ins Bad gefolgt, ohne dass ich davon wusste?« Zornig drückte sie schnaubend die Kiefer aufeinander. »Du bist ein elender Spanner!«

»Nein!« Gabriel hob beschwichtigend die Hände. »Es war nur dieses eine Mal – ehrlich! Ich wollte dich nicht beobachten! Ich …« Er strich sich beschämt durch die

Haare. »Ich wollte dich beschützen. Wirklich! Das war alles!«

»Ach, ja? Und vor was genau? Dachtest du, der Duschvorhang würde ein Attentat auf mich absolvieren?« Sarahs Augen funkelten böse. Er hatte ihr ohne ihr Wissen nachgestellt. Was verschwieg er sonst noch?

Frau Benner hüstelte.

»Ich denke, diese Sache«, sie warf ihrem Enkel einen kalten Blick zu, »solltet ihr beide später klären. Wichtig ist momentan nur, wie wir dir helfen können.« Die Witwe lächelte matt.

»Bin ich in Gefahr?« Sarahs Worte waren nicht mehr als ein Flüstern. Um Gabriel nicht mehr anzusehen, drehte sie sich etwas ab. Ihre Nachbarin hatte recht. Wichtig war, zu erfahren, warum sie hier war und wobei sie ihr eigentlich helfen wollte.

»Für jemanden, der sich nicht wirklich mit Magie auskennt, klingt es womöglich etwas eigenartig.« Frau Benner versuchte zu lächeln, was ihr aber nicht wirklich gelang. »Sie hat dich gesucht, weil sie die vier Himmelsrichtungen benötigt!« Sarah verzog unverständlich das Gesicht. »Nancy ist, mit ihrer Gabe, in die Gedanken anderer zu dringen, Norden. Westen, – also du, ist die Anruferin. Stella, mit der Fähigkeit zur Telekinese ist Osten.« Sie machte eine kleine Pause. »Und die Letzte im Bunde, die mit dem Talent zu sehen, ist Süden!« Frau Benner sah sie beunruhigt an. »Von Norden gebracht, von Westen beschworen, von Osten gefesselt, von Süden getötet!« Gabriel riss entsetzt den Mund auf.

»Der Seelenfresser?« Seine Großmutter nickte bedrückt. »Ich glaube, ja!«

Sarah kräuselte die Stirn. Seelenfresser? Sie verstand kein Wort. Gabriel schaute verzweifelt zu Sarah hinüber.

»Stell dir die Himmelsrichtungen wie auf einem Kompass vor und gehe von Norden nach Westen zu Osten und letztlich zu Süden. Welchen Buchstaben erhältst du dabei?« Sarah überlegte kurz.

»Ein S.« Gabriel nickte.

»S wie Satan.«

»Satan?« Sie begriff es immer noch nicht.

»Sie wollen ihn heraufbeschwören«, erklärte Frau Benner resigniert. Sarah krauste ungläubig die Stirn.

»Das ist ein Witz, oder? Das muss einfach ein Witz sein! Sowas ist doch lächerlich!« Verzweifelt schaute sie zu Gabriel, der ihren Blick mit einem deprimierten Ausdruck beantwortete. »Um so ein Werk zu vollbringen, benötigt man die vier Himmelsrichtungen. Je begabter die Richtungen sind, je stärker der Bund«, erklärte die Nachbarin weiter.

»Und ich soll eine dieser Richtungen sein?« Heftig schüttelte Sarah den Kopf. »Auch wenn ich nicht wirklich daran glaube, aber ich werde sicher nicht helfen, Satan heraufzubeschwören!«

»Es tut mir leid«, die Witwe warf ihr einen traurigen Blick zu. »Ich denke, du kannst nicht aussteigen.«

»Was?«, riefen Sarah und Gabriel gleichzeitig. Verlangte ihre Nachbarin allen Ernstes von ihr, dass sie den Teufel heraufbeschwor? War sie verrückt geworden?

»Du musst ihnen helfen!« Sie blickte traurig zu ihrem Enkel. »Es tut mir leid Gabriel, aber sie stecken beide schon tief mit drin. Du hast gesehen, wozu Nancy bereit war. Indem du ihr versichert hast, eine Gruftschwester zu werden, hast du dich verpflichtet, an dem Ritual teilzunehmen.«

»Sie darf das aber nicht!«

»Es gibt keine andere Möglichkeit, Gabriel!«, erwiderte seine Großmutter gereizt. »Sie ist mit ihrem Leben daran gebunden!«

»Wie bitte?«, kreischte Sarah. »Wieso weiß ich das nicht?«

»Denkst du im Ernst, sie würde dir so etwas sagen?« Frau Benner schüttelte den Kopf. »Als du zugesagt hast, hat sie dich bestimmt ein Wort unbemerkt nachsprechen lassen — irgendetwas eigenartiges, vollkommen Unpassendes. Dieses Wort ist wie die Unterschrift bei einem Vertrag.« Sarah versuchte, sich zu erinnern. Hatte Nancy sie etwas Eigenartiges wiederholen lassen? Und da ging ihr ein Licht auf! Amen – Sie hatte sie dazu gebracht, das bescheuerte Vertrags-Wort zu sagen! Diese verfluchte Hexe!

»Wieso aber kommt sie genau jetzt mit dieser Sache? Wir wohnen ja nicht erst seit gestern hier und in dieser Zeit hat sie mich nie zur Kenntnis genommen.«

»Nancy ist bestimmt schon sehr lange auf der Suche nach Westen. Sie konnte dich aber nie finden, weil du deine Fähigkeiten nicht benutzt hast.« Ihre Nachbarin warf ihrem Enkel einen bedrückten Blick zu.

»Du weißt, ich liebe dich Gabriel und es tut mir leid, es zu sagen, aber durch deine Anwesenheit hast du Sarahs Gabe gestärkt und sie Nancy auf dem silbernen Tablett präsentiert!« Ihr Enkel stolperte einen Schritt zurück, als hätte ihm seine Großmutter gerade ein Messer in den Bauch gerammt. Bleich wie eine Leiche stierte er auf Sarah.

Sein peinvolles Gesicht zu sehen, zerriss Sarah beinahe das Herz. Er litt so furchtbar, denn es war ihm bewusst, dass er an allem schuld war.

»Ich habe deine schlummernden Kräfte schon immer gespürt. Da ich aber der Meinung bin, dass jeder seine Begabungen selber entdecken muss, habe ich nichts gesagt. Doch durch die Anwesenheit meines Enkels und durch eure mehrmaligen Treffen«, sie sah beide wissend an, »ist deine Gabe gereift. Und genau das führte dazu, dass dich die Seherin der Gruppe ausfindig machen konnte!« Stille! Sarah musste die Worte ihrer Nachbarin erstmal verdauen. Er war schuld an dem Schlamassel! Er, der ihr so ans Herz gewachsen war! »Es tut mir leid!«

Gabriels Stimme war nicht mehr als ein Flüstern. »Ich wusste das nicht! Wirklich! Ich wollte dich nie in Gefahr bringen!« Frau Benner beobachtete, wie ihr Enkel zu Sarah ging und sich zu ihr hinunterbeugte. »Es tut mir so leid! Das musst du mir glauben! Ich würde dir nie etwas antun!« Er schluckte leer. »Ich … du bist für mich …« Er presste die Kiefer zusammen, als er mit seinen Augen ihre Lippen betrachtete. Sarahs Puls schoss in die Höhe. Sein schmerzerfüllter aber dennoch liebevoller Blick, erreichte ungebremst ihr Herz und verankerte sich darin. Sie wollte einfach nicht wahrhaben, dass der Junge, der vor ihr stand und sie so hoffnungslos verliebt anschaute, der Anfang dieser Misere war!

»Seid ihr noch bei Sinnen?« Frau Benners Stimme war messerscharf. Sarah schluckte, als sie ihr in die Augen sah. So wütend hatte sie ihre Nachbarin noch nie erlebt. Ihr Enkel stand wieder auf und warf ihr einen trotzigen Blick zu. Er verstand seine Großmutter auch ohne, dass sie etwas sagte. »Du bist tot Gabriel! Wann, verflucht nochmal, verstehst du das endlich! Du gehörst nicht hierher!« Ihr Gesicht war von Zornesröte überdeckt. »Wie könnt ihr nur so blind sein!« Sie wandte sich wieder Sarah zu. »Denkst du etwa, dass es eine Zukunft für euch beide gibt?« Sarah presste die Lippen zusammen. »Er ist tot! Nicht lebensfähig! Wo denkst du, wird das mit euch beiden hinführen?«

»Das geht dich nichts an! Du hast dich nicht einzumischen!« Frau Benner lachte spöttisch auf.

»Ich lass mir von einem Toten nicht den Mund verbieten!« Gabriel zuckte zusammen. Die kalten Worte seiner Großmutter trafen ihn hart. Sie atmete geräuschvoll aus, um sich zu beruhigen. »Verstehst du denn nicht? Du brichst ihr irgendwann das Herz, weil du gehst. Und du MUSST gehen!«

Sie wandte sich Sarah zu. »Und du wirst nicht fähig sein, eine Beziehung mit einem Menschen einzugehen, wenn deine Gefühle ihm gehören! Es hat keine Zukunft! Verstehst du denn nicht?« Sie griff über den Tisch und nahm Sarahs Hand in ihre. »Du wirst leiden - ihr beide werdet leiden! Und das möchte ich nicht!« Sie blickte sie flehend an. »Ich appelliere an deinen Verstand Sarah! Löse dich von deinen Gefühlen, löse dich von meinem Enkel - dir zuliebe!« Die alte Witwe zog ihre Hand wieder zurück. »Bitte!«

»Hör ihr nicht zu! Es ist nicht ihre Entscheidung!« Gabriel sah sie inständig an. »Wir können es schaffen - irgendwie!« Sarah schaute sprachlos von einem zu anderen. Sie wusste nicht, was sie tun sollte. Es war nicht so, dass sie ihre Nachbarin nicht verstand, doch da waren diese enormen Gefühle. Auch wenn es irgendwie aussichtslos war. Daran zu denken, dass sie Gabriel nie mehr sah, zerriss ihr das Herz! Was sollte sie nur tun?

Frau Benner wandte sich wieder ihrem Enkel zu.

»Durch dich hat Nancy Sarah gefunden. Und nun – Gott steh ihr bei - muss sie an diesem Ritual teilnehmen.« Sie machte eine kurze Pause, wobei sie Gabriel bewegt ansah. »Wenn ihr etwas geschieht, bist du daran schuld!« Entsetzt starrte er sie an. Frau Benner ließ deprimiert den Kopf senken. »Du hättest gehen sollen! Ich habe es dir schon immer gesagt!« Sie seufzte laut. »Ich würde dir gerne helfen Sarah, doch ich kann nicht. Deine Zusage ist mit deinem Leben verknüpft. Es gibt zwar immer Schlupflöcher bei magischen Riten, doch ich weiß leider nicht, wo es in deinem Fall ist. Es ist meist etwas, was die ganze Zeremonie zunichtemachen kann. Aber was auch immer geschieht, versuche es, irgendwie zu verhindern«, die Nachbarin schaute zu ihr hoch. »Aber ohne, dass du dabei umkommst!« Sarah schluckte ihre Anspannung herunter. Die Angst blieb ihr im Hals stecken. Wie, um Himmelswillen, sollte sie das anstellen? Sie hatte doch von nichts eine Ahnung!

»Würdet ihr mich nun bitte alleine lassen? Ich fühle mich müde und muss mich etwas hinlegen.« Sarah nickte und stand umgehend auf. Ihr Kopf war das reinste Wespennest. Sie konnte nicht mal mehr einen richtigen Gedanken fassen. Es war einfach alles so … schrecklich!

Mit der Hand an der Klinke drehte sie sich nochmal zu Frau Benner um.

»Es tut mir leid, sie verärgert zu haben«, sagte sie leise. »Trotzdem, danke für alles.« Sarah runzelte die Stirn. Sie entschuldigte sich? Unglaublich! Anscheinend waren die Worte ihrer Mutter, stets höflich zu bleiben, ihr in Fleisch und Blut übergegangen.

Sarah öffnete die Tür und trat in den Flur hinaus. Gefolgt von einem tiefen Atemzug zog sie die Tür ins Schloss.

»Es tut mir so leid!« Gabriel stand neben ihr und betrachtete sie qualvoll. »Ich wusste wirklich nicht, dass meine Nähe deine Gaben offenbart. Glaub mir, ich wollte dich nie in Gefahr bringen.« Sarah biss sich auf die Lippen, bis es weh tat.

»Aber du wolltest, dass ich mich Nancy anschließe, um Stella zu helfen!«

»Ich weiß … ich …« Er schüttelte den Kopf. »Ich bin so ein Idiot Sarah! Ein verdammter Idiot! Ich habe nur Stella gesehen und das, was ich ihr angetan habe. Ich hätte alles getan, um sie da rauszuholen! Um sie zu befreien von dem schrecklichen Schmerz, den sie in sich trägt!« Er atmete geräuschvoll ein und aus. »Ich dachte, du bist meine einzige Chance! Ich habe aber nicht erkannt, dass ich dadurch jemand anderes in Gefahr bringe! Jemanden, der mir mehr bedeutet, als je eine andere Person zuvor!« Gabriel starrte verbittert zu Boden. »Ich habe versagt! Nicht nur als Mensch, sondern auch als Toter!«

»Versagen gehört zum Leben«, hörte sich Sarah sagen. »Aber das hast du vermutlich vergessen!« Ihre Stimme klang härter als gewollt. »Du weißt, ich mag dich, aber … du hast mich in die Scheiße geritten, Gabriel!« Sie lachte heiser auf. »Ich versteh diese ganze Satans-Sache immer noch nicht ganz, aber was ich sicher verstanden habe ist, dass ich tot bin, wenn ich heute Abend nicht Westen bin!« Gabriel sah sie reumütig an. Er sah aus wie ein Häufchen Elend.

»Ich möchte dir helfen.«

»Und wie willst du das anstellen? Hä?« Ihre Worte hatten einen vorwurfsvollen Unterton. »Hast du etwa eine Idee?«

»Nein«, erwiderte er matt.

»Aber ich gebe mein Leben für dich!« In Sarahs Gesicht trat ein Anflug von Verbitterung, als sie die Tiefe seiner Worte begriff. Er wäre bereit, seine Seele dem Teufel zu verkaufen, nur um sie da rauszuholen – und das konnte sie auf keinen Fall zulassen!

»Du hast mich schon genug in Schwierigkeiten gebracht. Ich brauche definitiv nicht noch mehr davon!« Sie versetzte ihm mit diesen Worten bestimmt einen Stich, aber es musste sein.

»Du kannst da nicht alleine hingehen. Du hast doch überhaupt keine Ahnung, was auf dich zukommt!«

»Ja genau, und das habe ich dir zu verdanken!« Sarah biss sich auf die Lippen, als sie seinen schmerzerfüllten Blick bemerkte. Es tat ihr so leid, ihn zu verletzen, aber es war ihre einzige Chance. Er musste sich von dieser Beschwörung fernhalten und das ging nur, wenn sie ihn ins Herz traf. Anders ließ er sich einfach nicht davon abbringen!

»Sarah«, flüsterte er. Seine verzweifelte Stimme stach in ihrer Brust. Aber sie musste noch einen draufsetzen – auch wenn sie dabei selbst unglaubliche Schmerzen litt.

»Bitte, lass mir dir helfen, Sarah«, flehte er leise. »Das kannst du, indem du mich in Ruhe lässt!« Sie brachte die folgenden Sätze kaum über ihre Lippen. »Du bist der einzige Grund, weshalb ich in dieser Scheiße stecke, und ich hasse dich dafür!« Gabriel schüttelte geschockt den Kopf. »Du hast mich benutzt, mir die Augen verdreht und mein Leben zur Hölle gemacht!« Ihre Lippen bebten. Ihm diese Worte zu sagen tat so weh – so wahnsinnig weh! »Du bist ein verdammtes Arschloch und ich will dich in meinem Leben nie wiedersehen! Verstehst du! NIE WIEDER!« Ihr Inneres zersprang in tausend Stücke, als sie mit Tränen in den Augen die Treppe hinunterrannte. Sie hatte ihn mit Absicht zutiefst verletzt.

Es war aber die einzige Möglichkeit, ihn zu retten, denn aus Liebe zu ihr, würde er sich selbst zerstören!

Kapitel 16

Es versetzte ihr immer noch einen enormen Stich, wenn sie an den entsetzten und schwer getroffenen Gesichtsausdruck von Gabriel dachte. Sie hatte es absichtlich getan, um ihn vor sich selbst zu schützen. Jetzt allerdings, als sie im Dunkeln auf dem Weg zur Kirche war, wünschte sie sich insgeheim, sie hätte es nicht getan. Um aus der Wohnung zu gelangen, hatte sie ihrer Mutter vorgeschlagen, mit Baxter die versprochene, große Runde zu laufen. Allerdings hatte sie ihn kurze Zeit später bei Biancas Babysitterin in Obhut gegeben und war nun auf dem Weg zur Kirche.

Sarah zog den Mantel enger um sich. Die Kälte des Windes drang durch ihre Kleidung und ließ sie erzittern. Wie viel davon aber vor Angst war, wusste sie nicht.

Immer wieder stellte sie sich die gleichen Fragen. Gab es eine andere Möglichkeit, ihre Tochter zu beschützen? Und wie sollte sie die Beschwörung verhindern, ohne ihr Leben zu lassen? Mutlos atmete sie geräuschvoll aus. Sie hatte von alldem doch überhaupt keinen blassen Schimmer!

Sarah hatte Angst, wie noch nie zuvor in ihrem Leben. Unglaubliche Angst! Die Horrorfilme, die sie früher mit Luke gesehen hatte, waren hinsichtlich des Angstfaktors, den sie verspürte, ein Dreck dagegen!

Die drei Gruftschwestern warteten bereits vor der Kirche erwartungsvoll. Wie immer ganz in Schwarz gehüllt, standen sie wie zu Salzsäulen erstarrt unterhalb der Treppe. Das frostige Wetter schien ihnen nichts anzutun. Ob sie in ihren Herzen so kalt waren, dass sie die Kühle der Nacht nicht spürten? Stella stand wie ein Häufchen Elend neben den beiden anderen. Doch im Gegensatz zu den letzten Malen taxierte sie Sarah diesmal mit einem wütenden Blick. Anscheinend hatte sie ihr die Lüge, ihren Bruder doch nicht zu kennen, abgekauft. Sie betrachtete Gabriels Schwester bedauernd. Wenn sie ihr doch nur erklären konnte, dass sie lügen musste, um ihn zu schützen!

»Hast du sie eigentlich noch alle, einen hellblauen Mantel zu tragen?«, keifte Tracy.

»Tut mir leid, dich enttäuschen zu müssen«, antwortete Sarah sarkastisch, »aber ich hasse Schwarz!« Die Gruftschwester verzog angewidert den Mund.

»Du siehst aus wie eine Nutte!« Entgeistert hob Sarah die Augenbrauen.

»Wie bitte?«

»Lass das, Tracy!«, sagte Nancy scharf. »Für euren Zickenkrieg haben wir keine Zeit! Dieser Abend gilt nur ihm allein!« Sprach sie wirklich gerade vom Teufel? Bei dem Gedanken daran drehte sich ihr der Magen. »Zieh deinen Mantel aus!« Sie warf der Anführerin einen verständnislosen Blick zu.

»Wie bitte? Weißt du eigentlich, wie kalt es ist?«

»Du solltest dich einen Dreck um die Kälte scheren, sondern darum, dass du unter dem Mantel Schwarz trägst!« Nancy lächelte boshaft. »Glaub mir, ist dem nicht so, wirst du nackt in die Kirche gehen!« Sarah erbleichte.

»In die Kirche?« Sie starrte die Anführerin geschockt an. »Aber ... ich dachte, wir gehen auf den Friedhof!« Nancy grinste spöttisch.

»Du musst noch viel lernen Westen! Der Leichenacker ist für Amateure und billige Horrorfilme. Doch wir ...« Sie legte ihr die Hand auf die Schulter und drückte zu, dass Sarah schmerzverzerrt das Gesicht verzog. »Wir empfangen ihn dort, wo er am wenigsten erwartet wird.« Sie lachte erneut. Ein Schauer lief Sarah eiskalt über den Rücken – und der Auslöser war dieses Mal eindeutig nicht die Kälte.

»Los, zieh den Mantel aus und leg ihn auf den Boden!« Sie fühlte sich geplättet und sie wusste nicht, ob sie der Aufforderung der Anführerin wirklich nachkommen konnte. Sie musste unentwegt an die schrecklichen Verstorbenen innerhalb der Kirche denken. Hatten die anderen denn keine Ahnung, welche abstoßenden Wesen sich in diesem Gebäude tummelten? »Ich fordere dich nicht ein weiteres Mal auf!« Nancys Worte waren schneidend. »Denk an deine kleine Schwester!«

Mit zitternden Händen zog Sarah ihren Mantel aus und legte ihn auf den Boden. Ein kräftiger Windstoß blies durch ihre dunkle Kleidung und ließ sie frösteln.

»Schwarzer Pulli, schwarze Hose – na, geht doch!« Die Anführerin grinste höhnisch. »Dann lasst uns beginnen!« Erwartungsvoll setzten sich die drei Gruftschwestern in Bewegung. Kreidebleich starrte Sarah zur hölzernen Flügeltür hinüber. Alles in ihr sträubte sich. Nein, sie konnte da nicht reingehen!

Nancy kam wutschnaubend zurück und riss sie an den Haaren. Sarah gab einen erstickten Schrei von sich.

»Du weißt doch, was deiner Schwester blüht, wenn du nicht kooperierst. Oder habe ich mich zu undeutlich ausgedrückt?« Sarah verneinte.

»Ich kann da nicht rein«, flüsterte sie beklommen. »Nicht IN die Kirche!« Die Gruftschwester tippte mit dem Zeigefinger auf ihre Lippe und tat so, als würde sie angestrengt überlegen.

»Ich könnte sie so in Panik versetzen, dass ihr das Herz stehenbleibt. Oder soll ich ihr lieber das Gefühl geben, zu ertrinken?« Sie schaute fragend zu Westen. »Was denkst du?« In Sarahs Augen standen Tränen des Zorns. Sie würde der Anführerin die Haut über die Ohren ziehen und eigenhändig auf dem Friedhof vergraben, wenn sie ihrer Tochter auch nur ein Haar krümmte.

»Ich denke, jetzt verstehen wir uns! Nicht wahr?« Die Gruftschwester grinste hämisch und stolzierte wieder zu ihren Schwestern, die ungeduldig an der mächtigen Eingangstür warteten. Mit klopfendem Herzen folgte sie Nancy. Was auch immer diese von ihr verlangte – sie musste es tun. Das war der einzige Weg, um Bianca zu schützen! Auch wenn das hieß, dass sie sich in die Hölle begeben musste!

Als sie auf der Höhe der anderen war, nahm Tracy einen Schlüssel aus der Jackentasche und schloss die hölzerne Tür auf. Sarah warf ihr einen überraschten Blick zu. Wieso besaßen die Gruftschwestern den Schlüssel zur Kirche? Hatten sie ihn etwa geklaut?

Tracy, die ihren verwunderten Ausdruck bemerkte, grinste großtuerisch.

»Hat auch Vorteile, einen Pfaffen als Vater zu haben.« Sarah verschluckte sich beinahe an der eigenen Spucke. Sie war die Tochter des Pfarrers? Natürlich! Warum auch nicht? Ausgenommen von Stella wusste sie über die anderen beiden rein gar nichts! »Kommst du?« Nancy warf ihr einen auffordernden Blick zu, bevor sie sich umdrehte und in der Dunkelheit der Kirche verschwand. Mit hämmerndem Herzen trat Sarah langsam näher. Jede Faser in ihrem Körper sträubte sich, den Fuß über die Schwelle zu setzen. Zu groß war die Furcht vor dem, was sie im Innern erwartete. Mit einem Anflug von Panik kämpfend, schloss sie die Lider.

»Ich muss es tun! Ich muss es tun!«, flüsterte sie leise wie ein Mantra vor sich hin. Mit zitternden Beinen schlug sie die Augen auf und folgte den anderen, in die Finsternis.

Im Innern war es stockduster. Der einzige Lichtpunkt kam von zwei Taschenlampen, die Tracy und Stella in der Hand hielten. Stumm schritten sie langsam durch das Mittelschiff zum Altar. Sarahs Magen verkrampfte sich. Sie konnte die toten Seelen nicht sehen, doch sie wusste, dass sie in der Dunkelheit lauerten. Wie eine Motte dem

Licht folgte sie den Lampen, vorbei an den Holzbänken und den imposanten Spitzenbogenreihen. Beim Altar blieben die Gruftschwestern stehen und positionierten die Taschenlampen so, dass der Lichtkegel zum Taufstein schien. Sarah beobachtete sie angespannt. Sie hatte erwartete, die drei Frauen würden Dutzende von Kerzen anzünden und mit Kreide ein riesengroßes Pentagramm zeichnen. Doch sie taten nichts dergleichen, sondern verteilten sich bloß stumm um das Taufbecken.

»Kommst du endlich?« Tracys Stimme klang gereizt. »Oder stehst du lieber wie ein begossener Pudel herum?« Sarah trat verunsichert auf den einzigen freien Platz zwischen Nancy und Tracy.

»Bist du sicher, dass sie eine Ahnung hat, von dem was sie tun soll?«, fragte Tracy die Anführerin. Diese warf ihr einen frostigen Blick zu.

»Sag du es mir! Schließlich hast du vorausgesehen, dass sie Westen ist!« Tracy biss sich zornig auf die Lippen und musterte das Becken, um nicht zu antworten.

»Was tun wir hier?« Sarah war verwirrt. Wollten sie nicht den Teufel hinaufbeschwören? Aber ... an einem Taufbecken? »Nach was sieht es denn aus?« Die Anführerin rollte die Augen. »Denkst du, wir stehen hier rum, um jemanden zu taufen?« Stellas Mund verzog sich zu einem stillen Lächeln, während sie eine kleine Glasflasche aus der Manteltasche nahm. Konfus beobachtete Sarah, wie sie den Deckel abschraubte und den Inhalt ins Becken goss.

»Was ist das?«, fragte sie Gabriels Schwester.

»Weihwasser!«

»Weihwasser?« Sie schaute skeptisch. Die Gruftschwestern gehörten der dunklen Seite an. Was wollten sie mit gesegnetem Wasser?

»Ich versteh nicht …«

»Die Dunkelheit wird das Licht bezwingen«, erklärte Nancy überheblich. »Kirchengänger glauben, dass geweihtes Wasser sie vom Bösem behütet.« Sie lachte spöttisch auf. »Als könnte sie das beschützen! Ama-rois wird es in Lichtlosigkeit umwandeln.« Sie reckte stolz den Hals. »Mit unserer Hilfe wird er über die Welt herrschen!«

Diese Gruftschwester war definitiv durchgeknallt!

»Ich dachte, ihr wollt den Teufel beschwören«, meinte Sarah verunsichert. Tracy kicherte.

»Was wollen wir denn mit Luzifer? Ein Dämon wie Ama-rois ist viel cooler als der Herr der Finsternis!« Sarah musste sich korrigieren, sie waren beide verrückt!

Besorgt sah sie zu Stella hinüber, die wie hypnotisiert ins Becken starrte. War Gabriels Schwester überhaupt noch zu retten? Nancy kramte in der Jackentasche und nahm etwas Rundes hinaus. Zuerst sah es wie eine große Goldmünze aus. Als sie es allerdings über den Taufstein hielt, erkannte Sarah, dass es sich um einen goldenen Anhänger handelte, in welchen mysteriöse Zeichen geritzt waren.

»Was ist das?« Die Anführerin lächelte affektiert.

»Das, Westen, ist der Grund, warum wir hier sind - die Seele Ama-rois!«

»Das ist der Dämon?«

»Natürlich nicht, du Dummkopf!« Tracy rollte genervt die Augen. »Ama-rois Seele wurde in dieses Amulett verbannt. Und heute wird er endlich von dieser Qual erlöst.« Sarah warf ihr einen verstörten Blick zu. Das die Gruftschwestern nicht planten, einer weißen Göttin die Ehre zu erweisen, war ihr schon von Anfang an klar gewesen. Dass sie allerdings einen Dämon beschwören wollten, dessen Seele sich in einem Anhänger befand, war wirklich, wirklich verrückt!

Eine der Holzbänke knackte leise. Ruckartig fuhr Sarah herum und starrte mit hämmernder Brust in die Dunkelheit. Der Anflug einer Panik ergriff sie. Zitternd senkte sie die Lider. Sie musste sich beruhigen, bevor sie blindlings aus der Kirche stürzte.

»Etwas schreckhaft, unsere Westen.« Tracy warf ihr einen hämischen Blick zu. »Hast du etwa Angst vor Geistern?« Sie kicherte. Sarah taxierte sie. Hatte sie die verstorbenen Seelen auch schon gesehen, oder machte sie sich bloß lustig über sie? »Lasst das nun und sammelt euch! Hier geht es schließlich um eine große Sache!« Nancy warf allen einen schneidenden Blick zu. »Legt eure rechte Hand aufs Becken.« Eine nach der anderen befolgte ihre Anweisung. Sarah schaute irritiert in die Runde. Sie wollten wirklich eine böse Macht herbeirufen, indem sie um einen Taufstein standen?

»Ich dachte, um einen Dämonen zu beschwören benötigt man Kerzen und ein Pentagramm?« Stella kicherte. Nancy verzog belustigt den Mund.

»Willkommen im einundzwanzigsten Jahrhundert!«
Ihre Miene wurde wieder ernst. »Und nun leg endlich
deine verfluchte Hand aufs Becken!« Sarah trat zum
Taufbecken und platzierte ihre zitternden Finger auf den
Rand. Der Stein war kühl und rau. In ihr sträubte sich
alles und sie musste den starken Drang unterdrücken,
ihre Hand augenblicklich wieder zurückzuziehen. Das,
was sie hier taten, war falsch und etwas, was sie nicht tun
durften! Man musste schon wirklich irrsinnig sein, um in
ein Gotteshaus einzudringen, und darin ein Wesen der
Unterwelt herbeizurufen!

Sarah zuckte ein weiteres Mal zusammen, als die
hölzerne Tür mit einem lauten Knall zuschlug. War
gerade jemand eingetreten oder hatte sie sich das
eingebildet?

»Steigt hier die Party?« Entgeistert drehte sie sich
ruckartig zum Mittelgang um, als sie eine vertraute
Stimme hörte. Nein! Sie musste sich verhört haben! Die
Angst in ihr leistete sich mit dem Verstand einen Witz.

»Du bist zu spät!«, knurrte Nancy. Luke kam lächelnd
den Mittelgang entlang und streckte die Arme seitlich von
sich, als würde er gleich alle umarmen wollen.

»Freut ihr euch, mich zu sehen?« Sarah starrte ihn
fassungslos an. Was tat er hier?

»Luke?« Sie schüttelte perplex den Kopf. »Was tust du
hier?« Die Anführerin beugte sich schmunzelnd zu
Westen hinüber.

»Er weiß nicht wirklich, dass er da ist. Für ihn ist dies
alles ein Traum.« Sarah schaute sie zweifelnd an. »War

nicht gerade einfach, so tief in seine Gedanken zu dringen, aber ich habe es geschafft.« Sie grinste keck. »Apropos, hast du gewusst, dass er von dir träumt?« Sarah wurde bleich. Wusste sie von ihrer gemeinsamen Vergangenheit? Und wusste sie von Bianca?

»In seinen Träumen küsst ihr euch und …« Sie machte eine bewusste Pause, »… und mehr!« Sie kicherte vergnügt. »Es geht mit euch beiden echt heiß her!« Zugegeben, es überraschte sie, dass ihr Exfreund von küssen und – wie es die Gruftschwester nannte – mehr, träumte. Sie hatte immer gedacht, er hätte sie längst vergessen. Anscheinend aber waren da immer noch irgendwelche Gefühle für sie da. Sarah räusperte sich, um einen klaren Kopf zu bekommen. Was auch immer er träumte, Hauptsache er verriet darin nichts von ihrer Verbindung.

»Und?« Er klatschte euphorisch in die Hände, »was soll ich tun?«

»Setz dich auf den Altar, wir brauchen dich später.« Luke zwinkerte amüsiert und schwang sich auf die steinerne Platte. Sarah warf Nancy einen unruhigen Blick zu.

»Später?« Die Gruftschwester kicherte erneut. Anscheinend war sie die Einzige, welche diese bizarre Situation lustig fand.

»Er denkt, wir feiern mit ihm eine Sexorgie.«

»WAS?« Sarah stand den Mund offen.

»Das Rumgeknutsche im Club reicht ihm anscheinend nicht.« Sarah fielen beinahe die Augen aus dem Kopf.

Nancy hatte in der Disco mit Luke geknutscht? »Schau mich nicht so entsetzt an!« Die Anführerin warf ihr einen spöttischen Blick zu. »Ich weiß genau, was ich tue!« Ja, da war sie sich sicher, aber das hieß nicht, dass es auch das Richtige war.

»Was geschieht mit ihm?«, fragte Sarah mit belegter Stimme. Sie musste herausfinden, was er für eine Rolle bei dieser Beschwörung spielte.

»Alles zu seiner Zeit, du wirst schon sehen«, beschwichtigte Nancy. Sie zog ein Papier aus der Jackentasche und streckte es ihr hin. Irritiert starrte Sarah auf das zusammengefaltete Blatt.

»Nimm und lese es laut!« Das ungute Gefühl in ihrem Magen wurde immer größer. Luke und sie durften nicht hier sein! Sie waren dabei einen riesengroßen Fehler zu machen – das spürte sie! »Lies!«, forderte sie Nancy ein weiteres Mal auf. »Wir wollen doch nicht, dass deiner Schwester etwas geschieht, oder?« Verärgert biss Sarah die Zähne zusammen und nahm das Blatt entgegen. Sie würde alles dafür tun, damit Bianca nichts geschah. Aber konnte sie auch damit leben, einen Dämon zu erwecken?

Die Anführerin hielt den goldenen Anhänger über das Taufbecken, und warf ihr einen auffordernden Blick zu. Auf dem Papier standen nur ein paar Worte. Die Sprache hatte sie allerdings noch nie zuvor gesehen.

»Soll das Latein sein?«

»Dämonisch«, antwortete Stella matt, ohne ihre Aufmerksamkeit vom Innern des Taufsteines zu nehmen. Sarah musterte sie. *Du willst genauso wenig hier sein wie ich, nicht wahr?* Vielleicht, konnte sie das ja zu ihren Gunsten nutzen. Sie musste nur noch wissen wie!

»Ah, ja klar … Dämonisch - was sonst!« Sarah verzog argwöhnisch den Mund.

»Lese jetzt die verdammten Wörter!« Aus Nancys Gesicht war jegliche Spur von Heiterkeit verschwunden, und sie war wieder zu diesem überheblichen, giftigen Ausdruck übergegangen. »Wir haben nicht die ganze Nacht Zeit! Oder möchtest du, dass sie meine Wut spürt?« Verflucht noch mal! Sie hasste es so sehr, dass die Gruftschwester ihre Tochter als Köder benutzte! Aber sie hatte keine Idee, wie sie sich dem widersetzen sollte, ohne dass Bianca Schaden nahm. Sie musste sich ihrem Willen beugen, auch wenn ihr dadurch beinahe die Galle hochkam! Mit bebenden Lippen sprach sie die Worte von dem Blatt Papier.

»Amonius karanta masolu item.«

Die Gruftschwestern starrten gebannt auf das goldene Amulett. Das Weihwasser begann sich langsam zu kräuseln. Sarah erschrak, als eine Woge aus Hitze umgehend durch ihren Körper schoss. Erschrocken zuckte sie zusammen. Was war das?

Im nächsten Augenblick strahlte der Anhänger wie von Geisterhand auf alle Seiten und erhellte den noch so kleinsten Winkel der Kirche.

»Cool, das ist ja abgefahren!« Luke nickte anerkennend. »Kann das Ding auch verschiedene Farben projizieren?« Sarahs Mund stand weit offen. So etwas hatte sie noch nie gesehen. Vorsichtig löste Nancy den

Griff um den Anhänger und zog voller Respekt ihre Hand zurück. »Ama-rois!«, flüsterte sie ehrfurchtsvoll. »Wer sagt's denn! Du bist sonst eine Niete, aber wenigstens als Anruferin taugst du etwas!«

»Halt, die Klappe Tracy!« Die Anführerin warf ihr einen zornigen Blick zu. Sarah starrte immer noch benommen auf das Amulett. Wie war es möglich, so etwas nur mit der Stimme zu vollbringen? Und, was um Gottes Namen, hatte sie nur damit ins Rollen gebracht?

Ein leichter Luftzug auf Sarahs Gesicht riss sie aus den Gedanken. Von Schrecken heimgesucht, wollte sie gerade herumwirbeln, als sie bemerkte, dass ihre rechte Hand sich nicht vom Taufbecken lösen ließ. Sie war wie angeklebt. Sarah zog heftig an ihr, doch außer, dass ihr ein Schmerz in den Arm fuhr, änderte sich nichts. Nancy lächelte boshaft. »Es gibt kein Zurück mehr, Westen. Deine Hand wird sich erst lösen, wenn Ama-rois auferstanden ist!« Ein weiterer Luftzug weckte ihre Aufmerksamkeit. Mit zusammengepressten Lippen drehte sie langsam ihren Kopf zur Seite. Kurz flammte die Hoffnung auf, Gabriel zu sehen – auch wenn er nicht hier sein durfte, doch als sie zwei altbekannte, wutentbrannte Augen anstarrten, hielt sie erschrocken den Atem an. Die Verstorbenen – sie waren da!

Die Frau im gelbgrünen Regenmantel stand neben ihr und taxierte sie wie immer voller Zorn. Reflexartig wich Sarah, soweit es ging, zur Seite, und prallte in Tracy, die sie barsch mit der Hand zurückstieß.

»Spinnst du? Geh auf deinen Platz!« Ohne auf sie zu achten, ließ Sarah das Blatt fallen und stierte kreidebleich umher. Um die vier Mädchen stand nicht nur die Regenmantelfrau, sondern sechs weitere Personen. Ihre gelblichen Zähne fletschend, starrten sie sie hasserfüllt an. Panik erfüllte ihren Verstand und wie eine Irre zerrte sie an der festgeklebten Hand. Der Körper pumpte so viel Adrenalin in ihr Blut, dass sie die Schmerzen, die sie sich dabei selbst zufügte, überhaupt nicht spürte. Sie musste unverzüglich hier raus, bevor die Untoten ihr etwas anhaben konnten! Ihre Hand löste sich jedoch nicht den kleinsten Millimeter.

Nancy packte sie barsch am Arm und zog sie wieder auf ihre Position. Sarahs Lippen zitterten.

»Ich muss hier raus! Sofort! Ich halte das nicht aus! Ich … ich muss hier raus!« Die Gruftschwester legte den Kopf schief und musterte sie aus zusammengekniffenen Augen.

»Was ist mit ihr?«, hörte sie Lukes besorgte Stimme im Hintergrund. Skeptisch beobachtete die Anführerin, wie Sarah immer wieder zwischen den einzelnen Toten umherschaute. »Siehst du jemanden, Tracy?«

»Wieso?«

»Verflucht nochmal! Tu was ich sage und schau nach!« Tracy quittierte den Rüffel mit einem leisen Grummeln, schloss aber fügsam die Lider. Nach wenigen Sekunden sah sie sich mit einem glasigen Blick um. Erschrocken über den schrecklichen Anblick der Toten, hielt sie kurz die Hand vor den Mund, räusperte sich aber gleich um die Fassung zu bewahren. Ihre Stimme flatterte etwas, als sie zu sprechen begann.

»Es sind sieben hier.« Die Augen der Anführerin waren nur noch zwei Schlitze.

»Du kannst sehen?« Nancy musterte Sarah, die aus Panik zitterte. »Öffne die Augen und sag mir, was du siehst!« Sie schüttelte den Kopf.

»Ich kann nicht!« Krampfhaft drückte sie ihre Hand auf die Brust. »Ich krieg keine Luft! Ich …« Besorgt kam Luke näher.

»Wir müssen sie hier rausbringen, bevor sie kollabiert!«

»Setz dich wieder auf deinen verfluchten Platz, und warte, bis du dran bist!« Nancy schrie so laut, dass ihre Stimme in der großen, leeren Kirche wiederhallte. »Und du öffnest die Augen und schaust die Toten an! Das ist ein Befehl!«

»Wieso denn? Ich habe doch gesagt, dass es sieben sind«, erwiderte Tracy, die wieder aus ihrer Trance zurückgekehrt war.

»Ich habe nicht dich gefragt!«

»Aber, ich bin doch die Seherin!« Die Anführerin sah sie bitterböse an.

»Widersetz dich nie wieder meiner Anweisung, oder du wirst es bereuen! Hast du verstanden?« Tracy presste wutentbrannt die Zähne aufeinander und warf Westen einen hasserfüllten Blick zu. Ohne auf die schmollende Gruftschwester zu achten, zog Nancy Sarah an sich. Der harte Stein stieß ihr kräftig in die Seite. Wäre sie nicht so in Panik, hätte sie bestimmt vor Schmerz aufgeschrien. Ihre Beine wurden immer kraftloser, während ihr Herz wie ein Schnellzug in ihrer Brust raste.

»Du hast genau zwei Chancen: Entweder du tust das, was ich dir sage, oder deine Schwester wird dran glauben! Also Westen, wie entscheidest du dich?« Sarahs Lippen bebten. Nancy hatte sie voll in der Hand. Egal was sie tat, um diese Beschwörung zu boykottieren, ihre kleine Tochter würde dafür büßen!

»Schau hin!« Die Gruftschwester ließ sie wieder los und schob sie barsch von sich weg. Sarah fühlte die enorme Angst in sich. Angst vor den Verstorbenen um sie herum und vor der Ohnmacht, die sich langsam anschlich. Sie musste bei Bewusstsein bleiben, um sicher zu gehen, dass Bianca nichts geschah. Zögernd schlug sie ihre Lider auf. Kleine schwarze Punkte tänzelten vor ihren Augen. Mit bebenden Lippen und flatterndem Atem, schaute sie sich vorsichtig um.

»Sie haben sich um uns herum verteilt«, begann sie kraftlos. »In einem Abstand von ungefähr zwei Metern.« Peinlich darauf bedacht, den Toten nicht ins Gesicht zu sehen, sah sie sich weiter um. »Sie stehen da und sehen uns …« Sie korrigierte sich, »… starren mich an.«

»So, so!«

»Das hätte ich dir auch alles sagen können, Norden!«, warf Tracy verärgert ein. »Sie sieht nicht mehr als ich!« Nancy stoppte ihr Gemecker mit einem eisigen Blick.

»Ich muss hier raus! Bitte!« Sarahs Flehen war kaum zu verstehen. Jeder Muskel ihres Körpers verkrampfte sich, während die schwarzen Flecken sich sekündlich vermehrten. »Als ob ich das tun würde!« Die Anführerin grinste boshaft. »Wir ändern den Plan! Westen wird sie in den Kreis bringen!« Tracy und Stella sahen überrascht auf. Sarah hingegen hörte ihr nicht zu, sondern stützte sich keuchend mit der zweiten Hand auf dem Becken ab. *Langsam einatmen und ausatmen, einatmen und ausatmen*, wiederholte sie die Worte, mit denen Gabriel sie einst beruhigt hatte.

Sie konzentrierte sich ausschließlich auf ihre innere Stimme, bis das Zittern endete und die schwarzen Punkte verschwanden. Als sie die Augen öffnete, bemerkte sie, wie Nancy sie eisig taxierte.

»Ich wiederhole mich nicht noch einmal! Bring die Erste in den Kreis!«, zischte sie erzürnt. Der Gesichtsausdruck der Anführerin wurde immer wütender. Sarah schüttelte verständnislos den Kopf.

»Wie soll ich das tun?«

»Siehst du, sie hat Tomaten auf den Ohren! Ich sollte sie auswählen!«

»Halt jetzt die Klappe Tracy!«, keifte Nancy. »Ich will mit meinen eigenen Augen sehen, wie sie es tut!« Sie wandte sich Westen zu. »Schaue zu einem von ihnen und sprich dabei die Worte: Mahoriani everum esato! LOS!« Mit einem zögerlichen Nicken und hämmerndem Herzen sah Sarah in die hasserfüllten Augen der Regenmantelfrau. Am liebsten hätte sie sich gleich wieder abgewandt, doch sie durfte es nicht – sie musste es tun, zu Biancas Schutz!

»Mahoriani everum esato«, wiederholte sie kraftlos. Das Licht des Amulettes begann zu flackern, wobei sich die Verstorbene gleichzeitig auflöste. Mit flauem Magen schaute Sarah irritiert auf die leere Stelle. Wo war sie hin?

Als sie Luke und die drei Gruftschwestern plötzlich nach Luft schnappen hörte, drehte sie sich hastig um. Die Frau im Regenmantel stand knapp einen halben Meter auf ihrer anderen Seite und funkelte sie aus wutentbrannten Augen an. Erschrocken über die unvermittelte Nähe versuchte Sarah, reflexartig zurückzuweichen. Aber ein heftiger Schmerz in ihrem Arm erinnerte sie daran, dass sie mit der Hand immer noch am Stein festklebte.

»Aber …«, Nancy öffnete perplex den Mund. »Ich kann sie sehen!«

»Ich auch!« Stella wich entsetzt zurück und verzog angewidert das Gesicht.

»Wieso sehen die so schrecklich aus?« Die Anführerin warf Sarah einen argwöhnischen Blick zu.

»Wieso können wir sie alle sehen?« Tracy schüttelte verständnislos den Kopf. »Das sollte doch nur ich können!« Nancy kniff die Augen zusammen und taxierte Westen.

»Nur jemand der eine außergewöhnlich hohe Energie besitzt, kann tote Seelen sichtbar machen. Wieso also, kannst du das?« Sarah zuckte mit den Schultern. Wurde diese Frage wirklich von der Person gestellt, welche am meisten Ahnung von Übersinnichem besaß? Wenn nicht mal die Anführerin der Gruftschwestern die Antwort kannte, wie sollte dann ausgerechnet sie diese wissen?

»Süden, der Anhänger!«

»Wir haben aber erst eine hier!«, widersprach diese.

»Tu was ich dir sage! Wenn Westen so viel Energie besitzt wie ich denke, dann reicht eine!« Sie lächelte boshaft.

»Und wenn nicht, dann bringt sie das Ganze in Gefahr!«, maulte Tracy herum.

»Leg jetzt deine verfluchte Hand auf das Amulett, oder DU wirst diejenige sein, die gleich in Gefahr ist!« Schnaubend legte sie ihre Hand auf den Anhänger, der immer noch funkelnd über dem Taufbecken schwebte.

»Jetzt du!« Stella tat es der anderen Gruftschwester gleich, ohne dabei aber ihren besorgten Blick von der Regenmantelfrau zu nehmen. »Westen!« Nancy schaute sie auffordern an. »Tu es!« Mit zitternden Fingern legte sie ihre eiskalte Hand auf die von Gabriels Schwester. Mit einem selbstgefälligen Lächeln im Gesicht war Nancy die Letzte der Reihe. »Lukilein, kommst du her?« Ihre Stimme war zuckersüß. »Du bist an der Reihe.« Sarah warf ihm einen besorgten Blick zu. Das war gar nicht gut! Irgendwie musste sie ihren Ex dazu bringen, zu gehen. Aber wie? Für ihn war ja alles bloß ein doofer Traum!

Grinsend sprang er vom Altar und schlenderte hinüber. Stella schaute die Anführerin verwirrt an. Anscheinend war sie, im Gegenzug zu Tracy, die ebenfalls lächelte, nicht über seine Position bei dieser Beschwörung in Kenntnis gesetzt worden. Sie hatten etwas gemeinsam! Sie musste nur noch wissen, wie sie das für sich nutzen konnte.

Sarah sah Luke unruhig zu, wie er sich ihnen näherte. Er war ohne Furcht und es schien, als würde er überhaupt nicht schnallen, was die vier hier gerade taten. Das ungute Gefühl in ihrer Magengegend machte sich noch stärker bemerkbar. Ihr Ex musste schleunigst aus dieser Kirche!

»Na Ladys!« Er zog amüsiert die Augenbrauen hoch, als er ihnen aufreizend in die Augen sah. »Gleich beginnt die Party!« Nancy kicherte selbstgefällig.

»Du kannst es ja kaum erwarten! Du geiler Hengst!« Augenzwinkernd trat er zwischen Stella und Tracy.

»Luke!«, stammelte Sarah. »Es ist besser, wenn du …« Die Anführerin warf ihr einen höhnischen Blick zu.

»Spar dir die Mühe, er kann dich nicht mehr hören! Er hört nur noch auf mich allein!« Mit einem tiefen Atemzug konzentrierte sich Nancy auf das Amulett und sprach mit fester Stimme. »Von Norden gebracht, von Westen beschworen.« Sarah hörte gebannt zu. Diesen Spruch hatte sie doch schon mal gehört. Wie ging er aber weiter? »Osten, halt ihn in Position!«

»Aber wieso?« Sarah schaute zu Stella. Ihr Blick sprach Bände. Gabriels Schwester hatte genauso wenig Ahnung wie sie, was hier vor sich ging.

»Halt ihn einfach in dieser Position!«, zeterte Nancy. »Verstanden?« Stella nickte und fixierte sich auf Luke. Dieser zuckte erschrocken zusammen, als sich ein imaginäres Seil um seinen Körper schlängelte und ihn knebelte. »Wir wollen es etwas spannender. Du magst es doch so, nicht wahr?« Luke hob schmunzelnd eine Augenbraue und zwinkerte Nancy zu.

»Ich kann es kaum erwarten!« *Verflucht nochmal!* Sarah sah ihn wütend an. Wieso konnte er nicht verstehen, dass dies kein Traum war?

»Sprich mir nach Westen«, sagte die Anführerin. »Sotus a makei vibri.« Sarah biss sich auf die Unterlippe. Diesen Worten würde etwas Schlimmes folgen, sie konnte es regelrecht spüren. Aber sie hatte sie in der Hand. Wenn sie sich sträubte, würde Bianca sterben. Aber was geschah, wenn sie es nicht tat?

»Tu es!« Nancy blickte verschwörerisch zu ihr hinüber. »Los, Westen!« Verzweifelt hielt Sarah inne. Sie hatte keine Wahl!

»Sotus a makei vibri.« Das Amulett erzitterte und ein kalter Luftzug fuhr den vier Gruftschwestern durchs Haar. Kurz darauf drang ein hoher, schriller Ton aus dem von Schmerzen durchzogenen Mund der Regenmantelfrau. Entsetzt riss Sarah die Augen auf und wich, so gut es ging, zurück. Im gleichen Augenblick rollten Lukes Pupillen nach hinten, sodass nur noch das Weiße zu sehen war. Sein drahtiger Körper verwandelte sich zu einem einzigen Zappelphilipp. Weißer Schaum lief ihm aus dem Mund und er stöhnte schmerzerfüllt.

»Luke!« Sarahs Stimme war weniger als ein Flüstern. Was hatte sie nur getan?

»Gleich! Gleich bist du befreit Ama-rois!« Nancy lachte erfreut auf. »Tracy, er gehört dir!« Auffordernd grinste die Anführerin sie an. Sarah entwich jegliche

Farbe. Sie konnte sich plötzlich an den gesamten Spruch erinnern:

»Von Norden gebracht, von Westen beschworen, von Osten gefesselt, von Süden getötet!«, murmelte sie benommen vor sich hin. Tracy zog ihre Hand aus dem Stapel über dem Anhänger und griff in ihre Jackentasche.

»Luke!«, rief Sarah erschüttert, doch dieser stand immer noch zitternd und mit Schaum vor dem Mund am gleichen Platz. »Woher kennst du den Spruch?« Nancy war ausnahmsweise mal überrascht.

»Bitte Nancy, ihr dürft ihn nicht umbringen! Er hat euch doch nichts getan!« Tracy zog unterdessen ein spitzes Messer hervor.

»Er soll sterben?« Stella warf der Anführerin einen irritierten Blick zu.

»Wir bringen ihn nicht um, wir opfern ihn für Amarois!«, erklärte die Anführerin ruhig. »Denn nur so kann er deinen Bruder von den Toten erwecken!«

»Aber, aber ...«, stammelte Stella.

»Das ist doch dein größter Wunsch nicht wahr?« Sarah zog an ihren Händen, doch sie ließen sich beide nicht einen winzigen Millimeter bewegen. Wieso war es aber Osten gelungen? Weil sie die Aufgabe hatte ihren Exfreund umzubringen? Lächelnd legte Tracy Luke die Spitze der Klinge ans Kinn und fuhr gemächlich den Hals hinunter. Eine feine Blutspur trat hinter dem Messer hervor.

»Bitte!« In Sarahs Augen schwammen Tränen. »Bitte, tu es nicht Tracy! Tu ihm nicht weh! Er hat mit dieser

Sache nichts zu tun! Er ist unschuldig!« Wieder röchelte Luke leidend.

»Halt die Klappe Westen!«, wetterte Nancy. »Du hast mir nicht gesagt, dass jemand stirbt!« Stella wirkte aufgelöst.

»Halt ihn in der Stellung, Osten! Denk daran, Amarois ist der Einzige, der dir deinen Herzenswunsch erfüllen kann. Niemand sonst ist so mächtig, deinen Bruder von den Toten zurückzuholen! Er erfüllt dir deinen Traum! Ist es das nicht wert?« Bittere Tränen liefen Stella über die Wange, als sie kaum sichtbar nickte.

Tracy drehte mit der Spitze ein paar Runden auf Lukes Brust, und blieb dann über seinem zitternden Herzen stehen.

»Bitte nicht, Tracy!« Sarah zog wieder vergeblich an ihren Händen. »Bitte, bring ihn nicht um! Er hat dir doch nichts getan!« Ihre Stimme bebte.

»Halt deine verfluchte Klappe, Westen! Ich schwöre, wenn wir fertig sind hiermit, dann werde ich dir zeigen, was es heißt, mir nicht zu gehorchen!«

»Aber das ist krank, was ihr hier tut! Versteht ihr denn nicht?« Ihrem Ex entfuhr ein leises Wimmern, als sich die Spitze langsam ins Fleisch bohrte. »Luke!« Entsetzt hielt Sarah den Atem an. »Bitte, Tracy, du bist keine Mörderin!«

»Halt endlich die Klappe, oder ich werde dich vernichten, Westen! Dich und deine bescheuerte, kleine Schwester«, zischte die Anführerin.

»Los, Süden, tu es!«

»Luke!« Halb irre vor Angst, zerrte sie an ihren Händen. Nichts bewegte sich. Sarah schluchzte leise.

»Luke!« Er japste nach Luft, als ihm die Klinge noch tiefer ins Fleisch schnitt und immer mehr Blut über seine Kleidung floss.

»Bring mich in den Kreis!« Sarah hörte plötzlich Gabriels energische Stimme hinter ihr. »Sag den Spruch!« Perplex öffnete sie stumm den Mund. Gabriel? War er wirklich hier? »Los! Sonst stirbt er!«

»Mahoriani everum esato«, flüsterte Sarah. Als Stella einen erstickten Schrei ausstieß und mit weit aufgerissenen Augen geschockt neben sie starrte, wusste sie, dass sie ihren Bruder sah.

»WAS?« Nancy wich alle Farbe aus dem Gesicht, als sie Gabriel neben sich bemerkte. »Aber …«, stotterte sie irritiert. Auch Tracy, welche immer noch fest die Klinge umklammert hielt, schaute verdattert zu ihm hinüber.

»Tu das nicht, Stella!«, flehte ihr Bruder leise.

»Gabriel?« Verwirrt starrte sie ihn an. »Du bist da?« Sie lächelte, während Tränen über ihre Wangen liefen. »Du bist zurück?«

»Ich war nie weg! Ich war immer da, auch wenn du mich nicht gesehen hast.«

»Ich habe dich so vermisst!«

»Lass ihn gehen, bitte! Er darf nicht sterben!«

»Das ist Ama-rois, Stella! Er bringt deinen Bruder zurück, wenn Lukes Seele ihm gehört!«

»Nancy lügt! Ich bin nicht hier, weil mich irgendein Dämon wiederbelebt hat. Ich bin immer noch tot! Aber ich hatte Hilfe, damit ich in diesen Kreis treten kann und du mich siehst.« Gabriel warf Sarah einen kurzen wehmütigen Blick zu. »Und nicht nur das. Sie half mir auch, mich vor meiner eigenen Selbstzerstörung zu retten.« Er lächelte matt und richtete seine Aufmerksamkeit wieder seiner Schwester zu. »Das Einzige, was ich wollte war, dass du und Mum mir vergeben für das, was ich euch angetan habe.« Stella weinte.

»Es gibt nichts zu vergeben. Wir waren dir doch nie böse.«

»Ich habe euer Leben zur Hölle gemacht! Und es tut mir schrecklich leid.« Er schluchzte. »Ich wünsche mir nichts mehr, als wieder bei euch zu sein. Aber das hier, das was sie dir vorschwindelt«, er zeigte dabei auf Nancy, »ist nicht richtig! Du bist nicht so, Stella, und warst früher auch nie so. Ich hingegen war dumm und habe mein eigenes Leben aufs Spiel gesetzt.«

»Sag bitte so was nicht«, flüsterte seine Schwester.

»Ich begriff nicht, was es heißt, das Leben nicht als gleichgültig anzusehen.«

»Glaube ihm nicht Stella! Er lügt dich an!«, keifte Nancy.

»Das mache ich nicht! Ich möchte nur, dass du dein Leben nicht wegwirfst. Tu nicht das Gleiche, was ich getan habe!« Er wischte sich über die nasse Wange.

»Du elender Höllenhund! Ich werde dich vernichten und Ama-rois höchstpersönlich zum Fraß vorwerfen!

Sotus a makei vibri!«, brüllte die Anführerin. »Los Westen, bring seine verfluchte Seele in die Verdammnis!«

»Nein!«, schrie Stella erschrocken auf! »Bitte! Nicht!« Ihr Flehen war mehr als ein Wispern.

»Hilf mir, es zu beenden.« Sarah sah Gabriels Schwester inständig an. »Das Ganze hier und Lukes Tod – das darf nicht sein!« Stella presste unsicher die Lippen aufeinander.

»Halt ihn in Position! Ich befehle es dir!«

»Bitte!«, flehte Sarah, »hilf mir!« Das Licht des Amulettes über den Taufstein begann zu flackern. Lukes Zittern versiegte. Seine Pupillen rollten langsam wieder nach vorne.

»Nein!«, krächzte Nancy. »Wage es nicht! Oder ich werde dich und deinen verfluchten Bruder vernichten! Euch alle!« Sarah bemerkte, wie der unsichtbare Halt, der ihre Hände umklammerte, allmählich nachgab. Sie erinnerte sich an Frau Benners Worte. Mit Stellas Hilfe hatte sie anscheinend das Schlupfloch im Ritual gefunden. Mit einem Ruck, bei dem es sich anfühlte, als würde ihr die Haut von den Fingern gezogen, riss sie die Hand zurück. Augenblicklich erlosch das Amulett und fiel ins Taufbecken. Im Handumdrehen schnellte Sarah herum und schlug Tracy barsch zur Seite. Ungebremst prallte sie auf den Boden. Benommen hielt sich Tracy den schmerzenden Kopf. Luke, der aus seinem Traum zu erwachen schien, warf seiner Exfreundin einen konfusen, aber hilfesuchenden Blick zu. Kurz darauf klappte er ohnmächtig zusammen.

»Nein!«, kreischte Nancy und ging wie eine Furie auf Sarah los. Wutentbrannt packte die Gruftschwester sie an den Haaren und riss sie zur Seite. Schmerzverzerrt schrie Sarah auf, als sie gegen den Taufstein krachte.

»Ihr verfluchten Hurensöhne! Ich bringe euch alle um! Verdammt sollt ihr sein, bis in Ewigkeit!« Vollkommen hysterisch nahm sie das Amulett aus dem Taufbecken, rannte zu Luke hinüber und rammte es mit aller Kraft in seine Wunde. Ein erschütternder Aufschrei hallte durch die Kirche. Entsetzt starrte Stella auf Lukes bebenden Körper.

»Sarah! Steh auf! Der Vertrag ist gebrochen! Ihr müsst schleunigst verschwinden! Nancy dreht durch!« Gabriel kniete sich zu Sarah, die betäubt am Fuß des Taufsteines lag und wie durch ein Meer aus Tränen in die leblosen Augen ihres Exfreundes sah.

»Sarah!«, schrie Gabriel benommen. »Ihr müsst hier raus!«

»Er ist tot!«, wisperte sie verzweifelt.

»Steh auf!« Er sah sie inständig an. »Bitte!«

Wie in Trance hievte sie sich auf und taumelte um das Taufbecken, wo Stella wie gelähmt auf die Leiche starrte.

»Ich werde euch umbringen, euch alle! Ihr Verräter, ihr verdammten Höllenhunde!« Nancy entriss Tracy, die immer noch am Boden kauernd den brummenden Kopf hielt, das Messer. »Ich werde euch zeigen was es heißt, sich gegen mich zu stellen!« Mit hocherhobenen Dolch ging sie auf ihre ehemaligen Schwestern los. Ihr Gesicht wirkte völlig irre und fratzenhaft. Sarah riss Stella in letzter Sekunde zur Seite, bevor die Klinge hinunter sauste.

»Schnell!« Keuchend zog sie Gabriels getrübte Schwester durch den Mittelgang. Panisch schaute sie zur Tür – sie war viel zu weit entfernt!

Nancy rannte ihnen verkniffen vor Wut hinterher. Sarah war überzeugt, sie würde sie beide, ohne mit der Wimper zu zucken, umbringen. Nach Luft ringend zog sie die noch unter Schock stehende Stella mit sich.

»Ihr müsst schneller rennen!«, rief Gabriel aufgebracht. »Los, los, los!«

Schnaubend warf Sarah einen Blick zurück. Sie würden es nicht schaffen! Sie waren zu langsam!

»Ich bring euch um!«, kreischte Nancy, als sie nach vorne hechtete und Stella am Bein zu fassen bekam. In der nächsten Sekunde wurde Gabriels Schwester von den Füßen gerissen und schlug unsanft auf den Boden auf. Sarah riss noch panisch an ihrem Arm, als Nancy bereits über Stella thronte.

»Nein!« Gabriel keuchte entsetzt auf. Das Messer zum Himmel hochgerissen, funkelte sie ihre ehemalige Gruftschwester blind vor Wut an.

»Ich werde dir zeigen, was Rache bedeutet!« Sarah schrie auf, als sich die hölzerne Kirchentür mit einem lauten Knall öffnete. Erschrocken starrten alle auf Frau Benner. Zu ihrer vollen Größe aufgerichtet stand sie im Eingang und schaute die Anführerin zornig an.

»Lass meine Enkelin in Ruhe!« Ihre Stimme klang enorm wütend. »So hört ihr mir zu, ihr Seelen!«, rief sie beschwörend. »Vereint und zeigt euch in eurer ganzen Pracht! Sodass die Dunkelheit jeden Einzelnen von euch erkennen kann! So soll es sein!« Sarah erstarrte als plötzlich von überall verstorbene Seelen näher traten. Stella, die sie ebenfalls bemerkte, japste fassungslos nach Luft. Mit ihren blutunterlaufenen Augen und fahlen Gesichtern sahen sie zum Fürchten aus. Aber im Gegensatz zu den anderen Malen nahmen sie von Sarah überhaupt keine Notiz. Sie hatten ihr Augenmerk alleinig auf Nancy gerichtet.

»Aber … aber …« Das Messer immer noch erhoben, wurde sie von den Verstorbenen eingekreist. Verängstigt versuchte sie vergebens, zu fliehen.

»Verschwindet! Los, raus mit euch!«, forderte Gabriel Sarah auf. »Ihr müsst hier schleunigst verschwinden!« Das ließ sie sich nicht zweimal sagen.

»Komm!« Hastig half sie Stella auf und zog sie den Mittelgang entlang.

»Was wollt ihr von mir?«, hörten sie hinter sich Nancys angstbesetzte Stimme. Was auch immer gleich mit ihr geschehen würde, sie wollten es nicht wissen. An der Tür angekommen warf Sarah Frau Benner einen kurzen Seitenblick zu. Stramm wie ein General in einer Schlacht stand sie da und richtete ihre gesamte Aufmerksamkeit auf Nancy.

»Wir treffen uns in meiner Wohnung!«, sagte sie kurz angebunden, ohne ihren Blick abzuwenden. Gabriel, der neben der Tür stehenblieb, nickte ihnen auffordernd zu.

Entkräftet zog Sarah Stella ins Freie hinaus, wo ihnen gleich eine frische Brise entgegenschlug. Erschöpft hieß sie die Kälte willkommen. Sie waren so mit Adrenalin vollgepumpt, dass sie es nicht wirklich spürten. Stolpernd gingen sie die Treppen hinunter, als ein schrecklicher Schrei, der einem das Blut in den Adern gefror, aus dem Innern der Kirche drang. Eine Gänsehaut bekommend sahen sich Stella und Sarah an. Sie mussten hier weg - und zwar schnell!

Kapitel 17

Sarah zog den Kragen ihres Mantels enger. Leichtes Schneetreiben hatte eingesetzt, was die Flocken veranlasste um sie herumzutänzeln und sich auf ihr niederzulassen. Womöglich würde sie in Kürze wie ein Schneemännchen aussehen. Sarah nahm einen tiefen Atemzug, als sie den Grabstein vor ihr betrachtete. Er war ihr so vertraut. Jede Kante, jede Unebenheit, die Farbe des Steins und die Form - Sie hatte ihn schon so oft angesehen, dass sie ihn wahrscheinlich blind malen könnte. Die Schneeflocken setzten sich auf der schwarzen Inschrift nieder. Doch auch wenn die Beschriftung nicht mehr ganz erkennbar war, sie wusste leider nur zu gut, wem dieses Grab gehörte.

Sie nahm einen weiteren Atemzug und legte den Blumenstrauß, den sie in ihren behandschuhten Händen hielt, auf die Schneedecke. Es waren nun bereits zwei Monate vergangen seit dem schrecklichen Erlebnis. Obwohl sie nie wieder im Innern der Kirche gewesen war, bekam sie jedes Mal, wenn sie auf dem Weg zu Friedhof war, ein flaues Gefühl im Magen.

»Bianca hat heute einen Zahn bekommen.« Sarah lächelte matt. »Und Baxter ist vor ihr auch nicht mehr sicher – sie will sich ständig an ihm hochziehen.« Fröstelnd schlang sie die Arme enger um ihren Körper. »Du solltest sie sehen, sie ist bezaubernd.« Sie seufzte. »So bezaubernd.« Als sie das Knirschen von Stiefeln im Schnee hörte, drehte sie sich neugierig um. Anscheinend war sie bei diesem schlechten Wetter nicht die einzige Besucherin. Vermummt in einem dunklen Mantel und mit dicker Mütze auf dem Kopf, ging sie langsam den Weg entlang. Obwohl Sarah das Gesicht nicht sehen konnte, erkannte sie Stella dennoch.

Als ob sie ihren Blick spürte, hielt diese inne und schaute zu ihr hinüber. Zaghaft setzte Sarah ein Lächeln auf. Seit sie gemeinsam aus der Kirche geflüchtet waren, hatten sie kaum mehr miteinander gesprochen. Sarah wollte sich auch nicht mehr an diesen schrecklichen Tag erinnern, doch als sich ihre Blicke im Schneegestöber kreuzten, sah sie es vor sich, als wäre es erst gestern geschehen.

Nach dem fürchterlichen Schrei, der ihnen durch Mark und Bein ging, hatten sie stumm in Frau Benners Wohnung gewartet. Nach einer Ewigkeit, die sich wie Stunden anfühlten, war die alte Witwe mit Gabriel an der Seite zurückgekehrt. Obwohl sie erschöpft wirkte, nahm sie beide liebevoll in den Arm. Ihre Retterin hatte die Verstorbenen wie Marionetten auf Nancy losgelassen, bis sie am ganzen Leib zitternd auf dem Boden lag und endlich aufgab. Für Luke war leider jede Hilfe zu spät gekommen. Die dunkle Energie des Amuletts hatte sein Herz komplett versengt. Die beiden Gruftschwestern wurden noch in der Kirche wegen dieser Tat festgenommen.

Sarah rieb sich fröstelnd über den rauen Mantel und versuchte, das Bild von Lukes leblosen Körper wegzuscheuchen. Wortlos nickte Stella zum Gruß und ging den schneebedeckten Weg entlang. Sarah kannte ihr Ziel. Es war der einzige Ort, der sie verband – Gabriels Grab.

Obwohl seine Schwester die schwarze Gothic-Kleidung abgelegt hatte, trug sie immer noch dunkle Pullover und Hosen. Aber es waren nun normale Sachen, so wie sie jeder trug. Wie früher schenkte ihr Stella in der Schule keine Beachtung, und wechselte auch kein Wort mit ihr. Wenn sie sich per Zufall im Flur begegneten, nickte sie kaum merklich. Trotzdem hatte sich Gabriels Schwester ein paar Tage nach dem Geschehnis für ihre Hilfe bedankt. Obwohl es nur ein paar Worte waren, spürte Sarah die große Dankbarkeit in ihnen.

Die schreckliche Tat in der Kirche verbreitete sich im Dorf wie ein Lauffeuer. Obwohl niemand genau wusste, was wirklich vorgefallen war, wurde überall getuschelt. Von einem Kinderstreich, der deftig in die Hosen ging bis zu einer Hexenbeschwörung, war alles dabei. Nancy, die durch das Ganze dem Irrsinn verfallen war, wurde umgehend in eine psychiatrische Klinik gebracht, wo sie bis heute immer noch behandelt wurde. Tracy hingegen wurde von ihrem Vater in ein Kloster abgeschoben. Dort sollte sie lernen, Gott zu dienen. Stella und Sarah blieben mehrheitlich von einer Strafe verschont. Dank Frau Benners Unterstützung wurden sie lediglich zu Sozialstunden im Altersheim verdonnert. Beide hatten nichts dagegen, alles war besser als ins Gefängnis zu wandern. Mit der Zeit begann Sarah die Arbeit mit den älteren Menschen sogar Spaß zu bereiten.

Als ihre Mutter von der Sache erfuhr, war sie natürlich alles andere als erfreut. Frau Benners Überzeugungskunst reichte aber auch bei ihr. So konnte sie ihr einleuchtend erklären, dass die Sozialstunden eine gerechte Strafe für den Unfug ihrer Tochter war.

Sarah stieß einen tiefen Seufzer aus, der gleich kleine Wölkchen in der kalten Luft hinterließ. So grotesk sie es auch fand, dass einzig Gute an der Sache war, dass sie verschont blieb, ein weiteres Mal umzuziehen. Sie war tief traurig und doch sehr dankbar. Luke hatte sein Wort gehalten und niemandem von ihnen oder Bianca erzählt. Er hatte ihr Geheimnis buchstäblich mit ins Grab genommen.

Sarah nahm einen tiefen Atemzug und legte ihre Hand auf den schneebedeckten Grabstein. Es fiel ihr wie immer schwer, sich von ihm zu verabschieden. Die Art und Weise, wie er diese Welt verlassen hatte, war einfach zu grausam. Auch wenn sie ihn früher, für das was er ihr angetan hatte, hasste – jetzt war sie ihm dankbar. Denn ein Teil von ihm konnte im Körper ihrer kleinen Tochter weiterleben.

»Wir sehen uns«, flüsterte Sarah und trat leise den Heimweg an. Auf dem Friedhof war es totenstill. Nur das Knirschen ihrer Stiefel im Schnee war zu hören.

Wehmut schlich sich ein, wie jedes Mal, wenn sie den Ort verließ. Wenn sie ihre Augen schloss, konnte sie auch heute immer noch Gabriels zärtliche Lippen auf ihren spüren. Sarahs Augen schwammen in Tränen, als sie sich daran erinnerte. Das Erlebnis hatte ihm die Augen geöffnet. Trotz schmerzenden Herzen, entschied er sich, endlich dorthin zu gehen, wohin er gehörte. Nur so konnte seine Seele endlich Frieden finden. Ihn nie wieder zu sehen, nie wieder eine Gelegenheit zu haben, seine warme, feine Haut zu berühren, oder sich über seine anzüglichen Witze zu ärgern, versetzte ihr immer noch einen tiefen Stich.

Weinend hatte er sie bei ihrem Abschied ein letztes Mal mit einem Windhauch berührt. Er war ihr so unermesslich dankbar für alles. Sie hatte nicht nur seine Schwester gerettet, sondern auch ihn. Gabriel fiel es enorm schwer zu gehen. Und erst als sie ihm versicherte, dass sie klar kommen würde ohne ihn, konnte er endlich loslassen. Sarah schniefte und wischte sich mit ihrem Handschuh eine einzelne Träne aus dem Gesicht. Es bereitete ihr immer noch Schmerzen, wenn sie an ihn dachte.

Mit tiefer Wehmut zog sie ein Papier aus der Tasche und strich mit dem Finger zärtlich darüber. Sie hatte es schon so oft gelesen – so viele Male…

Gabriel war auf der anderen Seite, doch einen kleinen Teil von ihm hielt sie in ihren Händen. Unter größter Anstrengung hatte er ihr etwas Wundervolles hinterlassen. Etwas, was nur sie besaß und sie ihr Leben lang an ihn erinnern würde.

Als sie den Nachhauseweg antrat, betrachtete sie die Zeilen, die sie schon tausende von Male gelesen hatte und sich für immer in ihr Herz brannten!

Das ist unsere Geschichte. Es ist deine, es ist meine ~ ein Leben lang. Du wirst für immer in meinem Herzen bleiben. Dein Gabriel!